Читайте романы
примадонны иронического детектива
Дарьи Донцовой

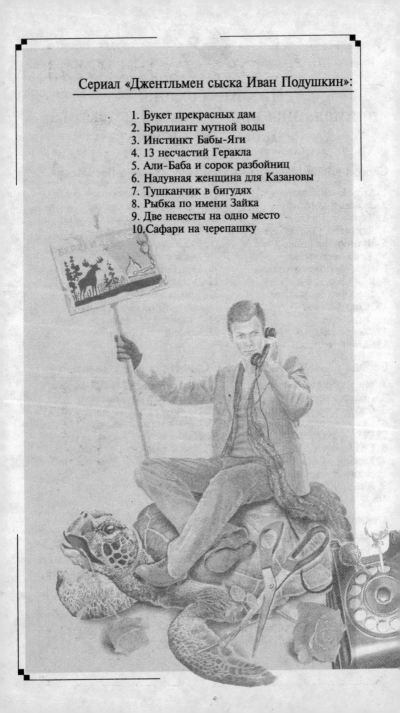

Дарья Донцова

Сафари на черепашку

роман

советы

Советы
от безумной оптимистки
Дарьи Донцовой

Москва

Эксмо

2005

ИРОНИЧЕСКИЙ ДЕТЕКТИВ

Глава 1

Бывает, делаешь для близкого человека все самое хорошее, а получается хуже некуда.

Сегодня вечером, честно выполнив все приказы Норы и услыхав от нее: «Ступай, отдыхай, больше дел нет», я отправился в свою комнату и прилег на диван. Рука потянулась к книге. Часы пробили восемь, спать еще рано, можно спокойно насладиться историей жизни древних майя. Я сунул ноги под плед — не так давно в квартире отключили отопление, на дворе конец апреля, но до сих пор холодно и сыро. Впрочем, мне сейчас очень даже хорошо. Я начал перелистывать страницы, ища, на чем же остановился вчера. Конечно, некоторые люди ничтоже сумняшеся загибают угол листа, но мне это несвойственно. Мой отец, известный писатель, внушил сыну почтение ко всякому печатному изданию, пусть даже и низкопробного содержания. Книга — это результат творчества многих людей, и держать ее следует чистыми руками, не надо брызгать на нее кетчупом, чаем или мусолить жирными пальцами. Итак, майя, древняя, плохо изученная цивилизация...

Не успели глаза побежать по строчкам, как на столике у изголовья затрясся мобильный. Подавив желание отключить аппарат от сети, я протянул руку и схватил трубку. 20.05. Самое время для Николетты, сейчас она воскликнет: «Вава! Хочу в гости!»

И прощай индейцы майя! Но неожиданно из сотового донесся не капризный голос маменьки, а бас моего доброго приятеля Игоря Квасова:

— Слышь, Вань, тут такое дело...

— Какое? — насторожился я.

Игорь мало похож на человека, способного впутаться в неприятности, он защитил докторскую диссертацию по теме «Поэзия Серебряного века» и живет не в нашем времени. Кое-кто недоуменно хихикает, столкнувшись с Игорем впервые. Квасов одевается по моде давным-давно ушедших дней. И зимой, и летом он при полном параде: пиджак, рубашка, галстук, идеально выглаженные брюки и обязательно шляпа. В жаркие дни — из соломы или полотна, в холодные — из фетра или меха. А еще он всегда имеет при себе длинный зонтик-трость, так, на всякий случай, Квасов человек предусмотрительный и обстоятельный.

Мы с Игорем дружим с институтских времен. Квасов до последних лет ходил в завидных холостяках, но два года тому назад он влюбился в тихую, скромную, отметившую тридцатилетие Ирочку. Девица ждала своего принца, и он наконец-то явился, но не на белом коне, а на скромных «Жигулях», хотя в наше время четыре колеса предпочтительней такого же количества лошадиных ног.

Роман у моего приятеля тек неторопливо, парочка ходила в театр, консерваторию, на эстрадные концерты... Наверное, Ирина обладает редкостным терпением, потому что она никаких матримониальных намеков кавалеру не делала и не торопилась перевести затянувшиеся платонические отношения в интимные. Я, честно говоря, радовался, что на пути Квасова встретилась старомодная Ирочка. Намного хуже было бы, влюбись Игорь в особу, пожелавшую через десять минут после знакомства нырнуть к нему под одеяло, а спустя час заявившую: «Ну, когда у нас свадебка?»

— Так что произошло? Говори скорей, — поторопил я Игоря.

— Меня Ира избила, сильно, кровь течет.

Книга выпала из моих рук.

— Что?

— Ирина отчего-то накинулась на меня с кулаками, — повторил Игорь, — ума не приложу, в чем дело. Сделай одолжение, приезжай ко мне.

Я вскочил и побежал к двери.

— Ваня, ты куда? — высунулась из кабинета Нора.

— К Игорю Квасову, у него беда.

— Какая?

— Похоже, Ирина сошла с ума, — бормотнул я, завязывая шнурки. — Представляете, она избила Игоря.

Нора хмыкнула:

— Может, наоборот, в ум пришла? Кстати, я бы на ее месте давным-давно наступала профессору по лысине. Ну сколько можно морочить уже не юной особе голову? Годы бегут, а она все в вечных невестах. Игорь себя ведет крайне непорядочно. Не забудь, как всегда, ключ от домофона, я хотела сегодня пораньше лечь, а Ленка сядет сериал смотреть и не услышит звонка.

Я молча кивнул и вышел на лестницу. Нора иногда бывает крайне несправедлива, я всегда беру с собой связку ключей. Да и вообще, похоже, у нас с хозяйкой разное понимание порядочности. Лично мне кажется отвратительной манера некоторых мужчин моментально зазывать партнершу в загс, а потом столь же быстро бросать ее вместе с родившимся некстати младенцем. Игорь просто хочет изучить будущую подругу жизни, понять, сумеют ли они рука об руку пройти до могилы. Что же тут плохого? Торопливость нужна лишь при ловле блох!

Игорь открыл дверь сразу, я посмотрел на него и воскликнул:

— Ты выглядишь вполне нормально.

— Не считая этого! — вздохнул Квасов и, повернувшись спиной, спустил с плеч рубашку.

Из моей груди вырвался возглас удивления: спина между лопатками была покрыта тонкими, вздувшимися рубцами, кое-где кожа лопнула и на ранах застыла кровь.

— Господи, — закричал я, — тебе же больно! Надо ехать в больницу.

— Нет, нет, — испугался Квасов, — ерунда, сделай одолжение, помажь ссадины йодом.

Мы пошли на кухню, Игорь сел на стул, а я начал осторожно дезинфицировать раны приятеля.

— Что у вас стряслось? — я в конце концов не сумел сдержать любопытства.

Квасов ткнул пальцем в сторону стола.

— Во всем виноват торт.

Я проследил взглядом за рукой Игоря и удивился еще больше:

— Это кремовое безумие?

— Да!

— Оно ей показалось невкусным? — недоумевал я. — Однако!

Игорь поморщился и сказал:

— Понимаешь, я сегодня впервые пригласил Ирину к себе.

— Хочешь сказать, что до сих пор она тут не бывала?

— Верно.

— Но почему? Ты живешь один, никаких родственников с болтливыми языками, настороженными глазами и любопытными ушами вокруг нет! Отчего не позвать девушку в гости?

— Именно поэтому, — кивнул Квасов, — ну что она должна была обо мне подумать, когда поняла бы, что мы с ней в квартире вдвоем, а? Ясное дело, сначала следовало предложить ей руку и сердце.

Я закашлялся. Да уж, иногда Игорь перегибает палку!

— Я решил сделать это в торжественной обстановке, — бубнил тем временем Квасов, — купил загодя торт, заехал за Ириной на работу и сказал: «Дорогая, у меня дома имеется замечательная коллекция марок, не хочешь взглянуть?»

Дама сердца не стала ломаться, в конце концов, ей не десять лет, и она, наверное, отлично поняла, почему Игорь вдруг решил продемонстрировать ей филателистические раритеты.

Парочка прибыла в апартаменты, профессор и впрямь вытащил кляссеры[1] и довольно долго листал страницы. Ира стоически вытерпела сию процедуру.

Потом Квасов спросил:

— Чаю, дорогая?

— Спасибо, — кивнула гостья.

Игорь принялся хлопотать по хозяйству.

— Тебе цейлонский или индийский?

---

[1] К л я с с е р — альбом для марок.

— Какой проще.

— Может, китайский?

— Право, мне без разницы.

— Боишься обеспокоить меня? Сущая ерунда! Так что заваривать? Давай каркадэ?

— Давай, — кивнула Ира.

— Он настаивается полчаса.

— Тогда цейлонский.

— У нас полно времени.

— Хорошо, пусть будет каркадэ.

— А сахар какой?

— Любой.

— Песок?

— Да.

— Может, рафинад?

— Пожалуйста.

— Тростниковый, коричневый?

— Хорошо.

— Или белый, очищенный!

— Мне все равно, — неожиданно рассвирепела Ира.

Квасову показалось, что девушка обиделась, и он удвоил старания.

— Лимончик порезать?

— Да.

— Или лайм?

— Можно и его.

— Предпочитаешь варенье? Есть вишневое.

— Отлично.

— ...и персиковое.

— Однофигственно! — рявкнула Ирина.

Слегка удивленный непривычной в устах любимой лексикой, Игорь воскликнул:

— А вот тортик. Твой кусочек самый вкусный, я уже положил его на тарелку.

И тут Ирина неожиданно проявила строптивость.

— Не хочу.

— Съешь, душенька.

— Не желаю.

— Очень вкусно.

— Я не ем сладкое.

— Только попробуй!

— Нет!

— Ну хоть ковырни ложечкой.

— Не хочу!!!

— Вот эту кремовую розочку.

— Нет!!!

— Милая, отщипни крошечку, — стоял на своём Квасов, и тут случилось невероятное.

С воплем: «Как ты мне, идиот, надоел!» — Ирина резко отодвинула серебряную тарелку с куском бисквита:

— Ты зачем меня в гости звал?!

— Марки посмотреть, — сообщил Игорь.

На лице Иры появился хищный оскал, Квасов с изумлением наблюдал, как милая, интеллигентная, хорошо воспитанная женщина превращается в кошмар с острыми зубами. Но то, что случилось дальше, господину профессору не могло привидеться в самом дурном сне.

Ирина подлетела к подоконнику, схватила тонкую бамбуковую палку, которой обстоятельный, до зубовного скрежета аккуратный Квасов раздвигает занавески, прошипела:

— Значит, сначала следовало на дурацкие марки поглядеть, а потом попить чаю с тортом?

— Да, — растерянно подтвердил хозяин, — скушай, душенька, попробуй вон тот кусок с красной розочкой!

— Не хо-чу, — свирепо протянула Ира, — не хо-чу! И тут она с диким воплем набросилась на учёного.

Игорь не привык к рукоприкладству, он воспитан и вращается в таком кругу, где все конфликты решаются вербально, и никогда в жизни, ни при каких обстоятельствах он не ударит даму. Поэтому, подвергшись нападению, Квасов закрыл голову руками и попытался бежать.

Не тут-то было! Взбешённая фурия колошматила несчастного бамбуком по спине до тех пор, пока «дубинка» не развалилась на части. Лишённая «оружия» гарпия швырнула обломки на пол и, с чувством прооров: «Говорили же мне умные люди — не теряй зря времени с импотентом!» — унеслась прочь.

Игорь с огромным трудом пришёл в себя, понял, что

не способен провести остаток вечера в одиночестве, и схватился за телефон.

— Наверное, надо позвонить ей, — сказал он вдруг, натягивая рубашку.

— Зачем? — удивился я. — Забудь эту психопатку.

— Право, нехорошо вышло, — мучился угрызениями совести Квасов, — вдруг у Ирины временно помрачился рассудок, а я, вместо того чтобы проявить заботу о ней, дал больной спокойно уйти? Боже! Мне только сейчас в голову пришло...

— Что еще?

— А если она под машину попала?

— Думаю, в этом случае автомобиль развалился бы на части, — усмехнулся я, — похоже, твоя Ирина железная леди в прямом и переносном смысле этого слова. Лучше скажи, зачем ты с маниакальным упорством запихивал в нее торт? Отчего не убрал сладкое, когда она категорично отказалась его есть?!

Игорь вздохнул:

— Сделай одолжение, поковыряй кусок ложкой.

— Я?

— Ты.

— Извини, но я не люблю изделия с кремом.

— Пожалуйста, выполни мою просьбу.

Я пожал плечами, взял изящную ложку, дорогую антикварную вещицу, одну из тех, коими набит дом Квасова, и развалил шматок, украшенный отвратительной розой мерзкого, пронзительно-алого, совершенно ненатурального цвета. На серебряной тарелке ярко блеснуло золотое кольцо с приличным бриллиантом.

— Это что? — удивился я.

Квасов заерзал на стуле.

— Понимаешь, Ваня, — выдавил он из себя, — в отличие от тебя я не ловелас и тяжело схожусь с дамами.

— Меня трудно назвать Казановой, — парировал я.

— Я совершенно не знал, как нужно делать предложение руки и сердца, — дудел Квасов, — ну и решил посоветоваться.

Луч понимания забрезжил в мозгу.

— Кто же надоумил тебя засунуть ювелирное украшение в торт?

Игорь указал подбородком на стол.

— Я купил журнал, мужской, там на обложке был анонс: «Как обставить предложение руки незабываемым образом».

Я схватил глянцевое издание, честно сказать, никогда не покупаю подобные штукенции, не оттого, что презираю масскультуру, а потому, что уже вышел из подросткового возраста.

Где же статья? Ага, вот она.

«Парни, хорошо запомните, женщины тоже люди, но люди не совсем нормальные, им хочется романтики, букетов, конфет, ахов, охов и прочей лабуды, от которой у нас, мужчин, скулы сводит. Но что делать? Если просто сунешь ей коробочку с кольцом и буркнешь: «Ну, ты, того, давай поженимся», — она, конечно, не откажет. Ясное дело, что любая дурочка только и ждет этих слов. Но потом в течение тех лет, которые вы из-за твоей глупости будете вынуждены провести вместе, ты станешь регулярно выслушивать нудные упреки, типа: «Никакой романтики, даже предложение красиво сделать не сумел». Поэтому вот тебе небольшой списочек, а ты уж сам выбери наиболее подходящий способ.

а) Опусти кольцо в бокал с шампанским. Плюс — она придет в восторг, минус — она не пьет и обозлится, но ты будь настойчив.

б) Спрячь кольцо в кусок торта. Плюс — она придет в восторг, минус — она не ест сладкое, но ты будь настойчив.

в) Привяжи кольцо к (сам понимаешь чему) и в самый интересный момент продемонстрируй подарок. Плюс — она придет в восторг, минус — ты лишишься чувств, потому что девица задушит тебя в объятиях, но ты все же попытайся, придя в себя, быть настойчивым».

Журнал выпал у меня из рук. Ладно, первые два способа еще куда ни шло, хотя, на мой взгляд, автор статьи указал в них не те минусы, девушка может попросту не заметить украшения и проглотить его, это в лучшем случае, в худшем начнет жевать торт и сломает зубы. Но вот третий момент! Придет же в голову такое!

— Хорошо, что ты выбрал торт, — вырвалось у меня.

Игорь насупился.

— Не слишком здорово вышло.

— Ну зачем ты приобрел этот дурацкий журнал!

Квасов моргнул.

— Ваня...

И тут его прервал звонок моего мобильного, я вынул телефон.

— Иван Павлович, — заорала Нора, — немедленно домой!

Ноги сами собой понесли меня в прихожую. Если хозяйка обращается к секретарю по имени-отчеству — жди беды.

— Уже уходишь? — занудил Квасов.

— Извини, работа, — стал оправдываться я, надевая куртку.

— Я думал поговорить, обсудить свою беду.

— Давай завтра?

— Ладно, — легко согласился профессор, — как насчет того, чтобы в восемь пойти в «Момо»?

Я закивал, «Момо» так «Момо», мне без разницы, где пить плохой кофе. Квасов церемонно довел меня до лифта и начал расшаркиваться.

— Спасибо, что нашел время зайти и выслушать, мне определенно стало легче.

— Ей-богу, это было нетрудно.

— Крайне благодарен.

— Не стоит.

— И все же ты настоящий друг. Кстати, если твои планы изменятся, обязательно позвони, мы перенесем свидание на другой день.

И тут снова зазвонил телефон.

— Иван Павлович, ты где? — возмутилась Элеонора.

— Уже бегу.

— Живо уходи от зануды, — заорала Нора, — хватит китайские церемонии разводить!

Я быстро отсоединился и с опаской взглянул на Игоря: Нора вопила так громко, что звук ее голоса мог долететь до ушей Квасова. Но, похоже, профессор не разобрал слов взбешенной Элеоноры, потому что он продолжал по-прежнему прощаться, долго, обстоятельно передавая приветы Николетте и Норе. Наконец я вышел из квартиры приятеля и с огромным облегчением поехал на первый этаж.

Конечно, Нора порой бывает нетерпима и даже груба, Игоря она иначе как «зуда с подзаводом» не называет. Но, следует признать, хозяйка сейчас права, сегодня Квасов проявил себя не с лучшей стороны, сначала довел несчастную девушку до полной потери самообладания, а потом так долго тряс мою руку, словно мы расставались навеки.

Глава 2

Дома на вешалке висело незнакомое женское пальто, белое, расшитое голубыми цветами. Вещь явно очень дорогая, подобную за пару сотен рублей не купить, а еще от нее исходил горький запах французских духов. Вдыхая головокружительный аромат, я снял ботинки и направился в кабинет к Норе. Похоже, к нам в неурочный час примчалась клиентка с интересным делом.

— Явился! — стукнула кулаком по столешнице Нора. — Полз два часа! Право, Иван Павлович, ты бы даже на черепашьих гонках занял последнее место.

Я вздохнул, но ничего не сказал. У одной из моих любовниц имелась черепаха по имени Мартина, вы не поверите, с какой скоростью она передвигалась по квартире, мне порой было трудно ее догнать.

— Ваня, выпади из нирваны, — продолжала Нора, — и поздоровайся с Мариной. Насколько я знаю, вы великолепно знакомы.

Я повернул голову влево и увидел в кресле хорошенькую блондиночку, хрупкое существо, похожее на воздушное безе, — Марину Арапову. Нора не ошиблась, я великолепно знаю сию особу, она близко дружит с дочерью Коки, и тусовка зовет ее — Мари.

— Здравствуй, Ваня, — нежным голоском пропела Марина и протянула мне тонкую, надушенную лапку.

Соблюдая светские правила, я приложился к ручке.

Марина, дочь вполне успешных родителей-актеров, долгое время казалась мне типично светской дамочкой. В свое время ее мать подсуетилась и выдала дщерь замуж за крайне ей неподходящего, по общему мнению, мужчину, простого химика с отвратительным, на взгляд тусовки, именем Герасим. Очень хорошо помню, какую гримаску скорчила Николетта, получив приглашение на свадьбу, которую играли в скромном кафе. Жених оказался с принципами и не захотел устраивать торжество на средства тестя.

Местные кумушки, в полном составе прибежавшие на бракосочетание, взахлеб обсуждали скромное угощение и свекровь Марины, полную тетку с «химией» на голове. А Кока и Люка после двадцатого «горько» поспорили на энное количество долларов. Первая утверждала, что брак просуществует полгода, вторая отводила ему срок — месяц. Но ошиблись обе.

Неожиданно жизнь Марины сложилась счастливо, а после перестройки лапотный Герасим, к общему удивлению, вдруг занялся лекарствами. Вроде он сначала просто торговал ими, потом открыл производство, подробностей я не знаю, только у Марины появилась хорошая одежда, красивая машина и загородный особняк. Арапова родила двоих детей, сначала мальчика Костю, которому сейчас уже исполнилось двадцать два, и девочку Аню, ей, если не ошибаюсь, года на два меньше.

Детьми занималась сначала нянька, потом гувернантки и репетиторы. К слову сказать, ребята выросли хорошими, послушными, не доставляли родителям хлопот.

Костя хотел после окончания школы пойти в театральный вуз, наверное, в нем проснулись гены бабушки и дедушки, но Герасим категорично заявил:

— Нет. Лицедейство не профессия для мужчины.

Пришлось Косте учить иностранные языки. С Аней отец оказался не так строг, когда дочь в девятом классе завела разговор об учебе в ГИТИСе, он спокойно кивнул и пообещал:

— Давай, старайся, наймем нужных репетиторов.

Костик, присутствовавший при беседе, раздраженно воскликнул:

— Ага! Вот оно как! Мне, значит, нельзя, а Аньке можно?

Герасим взглянул на сына.

— Именно так! Она баба, выйдет замуж, займется хозяйством, а ты мужик, тебе жену и детей содержать!

— У нас семейный бизнес есть, — некстати высказался Костя.

Отец нахмурился.

— Это мое дело, умирать я пока не собираюсь и мальчика-мажора дома иметь не хочу. Мне, кстати, никто не помогал, и тебе придется самому пробиваться.

Марина в отношения отца с детьми не вмешивалась, она не работала, жила в свое удовольствие, носилась по магазинам и салонам красоты, ездила в Милан за одеждой, в Париж за косметикой и отдыхала на море по пятьшесть раз в году. В ее хорошенькой головке не задерживалось никаких мыслей, кроме тех, что были связаны с нарядами и украшениями. Иногда Мари приходила на суаре, затеянные Николеттой, пару раз она приводила с собой Аню, апатичную, скромную девочку, которая во время шумного сборища отсиживалась в углу. Гувернантки вбили в ребенка нужные правила, Анечка вставала при виде взрослых, улыбалась и умела поддержать беседу на вечные темы: здоровье — театральные премьеры — погода.

— Ты бы к ней присмотрелся, — шепнула мне один раз Николетта, — невеста подрастает.

— Да я в коляске ее помню! — шарахнулся я от маменьки.

— Так не сейчас же атаку начинать надо, подожди пару лет, — не сдалась она.

— Нет уж, уволь, — я попытался купировать неприятный разговор в зародыше.

— У Герасима миллионы, а дочь одна!

— Я не страдаю педофилией!

Николетта скорчила гримасу.

— Это верно, ты болен глупостью, а еще эгоизмом, не желаешь думать ни о чем, кроме собственного удобства! Что случится со мной, если Нора умрет? Ты лишишься заработка, на что мне тогда жить? А здесь девчонка с состоянием.

Не найдя нужных аргументов в споре, я ретировался, стать женихом Ани мне показалось отвратительным. Впрочем, наряду с дочерью мне не нравились ни ее безалаберная мамаша, ни хамоватый папенька. И вообще, как известно, жениться следует на сироте.

Потом беззаботная жизнь Мари резко оборвалась. Скончался Герасим, умер в самом расцвете лет от обширного инфаркта, оставив после себя вдову, двух детей и процветающую фирму.

Похороны бизнесмена произвели на меня самое тягостное впечатление, народу проститься с покойным явилась туча. Дети выглядели потерянными, Марина же, к общему удивлению, крепко держалась на ногах, провела всю скорбную церемонию стоя, прямая, как вязальная спица. На ее белокурых волосах красовался черный кружевной платочек, который смотрелся не знаком скорби, а очередным изыском кутюрье.

— Вот увидишь, — шепнула Кока, — через полгода богатая вдовица выйдет замуж.

— Маловероятно, — просвистела в ответ Люка, — товар испорчен, подгнил с одного боку, двое спиногрызов в наличии. Кому такое счастье нужно?

— Молчи лучше, — оживилась Кока, — денег сколько Герасим оставил! А бизнес! Кто им теперь рулить станет?

— Костя! — отозвалась Люка. — Сын всегда за отцом наследует.

— Еще скажи «Аня», — фыркнула Кока, — цирк прямо. Мальчик сморчок, где ему с делом справиться. Нет, Мари живо в загс побежит, эх, повезет кому-то. Кстати, Вава, по-моему, судьба подбрасывает тебе шанс. Мари вполне подходящая партия, красива, богата... а? Мальчик мой? Эй, ты куда?

Я быстро смешался с толпой. Во-первых, вести разговоры о свадьбе на похоронах как-то не комильфо, а во-вторых, меньше всего мне хотелось связываться с избалованной Мариной.

Но вы не представляете, что случилось дальше. Вопреки общему мнению Арапова не стала искать нового мужчину. Через десять дней после похорон Герасима Марина вошла в его рабочий кабинет, созвала всех: заместителей хозяина, управляющего, начальников отделов, лабораторий и заявила:

— По завещанию бизнес отходит мне, весь капитал Герасим тоже отписал на мое имя. Я намерена сама вести дело, тот, кто считает ниже своего достоинства работать под началом женщины, может положить заявление об уходе на стол.

Поднялся шум.

— Вы же ничего не смыслите в фармакологии, — не вытерпел Андрей Зальцман, управляющий.

— Не беда, научусь, — сказала Марина, — вы тоже не профессорами на свет родились.

Итог совещания мог убить любого руководителя фирмы: из двенадцати присутствующих одиннадцать изъявили желание покинуть навсегда рабочее место.

Марина аккуратно сложила полученные заявления, потом сказала:

— Вы хорошо подумали?

По кабинету пронесся смех.

— У нас с мозгами полный порядок, — заявил Зальцман.

— Ладно, — кивнула вдова, — но имейте в виду, станете проситься назад — не приму.

Мужчины снова развеселились, серьезным был один Эдик Марков, который по непонятной причине решил остаться при Араповой.

Абсолютно не стесняясь Марины, громко обсуждая вслух ее умственные способности, бывшие руководители фирмы удалились, последним из кабинета вышел Зальцман, на пороге он обернулся и сказал:

— Не глупи, Эдик, неужели ты еще не понял? Фирма «Гема»[1] умерла, сделай правильный выбор.

— Я уже его сделал, — спокойно ответил Марков, — посмотрим, кто проиграл.

---

[1] Фирма «Гема» придумана автором, совпадения случайны.

Не прошло и трех месяцев, как всем стало ясно: слухи о кончине «Гемы» сильно преувеличены. Маленькая, хрупкая, «глупая» блондиночка Марина оказалась цепкой, хваткой, безжалостной бизнесвумен. Она быстро наняла других сотрудников и ухитрилась вывести фирму на новый виток. Оставалось лишь удивляться, куда подевалась избалованная, спящая до полудня Мари. Она приезжала на службу к восьми утра, а уходила около полуночи. И еще, Марина, оказывается, была в курсе всех дел мужа, Герасим не имел секретов от супруги, и это оказалось для окружающих еще одним шоком.

Не так давно я столкнулся в магазине с Зальцманом, который угрюмо сказал:

— Кто ж знал, что эта болонка на самом деле немецкая овчарка! Офигеть можно! Ты что-нибудь слышал про новый препарат, который выпустила «Гема»?

— Нет, а что это за лекарство? — удивился я.

Зальцман горько вздохнул:

— Если бы все были такими, как ты, фармакологическое производство стало бы убыточным. Пьешь хоть изредка аспирин?

— Зачем?

Андрей махнул рукой.

— Ясно. Новое лекарство — это уникальный препарат, в основе которого лежит моя разработка. В его состав много чего входит, в частности, масло мурманского лосося. Я несколько лет работал, чтобы создать сбалансированную формулу. После увольнения из «Гемы» нанялся на службу в конкурирующее предприятие и доложил новому начальству о своих идеях, получил добро, начал собирать команду. Поверь, найти нужных людей непросто.

— Прости, — перебил я его, — зачем тебе работать в группе?

Зальцман снисходительно ухмыльнулся.

— Времена, когда провизор толок в ступке пестиком древесный уголь, канули в Лету, теперь у нас мощная техника, как минимум нужны лаборанты. И вообще создание нового лекарственного средства длительный процесс. Я, работая на «Гему», почти все завершил, оставались мелкие штрихи, но, пока переходил со службы на службу, потерял время, а Марина не растерялась и выбросила на прилавки слегка недоработанный препарат.

Обозленный Андрей позвонил Араповой и пригрозил вселенским скандалом. Но хрупкая блондиночка, вместо того чтобы испугаться и предложить отступные, засмеялась.

— Э нет, дорогой, все наоборот! Скажи спасибо, что я проявила тактичность и не сообщила твоему новому руководству о нарушениях, которые ты допустил. Ты расторгнутый с «Гемой» контракт не выбросил?

— Нет, — ошарашенно ответил Андрей.

— Глянь, там при договоре есть приложение.

— Ну, — протянул ничего не понимающий Зальцман.

— Третий пункт читал? Самый мелкий шрифт!

— Нет, а зачем? Мы же не заключали контракт, а расторгали его, — ответил Андрей.

Марина ехидно засмеялась.

— В другой раз, когда как крыса побежишь с тонущего корабля, будь внимателен и очень-очень дотошно изучай весь текст, в особенности тот, что набран крохотными буковками, поверь, они представляют, как правило, самую суть. Скажи мне спасибо, дружочек, я могла ведь и промолчать, подождать, пока ты подашь в суд, и слупить с тебя нехилые денежки.

Андрей отбросил трубку, словно ядовитую змею, и кинулся искать экземпляр расторгнутого контракта, в нем на самом деле обнаружился текст, набранный петитом. Зальцману пришлось три раза перечитать его, прежде чем он понял размер катастрофы: все, что он придумал, разработал, создал, написал при помощи оборудования фирмы «Гема», принадлежит этой компании. Чуть ниже шел список оборудования, открывал его супермощный лабораторный комплекс, завершали — шариковые ручки и скрепки. Андрей, подписав не глядя контракт, согласился с ним и потерял права на все свои разработки.

— Ну не дрянь ли! — кипел Зальцман. — Мое же у меня украла!

Я вздохнул: когда работаешь в конторе и получаешь деньги, твой ум уже принадлежит хозяевам. Но какова

Марина! Думаю, она не сама сообразила впечатать в контракт нужный пунктик, ей явно помогли юристы. А что отличает настоящего предпринимателя от дилетанта? Умение сказать себе: «Кое в чем я ни бельмеса не смыслю».

После этого озарения прирожденный бизнесмен заведет адвоката, бухгалтера, кризис-менеджера... Такой руководитель не станет самостоятельно латать дыры в деле, нет, он просто правильно организует процесс функционирования предприятия и достигнет успеха. А самонадеянный болван, считающий себя умнее всех, не пожелает слушать специалистов и пропадет.

— Ваня, — гаркнула Нора, — ты с нами?

Я вздрогнул.

— Конечно.

Нора очаровательно улыбнулась и повернула голову к Марине.

— У Ивана Павловича есть совершенно омерзительная манера: он вроде находится в комнате, смотрит на тебя в упор, на его лице самое внимательное выражение, но вглядишься в его глаза и поймешь: на диване сидит лишь оболочка, душа Вани витает в эмпиреях.

Марина сказала:

— Думаю, подобное поведение свойственно всем мужчинам, право, не стоит обижаться, это защитная реакция от стресса, мы, женщины, более закалены.

— Очень внимательно вас слушаю, — я попытался оправдаться, но пока никакой информации не услышал, только вопрос Норы о том, знаком ли я с госпожой Араповой.

Элеонора прищурилась.

— Хорошо, сейчас узнаешь суть дела. Марина, лучше вы сами изложите!

Арапова кивнула и начала рассказ, вначале вполне обычный, но по мере того, как Марина сообщала детали, я пугался все больше и больше.

Ситуация оказалась, увы, для нашего смутного времени проста и обычна. У Араповой, как я уже упоминал, имеются дети: Костя и Аня. Юноша учится на последнем курсе института и никаких хлопот матери не доставляет.

Костя не пьет, не курит, не балуется наркотиками. Он свободно владеет английским, французским и немецким, поэтому Марина предполагает взять парня к себе на фирму, сделать его начальником международного отдела, пусть катается по миру, заключает контракты. Аню мать не планирует привлекать к семейному бизнесу, девочка учится в театральном вузе. Несмотря на юный возраст, Константин ответственен, хотя он может пойти в ночной клуб и проплясать там до утра. Марина не чинит сыну препятствий, в конце концов, когда же гулять, как не в молодости? Мать настаивает лишь на одном условии — парень обязан позвонить домой и сообщить: «Я ушел в загул». Марина не станет проявлять любопытства, сыпать вопросами, типа: «Сыночка, ты где? С кем? Когда вернешься?»

Нет, она доверяет Косте, поэтому спокойно ляжет спать. Впрочем, есть еще одно условие, которое бизнесвумен поставила сыну: тот не должен выключать мобильный телефон. Если дома, не дай бог, что-нибудь случится, Костя обязан быть на связи. Те же правила действуют и для Ани.

Может, потому, что Марина не ограничивает свободу детей, не орет на них ежесекундно, и парень, и девочка ни в какие неприятности не попадают. У Кости сейчас есть девушка, Анжела Лихова, приятная, хорошо воспитанная особа из обеспеченной семьи.

Два дня назад Костя не пришел ночевать, ситуация была для Марины не новой, сын порой оставался у своих девушек. Арапова не дергалась: Костя — мужчина, в подоле не принесет, младенца при расставании пары, как правило, воспитывает женщина.

В обед Константин позвонил матери и сказал:

— Мусь! Я у Анжелки останусь.

— Хорошо, — согласилась Марина и занялась своими делами.

Вечер и ночь прошли без волнений, в восемь утра раздался звонок, Марина схватила трубку и спросила:

— Кто там?

— Ой, простите, — заверещал тоненький голосок Анжелы, — вы дома?

— Где же мне быть? — удивилась Арапова. — Ясное дело, лежу в собственной кровати.

— Значит, все в порядке? — радостно воскликнула Лихова.

Марину охватило беспокойство.

— Деточка, — настороженно поинтересовалась она, — отчего ты звонишь в столь ранний час?

— Извините, — зачастила Анжела, — но я так испугалась, когда про инсульт услышала, хотела с Костей ехать, но он меня отшвырнул и улетел.

— Кто?

— Костя.

— Он не у тебя ночевал?

— Нет.

— А где же?

— Ну... не знаю... дома... Вообще говоря, я думала, что вы в больнице...

У Марины закружилась голова.

— Сделай одолжение, объясни, что случилось, только спокойно, внятно и четко.

Анжела всхлипнула.

— Ага! Сейчас попытаюсь.

Глава 3

Костя приехал к Лиховой около одиннадцати вечера, они поужинали, посмотрели кино и стали укладываться спать, одним словом, почти семейный досуг. Не успел Костя пойти в ванную, как зазвонил его мобильный. Студент взял трубку, мгновенно переменился в лице и резко спросил:

— Куда везут? Понял, бегу.

— Что случилось? — испугалась Анжела, увидев, что любимый разволновался сверх меры.

— Маме плохо, — проронил Константин, торопливо натягивая джинсы, — похоже, у нее инсульт, звонил врач «Скорой помощи», ее в больницу отправили, мне надо ехать.

— Я с тобой! — подскочила Анжела.

— Нет!

— Погоди! — настаивала Лихова. — Вдруг тебе помощь понадобится.

Парень схватил любовницу за плечи.

— Оставайся тут, — гаркнул он, — маме и без тебя плохо! Ты не член нашей семьи! Сами разберемся.

Отпихнув обиженную Анжелу, Костя ринулся к лифту. Лихова сначала надулась: кавалер поступил с ней по-хамски, но потом подавила не к месту проснувшееся самолюбие. Ясное дело, Костя сильно нервничал, вот и вел себя неадекватно.

Всю ночь Анжела не сомкнула глаз, ожидала звонка от Кости, но он так и не объявился, и тогда крайне обеспокоенная девушка решилась позвонить Араповым. Она надеялась поговорить с Аней, но трубку неожиданно взяла сама Марина.

— Куда же он подевался, если вы здоровы? — истерично заорала Анжела, закончив рассказ.

Марина, испугавшаяся не меньше Лиховой, попыталась сохранить спокойствие.

— Не вопи, — оборвала она любовницу сына, — пока еще ничего страшного не случилось! Извини, конечно, но, может, ты Косте просто надоела, и он завел другую, к ней и поехал. Ну случилась у той неприятность, машину ей помяли, она и позвонила Косте... А он, чтобы от тебя сбежать, наплел с три короба.

Анжела притихла, потом выдала гениальную гипотезу:

— Зачем самое плохое предполагать, про измену? Может, его просто по башке камнем долбанули, ограбили...

Марина в сердцах швырнула трубку. Конечно, она знала, что Лихова дура, однако, ей-богу, не предполагала, до какой степени та идиотка!

Взбудораженная Арапова принялась звонить сыну, но его мобильный упорно сообщал:

— Аппарат абонента находится вне зоны действия сети.

Потеряв остатки самообладания, Марина соединилась со Славиком, однокурсником Кости, и узнала, что сын не явился на занятия.

— Я на лекции сижу, — шептал Слава, — а Котьки нет! Он ваще-то к Анжелке вчера порулил, вы ей звякните.

Марина замерла в кресле, потом набрала номер Лиховой и велела:

— Ну-ка, посмотри, где машина Кости?

Девушка понеслась во двор, и через пару минут Марина услышала ее рыдания:

— Авто на парковке, он им не воспользовался.

Марина потрясла головой.

— Тише. Отвечай спокойно. Во сколько он ушел?

— Около часа ночи, мы кино смотрели.

— Какое?

— Ну... по НТВ плюс.

— Возьми программу, посмотри, когда оно закончилось.

— Ща, — всхлипнула Анжела, — э... э... в ноль сорок.

— Костя сразу убежал?

— Да.

— Жди моего звонка, — сказала Марина и призадумалась.

Около часа ночи Костя вышел из подъезда, но до машины не добрался, пропал по дороге. У него дорогая иномарка, тачку не тронули, значит, грабить сына не хотели.

Как у всякой порядочной фирмы, у «Гемы» имеется своя служба безопасности, и Марина решила поговорить с ее начальником, Сергеем Сергеевичем, причем не по телефону, а лично.

Арапова спустилась вниз и зачем-то, абсолютно на автопилоте, открыла почтовый ящик. Оттуда выпала записка. Самый обычный лист бумаги, на нем красовалось сделанное на принтере сообщение: «Не ходи в милицию, не говори со службой безопасности, иначе живым сына не получишь, жди связи».

Марина возвратилась в квартиру, в голове роились мысли, в основном нехорошие. Костю похитили и теперь потребуют выкуп. Она готова заплатить за сына любые деньги, лишь бы вернуть его живым.

— И вы не пошли в милицию! — не выдержал я.

Марина мотнула головой.

— Нет.

— Какая глупость! — воскликнул я.

— А смысл? — пожала плечами Арапова.

— Существует специальное подразделение, там служат профессионалы...

— Ваня, — с горечью перебила меня Марина, — очнись! Ну-ка вспомни, помогли тем, кто «Норд-Ост» не в добрый час посмотреть решил? Или жителям Беслана? Сколько людей погибло! И ведь вся страна переживала, да что там Россия — весь мир к телевизорам прилип, и то ничего практически не сделали, сотни погибли. Кто же ради одного моего сына напрягаться будет? Нет, тут самой надо действовать.

Я раскрыл было рот, но Нора недовольно заявила:

— Хватит, лучше слушай.

Пришлось проглотить разумные аргументы и внимать глупостям, изрекаемым Мариной.

В районе обеда ей позвонил мужчина и, произнося слова с сильным кавказским акцентом, спросил:

— Дорогая, сидишь тихо?

— Да, — недрогнувшим голосом ответила Арапова.

— Молодец, слушай сюда. Сын твой жив, здоров, иди вниз, кассету возьми, посмотри внимательно, я тебе через полчаса позвоню.

Арапова кинулась на первый этаж, в почтовом ящике и впрямь лежала ничем не примечательная видеокассета.

Марина включила видеомагнитофон и уставилась на экран, сначала по нему запрыгали серые полосы, потом неожиданно возникла фигура Кости. Он стоял на коленях, около него маячили два парня с лицами, закрытыми черными вязаными шлемами, в прорезях сверкали глаза, а в руках бандиты держали автоматы.

Внезапно один из похитителей толкнул Костю дулом, тот вздрогнул и забубнил:

— Мама, прости, отдай им все, что они хотят, иначе меня убьют.

Потом вдруг он заплакал, громко причитая:

— Мамуля, выкупи меня, я не хочу умирать, мама-а-а...

Крик оборвался, запись закончилась, и тут, словно по заказу, вновь ожил телефон.

— Ну, как, дорогая, все поняла? — вкрадчиво поинтересовался кавказец.

— Чего вы хотите? — пытаясь изобразить равнодушие, осведомилась Марина.

— Денег.

— Сколько?

— Отдай карточку на лондонский счет, — сказал кавказец, — увидишь, как все хорошо получится! Никто ничего не узнает, сына вернешь, люди вопросы задавать не станут! А лавэ еще заработаешь!

Арапова задохнулась от обуревавших ее чувств.

— Подумать хочешь, дорогая? — мигом спросил голос. — Правильно, сгоряча не решай, имеешь пятнадцать минут. Дашь денег на святое дело — вернем сына, откажешься — получишь кассету со сценой казни. Тебе решать, дорогая! Перезвоню.

Марина упала на диван, оставалось лишь удивляться, откуда кавказец знает тщательно скрываемый семейный секрет. Герасим в свое время открыл в одном из лондонских банков счет на предъявителя. Каким образом он ухитрился обойти существовавший тогда в России запрет на перевод капиталов за границу, особый разговор, не это сейчас главное. Герасим упрятал немалую часть своих денег в столице Великобритании и с регулярностью пополнял «казну». Никаких особых телодвижений, чтобы воспользоваться деньгами, делать бы не пришлось, следовало лишь подойти к банкомату и сунуть в него карточку. Получить деньги из Лондона мог человек, знающий пин-код. Более того, прибыв в столицу Великобритании и сообщив служителям банка пароль, любой индивидуум мог закрыть счет, перевести все деньги куда ему заблагорассудится. Герасим накопления не расходовал, он их лишь пополнял. После смерти мужа Марина ни разу не воспользовалась заветной карточкой, Арапова очень хорошо понимала: она живет в России, стране непредсказуемых политических и экономических катаклизмов. Сейчас у нас все хорошо: некая стабильность, капитализм, свобода слова и бизнеса. Но кто даст гарантию, что здесь снова не настанет какой-нибудь семнадцатый, тридцать седьмой или девяносто первый год. Случись беда, Марина, прихватив Костю с Аней, эмигрирует в Англию и начнет там вполне комфортную жизнь. Карточка «VISA» — гарантия спокойствия и благополучия семьи Араповых. И о тайном счете не знал никто, только покойный Герасим и Марина. Сама карточка, тонкий прямоугольник черного цвета, не хранилась дома, она лежала в арендованной банковской ячейке, в которой Марина держала свои самые дорогие бриллианты. Думаете, карточки, открывающие доступ к счетам с астрономическими суммами, обязательно имеют золотое покрытие? Это правило действует лишь в России, большинство из бывших советских людей и не предполагает, что самый дорогой пластик черный. Любой служащий иностранного банка, увидев клиента с подобной картой, сразу начнет приседать, кланяться и предлагать кофе, чай, коньяк, пирожные. Черные карты выдают людям, к которым управляющий сам приезжает на дом, к простым VIP-персонам такой вкладчик не имеет отношения, он так же далек от них, как Билл Гейтс от мальчика, получившего на день рождения обычный компьютер.

Но в России о черных картах знает лишь очень узкий круг ответственных сотрудников банков, и Марина могла бы спокойно носить карточку при себе, однако она не желала рисковать, поэтому все наиболее ценное хранила в ячейке банка.

Откуда кавказец узнал про это? Деньги на лондонский счет поступают таким кривым путем, что найти концы невозможно. Герасим умер, тайной владеет одна Марина, она не пьет, следовательно, не могла в алкогольном бреду выдать секрет. Любовников у нее нет, дети не знают про лондонский счет. Где утечка информации?

Ее мрачные раздумья снова прервал звонок.

— Ну, дорогая? — вкрадчиво промурлыкал негодяй.

— Я согласна, — выдавила из себя Марина.

— Правильно.

— Когда вернете мне сына?

— Гони карточку, пин-код, пароль, и парень твой, для начала назови код.

Марина рассмеялась.

— Не держи меня за дуру, сперва Костя, потом остальное. Где он? Едем туда!

— Так и знал, что ты осторожна, — похвалил ее по-

хититель, — ладно, будь по-твоему. Отдашь карточку на
месте.

— Где?

— Костя в Чечне.

Трубка чуть не выпала из рук матери.

— Где? — закричала она, теряя остатки столь тщательно демонстрируемого спокойствия.

— Тише, дорогая, — укорил кавказец, — мы же взрос-
лые люди, не дети. Константин в правильном месте, кор-
мят, поят его. Забирать сама будешь. Поедешь?

— В Чечню?

— Да.

— Хорошо, — дрожащим голосом ответила Марина.

— Карточку бери с собой, — напомнил негодяй, —
без нее не получишь своего джигита. И особое условие:
отправляйся одна, никому ни слова, сообщишь в милицию — простишься с сыном.

Марина собралась с силами и нашла достойный ответ:

— Значит, так! Я еду за сыном.

— Не сомневался в твоем решении.

— Отдаю карточку, получаю мальчика.

— Хорошо.

— Он садится в машину и отправляется домой, причем не один, а вместе с человеком, который прибудет со
мной. Я остаюсь в заложницах. Когда они достигнут дома, спутник Кости сообщит мне, что все в порядке, и тогда я скажу пин-код и пароль.

— Ну нет, дорогая, — разволновался чеченец, — ты
едешь одна.

— Никогда, — твердо заявила Марина, — какие у меня гарантии, что мы останемся живы? Сообщу вам нужные сведения, а вы нас с сыном пристрелите.

— Мы не звери, дорогая, нам шум не нужен, деньги
на борьбу требуются.

— Нет.

— Тогда сына убьем.

И тут Марина пошла ва-банк, откуда у нее взялись
силы и мужество, непонятно, но она, дочь профессио-

нальных актеров, великолепно сыграла мгновенно придуманную роль.

— Что ж, — делано равнодушно заявила несчастная мать, — значит, судьба у него такая, я поплачу и успокоюсь, деньги при мне останутся, а иначе и Кости лишусь, и средств. Слушай теперь мое условие: либо я еду с сопровождающим, либо конец истории!

Кавказец кашлянул.

— Не горячись, дорогая! Тебе сына не жаль?

— Жаль.

— Тогда давай карточку, и никуда ехать не придется, мы не обманем, вернем Константина.

— Гарантии?

— Слово джигита.

Марина истерично расхохоталась.

— Ты, похоже, не в себе, — вымолвила она, успокоившись, — более нам говорить не о чем. Либо будет по-моему, либо никак.

— Жди звонка, — велел голос.

Марина застыла у аппарата, прижимая руки к груди, под ее ладонями испуганной птицей билось сердце. Арапова пребывала в ужасе: вдруг она совершила роковую ошибку? Может, следовало покорно принять условия мерзавца?

Два часа Марина металась по квартире, потом ей опять позвонили.

— Хорошо, дорогая, — вкрадчиво сказал кавказец, — мы не разбойники, а борцы за политическую свободу своей страны, деньги нам нужны на святое дело. Ты, мать, мы готовы пойти на уступки, поезжай со спутником, но его кандидатуру мы назовем сами.

— Вы скажете имя того, с кем мне отправляться в Чечню?

— Да.

— Не пойдет.

— Почему, дорогая?

— Это должен быть мой знакомый, человек, которому я доверяю, а не ваш ставленник.

— Так и будет. Жди до завтра, скажем имя.

Вот тут Марина окончательно растерялась.

— Вы завтра сообщите кандидатуру из числа моих знакомых?

— Именно так, дорогая.

— Но откуда вы знаете, с кем я нахожусь в хороших отношениях?

Собеседник кашлянул.

— Мы, дорогая, знаем все. Жди.

Стоит ли говорить, в каком настроении пребывала Арапова? Для начала она отправилась за Аней в институт на машине и, приехав домой, велела девочке:

— Сиди дома, носа не высовывай целую неделю, а там посмотрим.

— Почему? — заныла дочь.

— Так надо.

— Но у нас завтра занятия!

— Плевать.

— Двойку получу, — стонала отличница.

— Я поговорю с деканом и все улажу.

— Да что случилось?

— Ничего.

— Ладно, пойду позвоню Костьке, пусть мне по дороге домой мороженое купит, — сдалась Аня.

— Нет! — заорала Марина с такой силой, что на столе подскочил графин. — Не смей пользоваться телефоном, ни домашним, ни мобильным. Вообще, отдай свой сотовый мне, не включай компьютер, не входи в Интернет, будет лучше, если ты просто ляжешь на диван и почитаешь книгу, Диккенса, к примеру, или Вальтера Скотта.

— Ма, ты офигела? — разинула рот Аня. — Что у нас стряслось?

Марина поняла, что перегнула палку, и попыталась исправить ситуацию.

— Ничего, у меня мигрень.

— А почему нельзя телефоном пользоваться?

И тут аппарат затрезвонил, Марина коршуном бросилась к трубке.

— Да, — сильно побледнев, закричала она, — ах, это ты! Привет, Нина, все хорошо...

Пока мать вела ничего не значащий разговор с одной из своих многочисленных знакомых, Аня тихо сидела на диване, но, когда Марина положила трубку, девочка спросила:

— Ну и почему надо никуда не высовываться и читать?

Сообразив, что дочь заинтригована, и ругая себя за неумение сохранять спокойствие в любой ситуации, Марина начала ловко врать.

— У нас беда!

— Какая?

— Костя пошел сдавать анализ крови, у него обнаружили СПИД.

— Мама!!!

— Вот-вот, — лгала Марина, — понимаешь, какой ужас?

— Ой!!!

— Никому ни слова.

— Да-да!!!

— Диагноз пока не подтвержден полностью.

— Вау!!!

— Лучше тебе сидеть дома.

— Почему?

— Я так велю!!!

— Хорошо, хорошо, — залепетала Аня, — а телик смотреть можно?

— Да, — кивнула мать, — но ни с кем не общайся, нам надо соблюсти тайну. Если выяснится, что СПИДа нет, то и слава богу, но если он в наличии... Мы обязаны молчать, иначе рухнет все, мой бизнес, твои занятия в институте... Люди станут шарахаться от нас, ясно?

Марина очень хотела запугать дочь, заставить ту не высовывать нос из дома. Конечно, она придумала не лучший повод. Объявить сына зараженным практически неизлечимой болезнью — большой грех, но у бедной матери просто не нашлось времени, чтобы изобрести иную причину, по которой Ане нужно пропустить лекции и сидеть дома. Кстати говоря, многие студентки мигом бы воскликнули с удивлением:

— Ладно, понимаю, у Кости СПИД, значит, он теоретически может быть и у меня. Хорошо, временно посижу дома, не стану общаться с приятелями, но при чем тут Интернет и телефон? Вирус же никак не может передаваться по проводам? И почему мне нельзя поехать в лабораторию, чтобы сдать кровь?

Но Анечка тугодумка, она слегка апатична. Скорей всего, из нее никогда не получится хорошей актрисы, девочка не обладает той энергетикой, которая всегда сопровождает великих лицедеев. Если честно, то больше всего на свете Аня любит вкусно есть. Сесть на диету она не согласится, даже если от этого будет зависеть получение ею «Оскара». Поэтому она сказала:

— Ладно, мам, не волнуйся, все обойдется, вот увидишь, у Костьки ничего не найдут.

Потом пошла на кухню, схватила коробку с конфетами и уютно устроилась в своей комнате.

А вот Марина не отходила от телефона, и в конце концов чеченец сообщил ей имя выбранного спутника: Иван Павлович Подушкин.

Глава 4

Влети в комнату сейчас шаровая молния или появись на ковре белый медведь в купальном костюме с книгой о правильной и здоровой пище в волосатой лапе, я бы и то удивился меньше. Мой рот сам по себе открылся, но я не мог издать ни звука, голосовые связки парализовало. Пару секунд я сидел тихо, потом все же сумел выдавить из себя:

— Вы уверены?

— В чем? — спросила Марина. — В точности данных? Абсолютно. Подушкин Иван Павлович.

— Может, это не я?

— А кто?! — сердито воскликнула Арапова. — Ты знаешь в нашем окружении еще одного господина Подушкина?

— Нет, но, вероятно, в Москве живет мой тезка? В конце концов, не такая уж это и редкая фамилия...

На лице Марины появилось выражение презрения, потом отчаяния, она повернулась к Норе и горько воскликнула:

— Ну что я вам говорила? Они все трусы!

Элеонора стала перекладывать на столе бумажки. Сначала она зачем-то сложила все листы стопкой, потом принялась выстраивать в линию коробочки, стаканчики с ручками, пресс-папье, часы...

Глядя на то, как медленно и методично двигаются руки хозяйки, я понял, что она сильно нервничает и, очевидно, так же, как и я, не способна сейчас подобрать нужные слова. Наконец Нора откашлялась и забормотала, ее речь вновь повергла меня в удивление. Хозяйке всегда свойственно высказываться очень конкретно, основную часть глаголов Нора употребляет в повелительном наклонении, и владелица детективного агентства «Ниро» уверена в себе, часто безапелляционна, а порой откровенно жестока. Но сейчас я услышал необычные для Норы обороты.

— Видишь ли, Ванечка, как бы получше выразиться... Естественно, никоим образом я не могу, вернее, не имею права... То есть считаю неправильным... Нет, не так... Ты сам должен принять решение... Работа — одно, а подобная поездка... э... э... акт некоего героизма...

Марина подняла свои огромные, лихорадочно блестевшие глаза и, бесцеремонно перебив Нору, сказала:

— Короче говоря, сколько ты хочешь за то, что будешь сопровождать меня?

— Ничего, спасибо.

— Я дам любую сумму.

— Нет, нет.

— Денег не желаешь?

— Ни в коем случае, — отбивался я.

— Понятно, тогда предлагаю квартиру, — переменила тактику Марина, — в любом районе Москвы, полностью готовую к проживанию, с мебелью. Тебе останется лишь войти и поставить чайник, по рукам?

Я вздрогнул, Арапова попала в мое самое больное место, в мягкое, незащищенное брюшко Ивана Павловича. Я, по существу, бомж. Нет, я имею постоянную прописку в квартире, где провел детство, юность, часть зрелости и где сейчас обитает моя мать Николетта. Но если с Норой что-нибудь случится или она выгонит меня прочь, придется возвращаться к маменьке, а от осознания сей перспективы у вашего покорного слуги сразу начинают болеть зубы, открывается тахикардия, подскакивает давление... Личная жилплощадь, собственная берлога, где лежат любимые книги и царит нужный мне порядок, — несбыточная мечта. Заработков секретаря никогда не хватит на ее осуществление.

В чем, в чем, а в наблюдательности Марине было не отказать.

— Так как? — наседала она на меня. — Я готова немедленно дать команду риелторам.

На лице Норы мелькнуло странное выражение, некая смесь удивления с брезгливостью.

— Нет, — решительно отрезал я, — извините, но я не способен на подобный поступок, честно говоря, я боюсь за свою жизнь.

Нора крякнула, Марина кивнула.

— Хорошо, — неожиданно спокойно сказала она, — я и не надеялась на твое согласие, да и какое право я имею требовать от постороннего человека геройских поступков? Если честно, самой непонятно, отчего похитители выбрали мне в спутники Ивана Павловича. Хотя, думаю, они давно следили за нашей семьей, изучили ее окружение и отлично знают, что...

Арапова замолчала, но я мысленно закончил за нее недосказанную фразу: «...он трус и никогда не согласится на такую поездку». Да уж, преступники явно хорошие психологи, рассчитали точно, вроде соблюли условие, выдвинутое Мариной, но сделали так, чтобы оно было невыполнимо, причем не по их вине. Негодяи откуда-то знают меня и понимают: Иван Павлович не герой, а самый обычный среднестатистический мужчина. Знаете, мы все на самом деле трусы, только не каждый способен громко заявить об этом окружающим открыто, как я, честный человек, не способный лгать женщине!

Марина встала и, сгорбившись, пошла к двери.

— Ты куда? — шепотом окликнула ее Нора.

Арапова оглянулась, в ее глазах метался детский испуг и полная безнадежность.

— Странный вопрос, еду к Косте.

— Сейчас?!

— Да, мне велено явиться на станцию Пролетово, это в Подмосковье, там меня встретят.

— Отправишься одна?

Марина неожиданно улыбнулась.

— А кто мне поможет? В этой жизни каждый сам за себя, герои, способные защитить слабого и обиженного, остались в прошлом. На всякий случай прощайте.

— Погоди, погоди, — засуетилась Нора, — может, тебе денег дать?

— Спасибо, вполне своих хватит.

— Сейчас я велю Шурику отвезти тебя на станцию.

— Ни в коем случае, — отрезала Марина, — меня ждут на моей машине. Знаете, я сразу им сказала, что Ваня не согласится, и получила ответ: тогда приезжай одна — либо он, либо никто. Я к вам пришла... потому... потому, э, сама не знаю почему! Забудьте нашу встречу, считайте, что ее не было. Иван Павлович, извини меня.

— Что ты, — неожиданно «тыкнул» я Марине, — о чем речь!

— Не должна была я даже предлагать тебе такое.

— Ну... ерунда.

— Еще раз прости, я поступила крайне эгоистично.

— Да, да, — закивал я.

— Погоди, — воскликнула Нора, — а где Аня? Девочку ты куда подевала?

— Сказала ей, что на пару дней отправляюсь в больницу, к Косте, — равнодушным голосом пояснила Марина. — Велела дочери не высовываться, оставила с ней домработницу. Если мы с Костиком вернемся, заживем по-старому, денег я еще накоплю, а коли нас убьют после получения карточки... Ладно, не следует думать о плохом! Я вернусь! С сыном! Вас же прошу лишь об одном: извините за доставленное неудобство и никогда никому ни при каких обстоятельствах не рассказывайте о нашем разговоре. Могу я надеяться на ваше молчание?

Мы с Норой разом кивнули.

— Спасибо, — ровным, дикторским голосом докончила Марина, — я всегда знала, что вы благородные люди, не чета остальным. Прощайте.

Маленькая фигурка со слишком прямой, словно накрахмаленной, спиной и гордо вскинутой головой направилась к двери. На ярко блестящих, уложенных в дорогой парикмахерской волосах играли блики света от хрустальной люстры, украшавшей кабинет Норы. Мне стало не по себе, наверное, вот так, отчаянно выпрямившись, Жанна д'Арк поднималась на кучу хвороста, возле которой стоял палач с зажженным факелом. «Я всегда знала, что вы благородные люди, не чета остальным». Внезапно я словно раздвоился, одна моя половина вжалась в кресло, отчаянно повторяя: «Ничего, все в порядке, чеченцы честные люди, возьмут деньги и вернут Костю, они с Мариной приедут в Москву. Сиди, Ваня, не рыпайся». Но вторая половина вдруг умылась стыдом, покрылась потом и неожиданно произнесла:

— Я еду с тобой.

Марина замерла, потом обернулась, на ее личике Барби возникло такое выражение, словно она встретила инопланетянина.

— Что? Повтори!

Первая половина Ивана Павловича попыталась заткнуть рот второй, но потерпела неудачу: дрожа от страха, ощущая полнейший душевный дискомфорт и невероятное желание оказаться сейчас в ста километрах от кабинета Элеоноры, я с огромным трудом вымолвил еще раз:

— Еду с тобой.

— Ты хорошо подумал? — воскликнула Нора.

Я обернулся к хозяйке.

— Нет, если я стану размышлять на эту тему, то точно струшу. Лучше прыгнуть в ситуацию, как в реку, вниз головой, авось выплыву. Сколько у меня есть времени на сборы?

Марина глянула на часы.

— Семь минут, ничего брать с собой нельзя, и лучше переоденься.

Огромным усилием воли переставляя налившиеся свинцом ноги, я, тоже старательно выпрямившись, пошел в свою спальню.

— Блин, — ударил в спину голос Норы, — просто

офигеть! Меньше всего я предполагала, что он окажется способен на такое!

Сначала мы ехали молча, Арапова гнала автомобиль с такой скоростью, что я, вжавшись в сиденье, старался не шевелиться. Стрелка спидометра как легла на цифру «180», так и осталась на ней. Хорошо еще, что шоссе оказалось широким и с относительно новым покрытием.

— Куплю тебе квартиру, — сказала Марина, когда мы углубились в лес.

— Хочешь меня обидеть? — откликнулся я. — Или комфортнее думать, что оплатила услугу?

Марина никак не отреагировала на мою фразу, но спустя пару минут вдруг улыбнулась.

— Ты же не согласишься в качестве награды стать женихом Ани?

Я засмеялся:

— Право, это слишком. И потом, кто для кого является призом? Твоей дочери еще рано замуж.

Арапова чуть сбавила скорость.

— У меня ничего нет, кроме детей и денег.

— Полно людей, не имеющих ни того, ни другого.

— Но я хочу отблагодарить тебя.

— Пока не за что!

— Ты поехал со мной!

— Думаю, любой на моем месте...

— ...мигом убежал бы в кусты, — перебила меня Марина. — Короче, выбирай что хочешь!

— Спасибо, — я начал злиться, — денег не надо, а дочь оставь себе, я не страдаю педофилией, мне нравятся дамы зрелого возраста.

— Такие, как я?

— В принципе, да, — не подумавши ляпнул я.

— Ваня, — мгновенно сориентировалась Марина, — не могу сказать, что ты в моем вкусе, но, как только мы вернемся с Костей назад, я готова...

— Ни в коем случае, — испугался я, — послушай, я согласился из глупого благородства на сомнительное приключение. А ты решила отблагодарить меня тем, чего я старательно избегаю последние годы. Гран мерси, совершенно не намерен жениться!

— Я тебе не нравлюсь? — изящно изогнула выщипанную бровь Арапова.

Да уж, женское кокетство неистребимая страсть, даже в тяжелой ситуации Марина не упустила возможности состроить глазки.

— Нет.

— Почему?

— Не люблю блондинок, — резко ответил я.

Тот, кто не первый раз встречается со мной, хорошо знает, что я никогда не хамлю дамам, но сейчас на душу давило предчувствие беды, вот я и сорвался.

Арапова снова уставилась на шоссе, и оставшуюся часть пути мы проехали в молчании. Наконец впереди замаячила маленькая, абсолютно пустая платформа.

— Тут должен быть указатель «Пролетово, 0,5 км», — занервничала Марина.

— Вон он, слева.

— Точно, значит, не ошиблась, теперь направо, до моста, через речку, — бормотала Арапова, безжалостно направляя роскошный джип в раскисшую грязь.

— Не застрянем? — озаботился я.

Но Марина не услышала вопроса, она была целиком поглощена дорогой.

— Чуть вперед, до брошенной деревни, вот развалины церкви... кладбище... А! Вот он!

— Кто? — напрягся я.

Марина ткнула пальцем вперед.

— Щит с надписью «Берегите лес», видишь?

Я взглянул на транспарант, в левом его углу красуется намалеванная хулиганами рожица, в правом — сверкает площадное слово.

— Надо же, подобные щиты еще украшают Подмосковье! Думал, они исчезли давным-давно. Интересно, кто их устанавливает?

Арапова вытащила мобильный, и тот, словно по заказу, мигом затрезвонил.

— Слушаю! — крикнула Марина. — Ага, поняла. Он

согласился, мы идем вместе. Ясно! — Потом она повернулась ко мне: — Пошли.

— Куда?

— По тропинке, которая ведет от щита в лес.

— Пешком?

— Да.

— А машина?

— Здесь оставим.

— Бросим в лесу?

— Да.

— Джип стоимостью в семьдесят тысяч долларов?

— За него было уплачено сто тысяч гринов, — уточнила Марина, — вылезай, хватит гундеть.

Я выбрался наружу и поежился: хоть и апрель, а холодно, за городом вообще морозно.

Я урбанист, прогулки по лесу не любил никогда, даже в молодости. Один раз, правда, в студенческие годы поддался на уговоры и отправился с одногруппниками в поход. Поверьте, ничего ужасней в своей жизни я с тех пор не испытывал и даже сейчас пребываю в глубочайшем недоумении: ну кому приятно тащить на спине пудовый рюкзак, есть грязную, полусырую картошку и спать в продуваемой насквозь палатке, отмахиваясь от громадных комаров? Если это и есть романтика, то тогда я начисто лишен сего чувства.

Марина бодро шагала впереди, казалось, она не испытывает холода и страха, мне же было некомфортно физически и тем более морально.

В темноте блеснул луч фонарика, мы замерли. Из леса вышла фигура, с ног до головы укутанная в черное. Лицо существа непонятной половой принадлежности скрывал черный вязаный шлем.

Луч фонарика дрогнул, потом указал на автомобиль, старые, раздолбанные «Жигули», вроде бы темно-синего цвета.

— Нам велят сесть туда, — нервно пояснила Марина.

Не успел я вымолвить слова, как Арапова распахнула дверцу и юркнула в салон. Луч фонарика ударил мне в глаза, потом переместился на авто. Я покорно последовал за Мариной.

Стекла колымаги были тонированы, за рулем восседала еще одна замотанная в тряпки фигура, но я сообразил, что водитель мужчина, потому что руки, державшие баранку, хоть и были затянуты в перчатки, оказались большими, широкими, совершенно не женскими.

В машину ворвался холодный воздух, я вздрогнул, сидевшая около меня Марина тоже, на переднее сиденье плюхнулось то самое существо с фонариком, что встретило нас, оно по-прежнему не произносило ни слова, но шофер поехал вперед. Загремел плохой амортизатор, «Жигули» затряслись. Марина схватила меня за руку, ее горячие пальцы вонзились в мою ладонь. Неожиданно я понял, что все спокойствие Араповой, ее дурацкое кокетство со мной во время пути, предложение стать женихом Ани на самом деле глупая бравада, Марина отчаянно пытается не показать охвативший ее ужас.

Чтобы успокоить ее, я кашлянул и решил завести с чеченцами беседу.

— Добрый день, вернее, вечер. Очевидно, нам предстоит неблизкая дорога, может, лучше познакомиться? Меня зовут Иван Павлович Подушкин.

Молчание. Две черные, похожие на громадных крыс фигуры на переднем сиденье не шелохнулись. Но я решил не сдаваться, до Чечни далеко, скорее всего, добираться туда будем на этих «Жигулях», следует хоть чуть-чуть наладить контакт с молодыми людьми. Впрочем, отчего я решил, что они молодые? Может, по той причине, что старцы должны сидеть дома, а не колесить ночью по дорогам?

— Рядом со мной Марина Арапова, мать Кости, — соловьем заливался я, — кстати, если вдруг мы захотим в туалет или испытаем голод, к кому из вас нужно обратиться? Представьтесь, пожалуйста, право, неудобно общаться, не употребляя имени собеседника, это невежливо, а мне не хочется показаться некорректным.

Человек, маячивший на переднем сиденье справа, обернулся.

Я обрадовался: вот он, пример того, что с любым субъ-

ектом, даже подонком и негодяем, возможно договорить-
ся, если вести себя дипломатично.

Навесив на лицо самую милую из имеющихся в за-
пасе улыбок, я хотел было продолжить беседу, но тут в
черной руке блеснул пистолет странного вида, слишком
толстый, полупрозрачный. Или это было не оружие?

Мозг не успел придумать ответа на этот вопрос. Послышался тихий деликатный щелчок. Марина вздрогнула, дернулась и завалилась набок. Я испугался, попытался нашарить ручку на дверце, но в ту же секунду в плечо
будто впилась оса. Последней мыслью перед тем, как отбыть в небытие, была: «Господи, в апреле же жалящие на-
секомые еще спят». Потом свет потух, и исчезли все ощу-
щения.

Глава 5

В виске пульсировала тупая боль. Не раскрывая глаз,
я сел, тут же довольно больно ударился головой о потолок, от изумления упал назад, на подушку, и в конце концов сумел разлепить веки.

Перед глазами предстало помещение без окон, откуда в него проникал свет, было непонятно. Я попытался
оценить ситуацию. Лежу на грязном матрасе в углу подвала, мое ложе в некоем подобии ниши, и, чтобы нормально встать на ноги, нужно почти на четвереньках выбраться из углубления в стене. На мне джинсы и мятая
рубашка, а голова болит так, словно вчера вечером я выпил все имеющиеся в Москве запасы спиртного.

— Ты проснулся? — послышался из угла быстрый
шепот.

Я сфокусировал взгляд: чуть поодаль на таком же грязном матрасе сидела Марина. От красивой укладки на ее
голове не осталось и следа, макияж тоже испарился.
Сейчас Арапова не выглядела хорошенькой куколкой,
сразу стало понятно, что тридцатилетие — давно прой-
денный для дамы этап, но странным образом Марина стала от этого милее.

— Эй, ты как? — зашептала она.

— Ужасно, — признался я.

— Голова гудит?

— Да.

— И тошнит?

— Верно.

— Со мной то же самое, думаю, это результат применения большой дозы снотворного.

— Что? — не понял я.

— Похоже, похитители использовали пистолет, заряженный ампулами с наркозом, — вздохнула Арапова. — Такие применяют в ветеринарии, чтобы усыпить опасное животное.

— Хочешь сказать, что нас доставили в нужное место, когда мы спали?

— Именно так.

— Это Чечня?

— Думаю, да.

— Ну, это маловероятно.

— Почему?

— До мятежной республики не один день пути, — ответил я, борясь с подступающей к горлу тошнотой.

— Ваня, у тебя часы дату показывают?

— Конечно.

— Они электронные, не требующие подзаводки?

— Верно, механика лучше, но...

— Речь сейчас идет не о марках брегетов, — зашипела Марина, — а о том, что твой будильник исправно работает от батарейки, так?

— Так, — подтвердил я, плохо понимая, куда клонит Арапова.

— Помнишь, когда я пришла к вам?

— Сегодня вечером.

— Число назови!

— Двенадцатое апреля.

— А теперь на часы взгляни!

Я поднес руку к лицу и ахнул:

— Пятнадцатое!

— Верно, у меня то же самое.

— Но куда подевались тринадцатое и четырнадцатое?

— Мы их проспали, нас усыпили, оттого и голова гудит.

— Семь ровно, — в изумлении сказал я, — утро или вечер?

— Не знаю.

Я попытался собраться с мыслями.

— Надо позвонить по мобильному, набрать сто, там скажут, допустим, девятнадцать часов...

— Ваня, — перебила Марина, — у тебя сотовый есть?

Я похлопал себя по карманам.

— Нет! Впрочем, и кошелек отсутствует, и сигареты.

— И у меня забрали все.

— Карточка! Она пропала?

Марина фыркнула.

— Какой смысл ее красть? Без пин-кода и пароля это простой кусок пластика!

Внезапно меня осенило.

— Мы попали в руки к грабителям!

— Чушь, сидим в подвале, в Чечне.

— Нет, нет, нас обманули, обвели вокруг пальца, завезли сюда, чтобы отнять деньги и телефоны.

Арапова покрутила пальцем у виска.

— Ку-ку! Очнись! Слишком масштабная операция ради копеечной выгоды. Снотворное, поездка...

— А твой джип? Он же остался брошенным на дороге, — настаивал я.

Вдруг послышался лязг, дверь распахнулась, на пороге появился тощий, гибкий парень в джинсах и серой толстовке, лицо его было прикрыто вязаным шлемом.

— Очнулись? — спросил он странным, слишком высоким голосом с сильным акцентом.

— Да, — живо отозвалась Марина, — где Костя?

— Будет тебе Костя-Шмостя, карточку привезла?

— Она в украденном вами портмоне.

— Мы ничего не воруем!

— У меня тоже пропали вещи, — некстати влез я.

Юноша издал горловой звук.

— Вах! Их просто убрали.

— Верните сумочку, — велела Марина.

Парень обернулся и крикнул что-то на своем языке. Ему кто-то ответил из темноты, и в руках парня волшебным образом возник пластиковый пакет. Чеченец швырнул его в нашу сторону.

— Берите, нам, воинам Аллаха, чужого не надо.

Марина встала, подняла кулек, вытащила оттуда сумку из змеиной кожи и суровым голосом спросила:

— Где Костя?

— Пошли, — велел чеченец.

По крутой лестнице мы выбрались наверх, и я невольно вздрогнул. Во дворе, который со всех сторон окружает сплошной бетонный забор, нет ни деревца, ни травинки. Впереди виден старый дом из красного кирпича, одно из его окон открыто, на подоконнике стоит радиоприемник, из него льется тихая музыка, по бокам — железные ставни, на которых чья-то неумелая рука нарисовала орнамент, отдаленно напоминающий виноградные листья. В центре двора находится лавочка, на ней сидят двое: мужчина с лицом, закрытым черным шлемом, и... Костя.

— Котик! — закричала Марина, кидаясь к сыну.

— Мама, — всхлипнул тот.

Чеченцы молча смотрели, как она судорожно обнимает сына. Я внезапно осел прямо на землю, от свежего воздуха дурнота не прошла, а странным образом усилилась. С неба сыпалась колкая белая крупа, потом резко подул ветер, тучи унесло, засияло солнце, низко висящее над оградой.

— Хватит, — рявкнул мужчина на лавочке, — давай карточку!

Марина вытащила из сумочки конверт.

— Вот.

— Пин говори и пароль.

— При всех орать? — прищурилась Арапова. — Может, громкоговоритель дадите? А то вдруг соседи не услышат.

Я поразился храбрости той, которую считал куклой Барби. Впрочем, одобрить поведение Марины никак нельзя. Похитителей не следует злить, не дай бог они взбеленятся и пристрелят нас. Наверное, последняя мысль отпечаталась на моем лбу, потому что Марина неожиданно усмехнулась.

— Крысы боятся огня, — сказала она, — нас, Ваня, не тронут, пока я цифры не сообщу. Убивать не станут, какой смысл? Без кода и пароля карточку можно выкинуть.

Юноша в черном шлеме кашлянул, мужчина на лавочке пнул Костю ногой.

— Гордая, да? — ехидно осведомился он.

— Уж не такая, как ваши бабы, — не сдала позиций Арапова.

— А-а-а, — протянул чеченец, — ну-ну.

Потом он встал, схватил Костю за волосы и в одно мгновение швырнул его на землю.

— Мама, — слабо пискнул парень.

Марина кинулась к сыну, но тут же замерла на месте. Чеченец успел вытащить пистолет и приставить его к голове Кости.

— Значит, так, — размеренно сказал он, — гордых учить надо, Аллах не велит заноситься, нельзя ставить себя над другими. Деньги лично мне не нужны, ни копейки из них не возьму, они на борьбу предназначены. Ну пропадет твоя карточка, и что? Из другого места средства придут. А тебе за гордость наказание, прощайся с сыном.

Марина посерела, Костино лицо окаменело, он попытался что-то сказать, но не сумел раскрыть рта. Я бросился к чеченцу.

— Бога ради, сжальтесь.

— Плохо быть гордой.

— Она от переживаний глупость сморозила, от страха.

Чеченец пнул Костю ногой, тот закричал, Марина продолжала стоять на месте.

— Видишь, — обратился ко мне мучитель, — не прав ты, плохая она мать.

— Просто замечательная, — заголосил я, словно базарная торговка, расхваливающая товар, — великолепная, умная, она вдова. Муж у нее погиб, сын только и остался. Не убивайте его, умоляю.

Чеченец засмеялся.

— На колени становись и проси.

Я рухнул, словно подкошенный, на землю.

— Отпустите Костю.

Первый раз в своей жизни я стоял перед кем-то на

коленях. Я не церковный человек, у меня нет особого смирения и опыта земных поклонов, так же, как все, я подвержен греху гордыни, но сейчас был готов на что угодно, лишь бы не присутствовать при казни.

Понимаю, как упаду в ваших глазах, когда узнаете правду: мне, естественно, было жаль Костю, но еще больше я жалел себя. Если сейчас мерзавец выстрелит, голова несчастного парня разлетится на куски, меня потом всю оставшуюся жизнь будет мучить бессонница и преследовать картина кровавой расправы.

— Хорошо, — кивнул чеченец, — считай, ты его почти отпросил, теперь пусть она на колени станет. Ну, живо!

Марина медленно опустилась около меня.

— Проси, — велел чеченец.

— Мать голоса от стресса лишилась, — быстро встрял я, — давайте я за двоих молить стану.

— Значит, она онемела?

— Да, да.

— Тогда пусть мне ботинок поцелует, — улыбнулся во весь рот бандит.

Продолжая мерзко ухмыляться, он выставил вперед левую ногу, обутую в грязную кроссовку. Во дворе стало тихо-тихо, я почувствовал, что дико замерз. Холод пробрался под куртку, колени, стоявшие на земле, совсем заледенели.

— Ну? — издевательски напомнил бандит. — Ты сына получить хочешь? Я жду.

Мое горло будто сдавили стальные пальцы, а зрение отчего-то потеряло резкость. Сквозь возникший туман глаза с трудом различили, как белокурая голова наклонилась над ногой мерзавца.

— Хорошо, — засмеялся подонок, — теперь говори код, пароль и забирай парня.

— Нет, — прозвучал слишком громкий голос Марины, — сначала Костя и Ваня должны уехать, я остаюсь тут в заложниках, а потом...

Внезапно тихая музыка, лившаяся из стоящего на подоконнике приемника, стихла, и раздался приятный голос дикторши:

— В Москве двадцать часов...

Ее речь была прервана тягучим, длинным криком:

— Мухамма-а-а-ад...

Я сначала испугался, но через секунду понял, что это голос муллы, читающего молитву, где-то рядом расположена мечеть. Чеченцы вздрогнули, потом одновременно, словно по команде, достали из-под скамеечки два коврика, быстро расстелили их, стали на них коленями лицом к солнцу и принялись кланяться, бормоча непонятные слова. Я молча смотрел на их согнутые спины, наверно, они истинные мусульмане, если бросили все дела и кинулись совершать намаз. Но неужели их религия допускает похищение людей? И вообще, что дозволено совершать человеку во имя веры? Увы, история мировых религий полна кровавых страниц: Крестовые походы, костры инквизиции, борьба с раскольниками. А сколько войн происходило на земле из-за того, что мусульмане не хотели мирно жить рядом с христианами и наоборот! Неужели бог, которого почитают все верующие, мечтал именно о таком для своих детей?

Мулла пел, чеченцы молились. Внезапно на ум пришли абсолютно несвойственные мне мысли. Сейчас эти, с позволения сказать, правоверные отрешились от окружающего мира, что, если как следует пнуть их, выхватить у них оружие, пристрелить подонков и сбежать?

Желание расправиться с негодяями было настолько острым, что я шагнул было вперед, но тут же остановился.

Спокойно, Иван Павлович, откуда в тебе появился зверь? Да и не выйдет ничего хорошего из этой затеи. Даже если удастся отнять у чеченцев оружие, то воспользоваться им я не смогу, не умею стрелять. И куда нам бежать? Вокруг враждебно настроенные люди, ну выберемся мы с Мариной и Костей из этого двора, и что? Куда податься? Костя, похоже, практически не способен передвигаться, вон он сидит на холодной земле с совершенно безучастным видом. Наверное, похитители опоили его наркотиком или обкололи сильнодействующими транквилизаторами.

Нет, надо действовать иначе, мне одному не справиться с задачей вывода к своим слабого парня и женщины. Голос муллы обволакивал, бандиты исправно кланялись, стоя лицом к солнцу. Внезапно что-то показалось мне странным, некий диссонанс был в обстановке, царапнул душу...

Молитва оборвалась, негодяи резво встали, скатали коврики, и старший заявил:

— Хорошо. Будь по-твоему.

В ту же секунду молодой поднял руку, в его ладони блеснул странный пистолет, я, мигом сообразив, что нас опять собираются усыпить, быстро сел на мерзлую землю, ощутил, как холод пробирается под брюки, и, даже не почувствовав укола, лишился чувств.

В нос ударил резкий запах парфюмерии, глаза раскрылись, и я увидел кроваво-красную подушку в золотых разводах. Я сел и огляделся по сторонам. Богато убранная комната показалась мне знакомой, такое ощущение, что я уже видел эти стены, выкрашенные в нежно-розовый цвет, массивные кресла и диваны, картины в золоченых рамах, огромную плазменную панель... Взгляд упал на соседний диван, там лицом к спинке лежал Костя, его плечи мерно двигались, парень ровно дышал во сне.

Я вскочил на подламывающиеся ноги и в ту же секунду понял: мы в загородном новом особняке Араповой. Марина построила дом недавно, а въехав в него, закатила невероятное по размаху и пышности новоселье, созвала в поселок с идиллическим названием Аленушкино абсолютно всех знакомых, естественно, приглашение получили и Нора, и Николетта, и ваш покорный слуга.

Помнится, оказавшись в огромной, стометровой гостиной, я был поражен безвкусной роскошью интерьера: повсюду золото, хрусталь, лепнина, стразы, парча, медальоны. Вот уж не думал, что Арапова настолько лишена вкуса, хотя, скорей всего, обустройством особняка занимался дизайнер.

Но как мы с Костей оказались здесь? Я поднес руку к лицу и посмотрел на часы. Восемь! Похоже, вечера, потому что за окном начинает смеркаться. Обращали ли вы внимание на то, что утреннее солнце и закатное дают совершенно разный свет?

На одном из маленьких столиков с причудливо изогнутыми ножками зазвонил телефон. Плохо понимая, что делаю, я схватил трубку стилизованного под начало двадцатого века телефона.

— Алло, — нервно воскликнула Марина, — это кто?

— Я.

— Ваня?

— Да.

— Вы в «Аленушке»?

— Именно так.

— Где Костя?

— Спит на диване.

— Спит? — воскликнула Марина.

— Ну да, похоже, он еще не вышел из наркоза.

— Значит, все в порядке?

— В принципе, да.

— Ты уверен, что находишься в Аленушкине?

— Стопроцентно, интерьер гостиной невозможно спутать с другим, но я могу выйти на улицу и...

— Не надо, — оборвала меня Арапова, — раз вы дома, то все в порядке.

— Ты где? — растерялся я.

— Ваня, я не могу долго разговаривать, цель моего звонка — убедиться, что нас не обманули. Скоро встретимся.

Из трубки полетели гудки, я машинально взглянул на окошечко определителя номера, там высветился набор из нулей. Я быстро набрал самый знакомый номер.

— Эй, — заорала Нора, — говорите скорей, ну!

— Это я.

— Ваня!!!

— Да.

— Ты жив!!!

Замечательное уточнение, ясное дело, не мертв, раз воспользовался телефоном. Элеонора при всей своей логичности иногда отпускает странные реплики, но делать замечание хозяйке неприлично.

— Живее всех живых, — сообщил я.

— Ты не ранен!

— Нет, только тошнит немного, и голова кружится.

— Где Марина?

— Пока... э... в гостях.

Наверное, следует быть осторожным, вполне вероятно, что бандиты прослушивают разговоры с этого телефона.

— А Костя?

— Он тут, спит.

— Спит?!!

— Можно я объясню все чуть позднее?

— Да, — быстро согласилась Нора.

— Он проснется, и тогда я приеду, — заверил я хозяйку.

— Хорошо, — отозвалась она и бросила трубку.

Я потряс головой, вышел в коридор, нашел ванную комнату и, наплевав на все правила приличия, не спросив разрешения у хозяев, вымылся под душем. Сразу стало легче, правда, одежду пришлось надевать грязную, но все равно меня перестало подташнивать. Затем я обнаружил кухню и без зазрения совести порылся в шкафчиках, выпил кофе, съел крекер и ощутил себя заново рожденным.

Аккуратно ополоснув чашку, я решил покурить, вышел в прихожую, взялся за ручку двери и остановился. Право, нехорошо, я даже не подошел к Косте. Понятное дело, что парень погружен в сон, но все же следует проявить по отношению к нему заботу. И, кстати, вдруг юноша, пока я мылся и завтракал, очнулся? Надо хоть глянуть на Костю: вдруг ему срочно нужен врач?

Быстрым шагом я вернулся в гостиную и приблизился к дивану. Костя по-прежнему лежал на боку, лицом к спинке.

— Ты как? — тихо спросил я и тронул парня за плечо.

Неожиданно тело легко откинулось на спину. Я вскрикнул. Глаза юноши, не мигая, смотрели в потолок, рот был безвольно приоткрыт, в некогда красивом лице начисто отсутствовали признаки жизни. Костя был окончательно и бесповоротно мертв.

Глава 6

Очень осторожно, на цыпочках, я вышел из гостиной и стал подниматься по лестнице на второй этаж. Хорошо помню, как Марина, устроившая для своих гостей экскурсию по особняку, рассказывала:

— Я такая растеряха, сил нет! Ухитряюсь лишиться самых необходимых вещей, вечно запихиваю невесть куда зарядку для мобильного, поэтому сделала в библиотеке, ха-ха, стационарный пульт, воткнула в розетку сразу несколько аккумуляторов, теперь не останусь без связи.

Память меня не подвела, между помпезно-вычурными шкафами с резными дверками обнаружились шнуры, я воткнул один в свой умерший от голода телефон и живо соединился с Норой. Не знаю, как вы, а я испытываю огромную радость от того, что есть на свете человек, способный сказать: «Ваня, сиди тихо, жди, сейчас приедут мои люди и решат проблему».

Спустя час в особняке появился адвокат Элеоноры Михаил Юрьевич Беляев, а с ним двое мужчин в неброских костюмах. Пока его спутники осматривались в гостиной, Беляев, поднявшись со мной на второй этаж, пытался шутить, рассказывая абсолютно неуместные в данной ситуации анекдоты. Наконец один из незнакомцев поднялся в библиотеку.

— Дело ясное, — сухо сообщил он, — передозировка. Небось парень — наркоман.

— Костя употреблял героин? — изумился я. — Ничего не слышал о его пагубном пристрастии!

— Так никто о своей дружбе со шприцем не кричит на каждом углу, — парировал «костюм».

— Иван Павлович, — бархатным, хорошо поставленным голосом завел Михаил Юрьевич, — разрешите напомнить вам обстоятельства, при которых, как нам стало ясно, разыгралась ужасная трагедия. Марина Арапова, хозяйка сего поместья, является доброй подругой Элеоноры, так?

Я вздрогнул, неужели Нора рассказала этому прощелыге, адвокату с весьма широкими понятиями о порядочности, о похищении?

— Так? — повторил Беляев.

— В принципе, да, — осторожно ответил я.

— Перед отъездом в командировку, — принялся сыпать округлыми фразами законник, — Марина приехала к Норе и попросила ту изредка звонить Косте. Арапова не очень доверяла отпрыску, хоть большой, да дурной! Верно?

— Я не посвящен в семейные проблемы Араповой, — осторожно ответил я.

— Да, конечно, вы всего лишь наемный служащий, — не упустил шанса поставить меня на место Беляев, — Элеонора ответственный человек, поэтому она выполнила пожелание подруги, беседовала с Костей пару раз, но потом парень перестал отвечать на звонки. Естественно, Нора обеспокоилась, велела вам поехать в поселок и лично посмотреть, что творится в доме, так?

Поняв, что задумала хозяйка, я достаточно твердо сказал:

— Совершенно справедливо.

— Дверь оказалась открытой!

— Да.

— Вы беспрепятственно вошли в особняк...

— Так.

— И обнаружили в гостиной труп.

Я вздрогнул, а Михаил Юрьевич ничтоже сумняшеся вещал дальше:

— Естественно, вы испугались, так как являетесь человеком, далеким от криминала, тихим, интеллигентным, поэтому позвонили Норе...

Я молча кивал, ожидая, чем завершится разговор.

— Значит, — заявил юрист, — сейчас я отвезу вас к Норе, вы придете в себя, выпьете капелек, поспите...

— А Костя?

— Он мертв, — напомнил Беляев.

— Но нельзя же оставить труп беспризорным!

— Что вы, Иван Павлович, — голосом воспитателя, общающегося с ребенком-олигофреном, продолжал адвокат, — Сеня вызовет милицию. Только все сделают без вас, ладненько? Вы вообще здесь не были, хорошо?

— А кто тогда нашел Костю?

— Сеня, — улыбнулся Михаил Юрьевич, — секьюрити поселка. К слову сказать, охрана тут никуда не годится. На въезде, правда, расположена будка со стражником и шлагбаум, но в Аленушкино можно попасть и, так сказать, с заднего хода, из леса в поселок ведут еще три не охраняемые никем дороги. Эй, приведите Сеню!

По лестнице загрохотали ботинки, и в библиотеке появился кряжистый дядька в камуфляжной форме.

— Здрассте, — вежливо сказал он.

— А вот и Семен, — радостно воскликнул Михаил Юрьевич, — голубчик, ну-ка, расскажите Ивану Павловичу, как обстояло дело.

— Дык просто, — пожал могучими плечами секьюрити, — Марина Сергеевна очень просили: «Ты, Сеня, хоть иногда в дом заглядывай, я в командировку уезжаю, Аня в городе с домработницей, а Костя тут один, еще приведет друзей, пожар устроят». Ну я и пошел севодни, глянь — дверь отперта...

Беляев монотонно качал головой, Сеня достаточно уверенно излагал написанный для него текст. Интересно, какой гонорар выдали охраннику за исполнение спешно придуманной роли?

— Отлично, дружочек, — кивнул Беляев, — мы сейчас потихоньку уедем по той дорожке, по которой незамеченными прибыли сюда, а вы спустя примерно часок вызывайте милицию, да будьте с ними откровенны. Марина Сергеевна не станет сердиться, она, наверное, скоро вернется из командировки, с ней уже пытаются связаться.

Семен кивнул, мы с Беляевым быстро вышли во двор, сели в темно-серую иномарку и на полной скорости отбыли в Москву.

По дороге мне стало плохо, может, сказалось действие сильного снотворного, или меня догнали последствия стресса, но в квартиру Норы подручные Беляева буквально втащили секретаря на руках. Еле-еле я сумел рассказать Норе о своих приключениях и свалился в кровать. Очень плохо помню дальнейшие события, очнулся только в понедельник, с сильным кашлем, насморком, температурой и головной болью. Скорей всего, сидя в чеченском дворе на мерзлой земле, я подцепил простуду.

Несколько дней я провалялся в кровати, пытаясь читать книгу о цивилизации майя, но сил хватало лишь на пару страниц, потом глаза начинали закрываться, толстый том падал на одеяло, и я засыпал, да так крепко, словно проваливался в омут.

Силы вернулись внезапно, причем сразу. Утром я раскрыл глаза, сел и понял — я совершенно здоров.

— Очнулся, Ваня? — очень ласково осведомилась Нора, увидав, как я вхожу в кабинет.

— Да, уж извините, сам не пойму, как простудился, — начал извиняться я.

— Ерунда, — отмахнулась Нора, — с каждым может случиться. Говоришь, сидел на промерзшей земле?

— Верно.

— Холод стоял?

— Просто собачий, — закивал я, — продрог до костей.

Нора побарабанила пальцами по столу.

— Можешь детально припомнить события? Очень подробно, даже то, что думал в тот или иной момент.

— Попытаюсь, — не слишком уверенно ответил я, — только зачем? Кстати, как Марина? Вот ужас-то!

— Ты о чем? — еще больше нахмурилась хозяйка.

— Ведь Костя погиб.

— Ну, верно.

— Представляю, каково сейчас его матери, — вздохнул я, — она пережила такой стресс и... все зря. Отчего он скончался?

— Сердце не выдержало сильной дозы снотворного.

— Это правда?

Нора кивнула.

— Абсолютная, есть результат вскрытия, выяснилось, что у Константина с детства был порок сердца, он никак себя не проявлял, случается порой подобное. Но в той стрессовой ситуации, когда он оказался на грани жизни и смерти, «мотор» начал барахлить, окончательно добил парня укол, который сделали похитители. Думаю, ему дважды вводили наркотик, сначала — когда выкрали из Москвы, потом — когда возвратили. Даже на здоровом человеке тяжело отражается употребление транквилизатора, вызывающего длительный, глубокий сон, а что уж говорить о Косте, имеющем порок сердца?

— Его убили!

— Случайно, — вздохнула Нора, — никто, даже мать, не знал о болезни сына. В медицинской карточке Кости есть лишь записи о легких простудах, мальчик в детстве не подхватил ни свинку, ни ветрянку, ни прочую хворь. Может, потому, что не ходил в садик? Не знаю. Но к кардиологу родители никогда не обращались и о болезни Кости, похоже, не подозревали.

— Такое возможно? — продолжал удивляться я.

Нора пожала плечами.

— Какой повод был у Марины для беспокойства? Мальчик не болел, не хотел, правда, заниматься спортом, но это же распространенное явление! Серьезного обследования не делали ни разу.

— Ну и ну!

Нора уставилась в окно.

— Я сама не слишком проверяла здоровье своей дочери и внучки. Вот если бы они постоянно хныкали, кашляли, чихали... А так! Растут и растут.

— И порок сердца может протекать скрыто?

Нора похлопала ладонью по толстой книжке.

— Здесь написано, что да. До, так сказать, некоего момента, который может и не настать. Ну, допустим, решила женщина родить, тут-то дефект и обнаружился, или мужчине предстоит операция, проводят детальное обследование...

— Понятно, — кивнул я, — Марина подтвердила, что не знала о болезни сына?

Нора молча смотрела в окно.

— Да или нет? — настаивал я.

Хозяйка медленно повернула голову.

— Нет возможности получить ответ на этот вопрос.

— Почему?

— Арапова пропала.

— То есть? — оторопело спросил я.

— Она не вернулась домой.

— Ее убили!

— Не знаю.

— Убили! Там, в Чечне! Боже мой! Косте специально вкололи слишком большую дозу лекарства, усыпили бдительность Марины, а потом, узнав у нее пин-код и пароль, застрелили бедняжку, сволочи! Чеченцы!

— Подожди, Ваня, — тихо сказала Нора, — тут много неясных деталей.

— Каких? — в запале заорал я. — Ситуация прозрачна, как слеза. Марину заманили невесть куда, усыпили ее бдительность тем, что отпустили Костю. А сами ввели парню слишком большую дозу наркотика. Это я виноват, я!!!

— В чем? — прошелестела Нора.

— Марина позвонила домой и спросила: «Как Костя?», а я ответил: «Он еще спит». Нет бы подойти к дивану и проверить, что с юношей! Успокоенная мать сообщила похитителям пин-код и пароль и была убита, бандиты знали, что Костя тоже погиб, никаких следов нет, их не смогут найти.

— Но тебя оставили в живых, — напомнила Нора.

— Верно, исключительно для того, чтобы я сказал Марине: «Костя в доме, мы вернулись», иначе бы она не сообщила им ничего! — теряя остатки самообладания, завопил я. — Ну неужели не понятно?!

Элеонора вытащила свое любимое курево: омерзительно воняющие папиросы, пачку с изображением всадника в бурке. Где хозяйка достает сей раритет, для меня остается до сих пор секретом.

— Ваня, — осторожно сказала Нора, — у меня есть кое-какие собственные размышления... Но сейчас, очень прошу тебя, подробно изложи события, напрягись и вспомни мельчайшие детали.

Я глубоко вздохнул и подчинился.

— В начале дороги Марина молчала, мы разговорились позднее...

Я увлекаюсь разной литературой и как-то прочел книгу по психоанализу. Так вот, считается, что, высказав вслух свои переживания, человек как бы очищается от них, изживает стресс. Но я, наверное, не принадлежу к основному большинству человечества, потому что никакого облегчения «пережевывание» поездки в Чечню мне не доставило.

— Понятно... — протянула Нора, когда я закончил рассказ, — вернее, совсем непонятно.

— Я что, коряво доложил? — насторожился я. — Надо повторить?

Нора скомкала пустую пачку из-под папирос.

— Нет, имеются другие неясности, ты как раз оказался предельно точен. Хорошо, давай начнем с той детали, которая сразу поразила меня и царапнула, похоже, и тебя. Только ты споткнулся о камушек и пошел дальше, а я остановилась.

— Вы о чем? — не понял я.

— Вспомни ситуацию с молитвой.

— Хорошо.

— Ну-ка, повтори! — потребовала Элеонора.

— Запел мулла, где-то рядом находилась мечеть.

— Вероятно.

— Бандиты раскатали коврики, повернулись лицом к солнцу и начали совершать намаз.

— Вот!

— Что?

— Тебя же сия ситуация как-то напрягла.

— Ну... да.

— Почему?

— Не могу определить, просто возникло странное ощущение некоего неправдоподобия.

— Ваня, какое время суток было?

— Вечер, смеркалось, солнце уходило за горизонт.

— Откуда ты знаешь, что вечерело? Может, наоборот, наступало утро? — прищурилась Нора.

— Ну, во-первых, свет у солнца на рассвете иной, — начал пояснять я, — а во-вторых, в доме, во дворе которого все и происходило, на подоконнике стоял приемник, оттуда лилась тихая музыка, кажется, Моцарт, волшебные звуки, на их фоне то, что разыгрывалось во дворе, наше стояние на коленях и, как апофеоз, целование грязных кроссовок, выглядело инфернально, напоминало дурной спектакль. Потом голос диктора сказал: «Московское время двадцать часов». Следовательно, был вечер.

— А затем?

— Радио стихло, и послышалась молитва.

— И чеченцы упали лицом к солнцу?

— Да.

— Ваня!!!

— Что?

— Лицом к солнцу?!! Они стали молиться на закат?

— Никак не пойму, отчего вы столь упорно обыгрываете эту ситуацию.

— Она ключ к разгадке, — неожиданно заорала Нора, — а ты тупой! Мусульмане молятся только лицом на восток! Это вбито в них с детства! Никак иначе! Понял?

— Естественно, знаю об этом, читал много книг об истории различных религий.

— Ваня! Солнце садится на западе!

— Так вот что меня удивило!!! Но я тогда сам не понял, что именно!

— Верно, — кивнула Нора, — теперь еще одна деталька, ты не обратил на нее внимания, а я сразу сделала стойку! Мерзлая земля!

— И что?

— В апреле?

— Конечно, по календарю весна, но на дворе холод, да и вообще, вспомните, на майские праздники у нас всегда чуть ли не снег идет!

— У нас! В Москве!!! — гаркнула Нора. — Но не в Чечне! Впрочем, сейчас мы легко проверим мои предположения!

Не успел я охнуть, как хозяйка схватила мобильный, потыкала в кнопки и приказала:

— Сообщите погоду в Чечне! Она у них в каждом городе своя? Насколько отличается? Пара градусов? Давайте Грозный неделю назад! Пишу, ага, плюс пятнадцать-шестнадцать ночью, плюс двадцать два днем, без осадков.

— Без осадков, — ошалело произнес я, вспоминая, как мелкая колкая крупа сыпалась с неба, потом, правда, ветер разогнал черные тучи, засияло закатное солнце...

— Какая мерзлая земля? — рубанула Нора. — Даже ночью в Чечне совсем тепло.

— Но, может, в горных районах холодно? — зачем-то ляпнул я.

Нора скривилась.

— Ваше время в пути составило два дня, надо полагать, что вас везли на машине. На поезде, а тем паче на самолете практически невозможно беспрепятственно провезти мужчину и женщину в бессознательном состоянии. Ты здоровенная оглобля, это сколько же потребуется сопровождающих? И потом, оцени картину: в салон лайнера группа замотанных в черное чеченцев вносит носилки, на которых спят два человека ярко выраженной европейской внешности. Значит, вас везли на машине, кружными дорогами. Да за два дня до Грозного добраться проблематично, все же Москву и столицу Чечни разделяет почти две тысячи километров. И потом, эти якобы чеченцы слишком часто не к месту поминали имя Аллаха, говорили о святой борьбе. Очень странно вел себя и человек, звонивший Марине, я сначала пребывала в шоке, но потом, когда вы уехали, стала обдумывать ситуацию и поняла: дело нечисто, похитители обычно действуют по-иному. Все странно и неправильно. Знаешь, о чем это свидетельствует?

Я помотал головой:

— Нет.

— Не было Чечни, все вранье. Чеченского следа в этой истории нет, есть хитрая крыса, поставившая спектакль. Думаю, вас дальше Подмосковья не отправляли, просто усыпили, потом внушили, что привезли в окрестности Грозного. И еще, Марина, вполне вероятно, жива, она ранена или просто оставлена умирать с голоду в хорошо запертом подвале. Впрочем, я не исключаю...

— Мы должны найти Арапову, — закричал я, — и мерзавца, режиссера спектакля!

— Вот об этом я и веду речь, — кивнула Нора, — слушай, Ваня, есть план.

Глава 7

Обговорив с Норой кучу проблем и поняв, что решительные действия раньше утра не начать, я вышел из кабинета и в глубокой задумчивости встал посреди коридора. Спать не хотелось категорически, читать тоже. Может, выпить чаю?

И тут прозвучал звонок в дверь, я вздрогнул, как человек, на которого внезапно напала змея. Кто может прийти в столь поздний час? Из кабинета Норы слышался ровный голос диктора, хозяйка смотрела программу «Время».

Неожиданно меня охватила злость: что, я теперь так и буду жить в страхе? Шарахаться от любого звонка в дверь или от телефонного, от каждого шороха? Ну уж нет!

Твердым шагом я приблизился к экрану домофона, полный решимости не заорать от ужаса при виде фигур, замотанных в черные тряпки. Но вместо них я увидел милую детскую мордашку — на площадке стояла дочь наших соседей, семилетняя Люсенька.

Обрадованный донельзя, я толкнул тяжелую, прикрытую деревянной панелью стальную дверь и очень ласково сказал:

— Добрый вечер, мой ангел, отчего вы не спите в столь поздний час?

Люсенька подняла огромные голубые глаза.

— Что вы, Иван Павлович, — мелодично ответила она, — я ведь уже школьница, а не крохотная детсадовка.

Я улыбнулся еще шире. Люсенька воспитанная девочка, она очень хорошо знает, что со словом «дядя» следует обращаться лишь к близкому родственнику: к брату мамы или папы, всех остальных мужчин, даже добрых знакомых, надо величать по имени и отчеству.

— Вам так много задают на дом? — вступил я в разговор. — Неужели до сих пор над арифметикой мучаетесь?

Люсенка протяжно вздохнула:

— Не могли бы вы мне помочь?

— С огромным удовольствием, мой ангел, если вы испытываете трудности с упражнениями по русскому языку или истории. Во всех остальных предметах, увы, я полнейший и окончательный профан.

— Нет, Иван Павлович, — зачирикала Люсенька, — речь идет о черепашке. Вы любите животных?

— Конечно, дружочек, своих, правда, не имею, но к чужим отношусь с лаской. А в чем проблема?

Люсенька подняла ручонку и показала зажатую в кулачке небольшую черную коробочку, от которой отходила пластиковая трубочка.

— Это фильтр.

Я ничего не понял, и Люсенька продолжала:

— Моя черепашка живет в воде.

— Надо же! Я полагал, они только по песку бегают.

— Нет, нет, — засмеялась Люсенька, — встречаются и другие виды, а чтобы вода была чистой, в аквариум ставят фильтр.

— Ага, понятно.

— Старый фильтр еще утром сломался, а новый я никак не могу прикрепить. Видите, тут такие выступы, их нужно зацепить за крепление, а оно внизу аквариума, у меня рука не достает.

— Господи, дружочек, такая малость!

— Вы поможете?

— Ну конечно, — кивнул я и пошел в квартиру к Люсеньке.

Оказавшись в просторной гостиной, оклеенной розовыми обоями и заставленной бесчисленными креслами, я повернулся к крохотной хозяйке.

— И где аквариум?

— Там, на подставке.

Я проследил взглядом за тоненьким пальчиком и увидел в углу здоровенный стеклянный ящик, украшенный сверху множеством ламп. Дно обители черепашки закрывала мелкая галька, на ней лежало несколько крупных камней, настоящие булыжники.

— Вот сюда надо его прилепить, — сообщила Люсенька, указывая на черные резиновые кнопочки почти у самого дна, — только руку придется в воду засунуть. Вы не боитесь?

— Прохладной воды? Нет, солнышко.

— Черепашку, — поправила меня Люся, — не страшно, что она в аквариуме?

Я засмеялся.

— Опасаться Тортилы? Ну что она может со мной сделать?

Люсенька деликатно улыбнулась.

— Кстати, где само животное? — удивился я.

— В грунт зарылась, — пояснила девочка, — она любит прятаться.

Я взял фильтр, повертел его в руках и понял, что дело выеденного яйца не стоит, коробочку можно очень легко прицепить на резиновые шишечки.

— Видите, какая вода грязная, — грустно произнесла Люсенька, — весь день папу жду, а он все не идет, занят на работе. Че может погибнуть, если фильтр не включить.

— Че?

— Ну да, черепашка, ее зовут Че Гевара, папа такое имя ей придумал.

Я подавил усмешку. Однако Евгений, отец очаровательной Люсеньки, настоящий остряк. Окрестить милую, крохотную, зарывающуюся от страха перед действительностью в гальку черепашку именем пламенного революционера, соратника Фиделя Кастро, несгибаемого Че, погибшего, кажется, в Боливии в тот момент, когда там вот-вот должно было вспыхнуть руководимое им восстание! Впрочем, у одного из приятелей Норы по даче носится волкодав, чей рост и вес чуть меньше, чем у меня. Догадайтесь, как его подзывают хозяева. Они кричат: «Ежик, ежик!» Дело в том, что бизнесмен и его жена обожают мультфильм «Ежик в тумане» и назвали монстра в честь главного героя ленты. Представляете, как отпадают челюсти у людей, когда после вопля: «Ежик!» начинает трястись земля и появляется стокилограммовый кобель, по счастью, не утыканный со всех сторон иглами.

Я засучил рукав рубашки.

— Ты знаешь, кто такой Че Гевара?

Люсенька шмыгнула носом.

— Актер.

Я начал медленно погружать длань в воду, продолжая мирно беседовать с девочкой.

— Актер? Но почему ты так решила?

— Папа сказал, что Че — это вроде Терминатора, — пояснила она.

Я вздохнул, может, милейший, торгующий рыбными консервами Евгений Васильевич перепутал пламенного революционера с Джеки Чаном или Чаком Норрисом? В инициалах этих голливудских звезд тоже присутствует буква «ч».

Я уже хотел озвучить сие предположение, как произошло нечто удивительное.

Мелкая галька, ровным слоем покрывавшая дно огромного аквариума, зашевелилась.

— Че просыпается, — пояснила Люсенька, — наверное, есть хочет. Вы, Иван Павлович, поскорей фильтр вешайте, а то пальцев лишитесь.

Я улыбнулся: наивная Люсенька считает свою милую крошку крокодилом.

Камушки разошлись в разные стороны, появилась крохотная голова, потом потянулась шея, шея, шея... следом всплыло тело размером с хорошее блюдо для торта. Я, изумленный до крайности размером «малютки», охнул и решил как можно быстрее справиться с поставленной задачей. Пальцы нащупали шпеньки. Че глянула на меня маленькими, очень злыми глазенками и разинула пасть.

Отчего-то испугавшись, я мгновенно насадил фильтр на нужное место.

— Там есть колесико, — шепнула Люсенька, — поверните его легонечко.

Я машинально послушался и потом выдернул руку, отчего-то захотелось перекреститься, черепашка выглядела зловеще, никаких добрых чувств она не вызывала.

Из отверстия сбоку фильтра ударила сильная струя воды, в тот же миг в аквариуме поднялось цунами. Камни-булыжники дрогнули, вихрь подхватил Че и припечатал ее к стенке ящика. Меня пробрал озноб. Черепаха выглядела отвратительно, лапы ее походили на крокодильи, из них торчали острые заточенные когти.

— Ой, — заломила крохотные ручки Люсенька, — вы включили слишком сильный режим! Так нельзя, Че не может двигаться! Иван Павлович, поверните колесико в другую сторону.

— Мне надо сунуть руку в аквариум?

— Да.

— Нельзя ли изменить работу фильтра... э... снаружи?

— Нет, сила воздуха регулируется только колесиком. Вы боитесь Че? — уточнила Люсенька.

— Ни на секунду, деточка, — я решил не терять лица перед семилетним ребенком, — просто подумал, что, наверное, черепашка нервничает, чувствуя близость человека, не стоит причинять... э... милому животному неудобства!

— Ей это по фигу, — воскликнула Люсенька, — знаете, откуда у нас Че?

— Нет, мое солнышко, — ответил я, с опасением глядя на злобную тупорылую морду монстра.

— Папа рыбой торгует, слышали?

— Да, я в курсе, пару раз Евгений Васильевич угощал нас с Элеонорой восхитительными консервами.

— Папуля по всему свету ездит, — принялась просвещать меня Люсенька, — один раз, в Полинезии, рыбаки при нем сеть вытягивали, а в ней Че обнаружилась, совсем крохотная. Папусе черепашка понравилась, он ее в Москву привез и аквариум купил. Представляете, никто не знает, какого она вида! Папа ученых приглашал, этих, черепашологов, и от них ответа не добился, кто такая Че. Мы даже не в курсе, мальчик она или девочка. Вообще, странная! В воде живет, но и по суше бегает, да так быстро! Не поймать. Ест одно мясо, прямо как тигр. Хряп-хряп-хряп.

— Но, похоже, зубов у нее нет, — с сомнением протянул я, оглядывая прилипшее к прозрачной стенке «блюдо».

— Не знаю, — вздохнула Люсенька, — я к ней в пасть не заглядывала и, честно говоря, совершенно не хочу этого делать, но чем-то она жует! Мясо-то внутрь проваливается. А еще Рыжик испарился! Лара, когда увольнялась, призналась: его Че схомякала! Лариса ее упустила, стала аквариум мыть, посадила черепашечку в кастрюльку, а та оттуда удрапала и Рыжего схарчила!

— Рыжего?

— Да, кота.

Я отступил от аквариума.

— Черепаха сожрала кота?

— Ага, — меланхолично кивнула Люсенька, — целиком, даже когтей с зубами не выплюнула. У нас из-за нее вся прислуга удрала, и Лара, и шофер.

— Почему? — робко поинтересовался я.

— Водитель Че в сачок ловил, грунт ей в аквариуме менять надо, — бесхитростно сказала Люсенька, — а черепашка изловчилась и палец ему — ам!

— Откусила?!

— Почти, правда, потом пришить сумели. А к Ларе она на подушку ночью залезла. Как из аквариума выбралась — никто не понял. Лариса так заорала! Полдома прибежало узнать, чего у нас стряслось. Потом домработница уволилась, папа аквариум повыше поставил, теперь новую прислугу ищет. Вы, Иван Павлович, поверните колесико, а я Че пока рыбой отвлеку.

С этими словами Люсенька открыла пластиковую банку, вытащила оттуда самую настоящую воблу и сунула ее в воду со словами:

— Чешенька, видишь вкусное?

Огромная пасть раззявилась, здоровенная рыба провалилась внутрь Че в одно мгновение.

Я поежился, мне совершенно не хотелось возиться с прибором, который расположен в опасной близости от неуправляемого прожорливого чудища, но альтернативы нет. Ну не расписываться же в присутствии ребенка в собственной трусости?

Очень осторожно я сунул руку в бурлящую воду.

— Направо вертите, — подсказала Люсенька, — только не налево.

В этот момент Че обернулась, ее шея изогнулась, вытянулась...

Покрывшись липким потом, я шарил пальцами по пластмассовой коробке. Ну где же сие чертово колесико? Черепаха пошевелила лапами, разинула пасть, и тут я наконец-то наткнулся на круглый выступ.

— Направо! — воскликнула Люсенька.

Я крутанул ребристый ободок, и из фильтра рванул такой фонтан воды, что Че приподняло на струе.

— Мама, — заорала Люсенька, — направо! А не налево! Вы включили экстремальный режим! Иван Павлович, дергайте назад колесо.

Я, мокрый и испуганный, вновь попытался обнаружить регулятор мощности. Но не тут-то было, в аквариуме началась настоящая буря, камни и грунт швыряло из стороны в сторону, гребень воды начал подниматься, подниматься, подниматься... Я выдернул руку и замер: над аквариумом, на водяном столбе покачивалась отчаянно злая Че. Впрочем, черепаху можно было понять, спала себе тихонько, притаившись в камушках, а тут откуда ни возьмись заявился неизвестный двуногий и устроил парад цунами.

— Ой, блин, — заверещала Люсенька, — ну и крутая фенька! Ща!

Быстрым движением девочка выдернула из сети вилку длинного «Пилота». Вода, всхлипнув, обвалилась в аквариум, фильтр, лишенный питания, остановился.

Я рухнул в кресло, а Люсенька вдруг закричала:

— Че!

— Что случилось с твоей черепашкой? — осведомился я. — Она, надеюсь, не ушиблась о камни?

— Че нету в аквариуме, — простонала Люсенька, — когда я вырубила электричество, волна вышвырнула ее в гостиную!

Я вздрогнул и судорожно огляделся по сторонам.

— Ой, Иван Павлович, — заплакала Люсенька, — ой, ой, ой!

— Не рыдайте, мой ангел, — попытался я утешить ребенка, — сами же говорили, что черепашка бойко передвигается по суше, она не погибнет.

— Да-а-а!

— Вы согласны?

— Да-а-а-а!

— Тогда почему разводите сырость?

Люсенька прижала к хорошеньким глазкам кулачки и стала сбивчиво говорить. В конце концов я понял суть дела. Черепашка принадлежит Евгению Васильевичу. Отец строго-настрого запрещает дочери общаться с опасным существом, максимум, что разрешено делать Люсеньке, — это швырнуть в воду сушеную рыбину или кусок парной телятины. Фильтр сломался сегодня утром, Люся позвонила отцу на работу, и тот сказал:

— В кабинете есть упаковка с новым фильтром, но сама не смей приближаться к аквариуму.

Люсенька очень послушная девочка, а Евгений Васильевич скор на расправу, он способен крепко наказать дочь. Она, естественно, не решилась сама навести порядок в жилище Че, но испугалась, что отсутствие фильтра повредит черепашке, и поэтому на помощь призвала меня.

— Папа-а-а убьет меня, — стонала Люся.

— Вы преувеличиваете, — попытался я успокоить девочку, — ну поругает слегка.

— Не-е-ет! Отни-и-име-е-ет компьютер! Иван Павлович! Помогите!

— Что на этот раз?

— Поймайте Че!!!

Я замялся. Рыскать по чужой квартире в поисках кровожадного существа с дурным характером? Люсенька сообразила, что сосед, оценив перспективу быть укушенным, не испытывает никакого восторга, и заголосила:

— Ой-ой-ой-а-а-а-а!

Я отношусь к категории мужчин, которые не способны смотреть на женские слезы, а уж вид плачущего ребенка окончательно вышибает меня из седла.

— Успокойтесь, душенька, — сказал я, — рыданиями делу не поможешь. Лучше скажите, вы обратили внимание, в какую сторону побежала Че?

— В коридор, — всхлипнула Люся.

— Ну и отлично! — фальшиво бодро воскликнул я. — Эка беда. Чем ее ловят?

— Сачком. Вон они, в углу, целых пять штук.

— Прекрасно, берем два, и вперед, — сказал я.

Глава 8

Вооружившись сачками, мы с Люсенькой потопали по бесконечному коридору, все выходящие в него двери оказались плотно закрытыми. Щелей между низом створки и полом практически не имелось, вернее, некое пространство просматривалось, но оно было ничтожно мало, в него Че не могла юркнуть ни при каких обстоятельствах. Люся зажгла в коридоре все лампы, и мы тщательно осмотрели белый пол. Мелкие пятна воды без слов сообщили, куда направила стопы черепаха: в единственную комнату, дверь которой оказалась открытой, — спальню Юли, мамы Люсеньки.

— И куда она забилась? — поинтересовался я, оглядывая опочивальню, обставленную с варварским великолепием.

Белая мебель, чудовищные, покрытые золотом ангелочки, поддерживающие ложе, тумбочка, украшенная лампой в виде придворной дамы восемнадцатого века, шелковый ковер ручной работы и невероятного размера шкаф, на дверцах которого художник изобразил сцены жизни счастливых пейзан.

— Под кровать гляньте, — шепотом предложила Люся, — если Че там, постучите кулаком по полу, она с другой стороны выскочит, а там я с сачком!

— Никого нет.

— Может, она за тумбочкой?

— Нет.

— Или под окном, за занавесками!

— Пусто.

— Она точно здесь, вон на ковре мокрые пятна, — задумчиво сказала девочка.

— Люсенька, ты где? — раздался вдали веселый голос.

— Ой, — побледнел ребенок, — мама! Иван Павлович, скорей залезайте в шкаф.

— Зачем? — стал упираться я. — Право, это глупо.

— Мне влетит за черепашку, — застонала Люся, — мама на секунду забежала, наверное, мобильный забыла, ну плиз.

Только временным помрачением рассудка можно объяснить то, что я сделал. Подталкиваемый остреньким кулачком девочки, я влез в набитый сильно надушенной одеждой гардероб и, ощущая себя героем глупого анекдота, затаился за вешалками.

— Мамочка, — завопила Люся, успевшая убежать из спальни, — я в детской, читаю книжку по школьной программе.

— Молодец, — одобрила Юля, входя в свою комнату.

— Ты мобильный опять забыла? — спросила Люся.

— Да, вот он, на тумбочке.

— Сейчас уходишь?

Юля не ответила дочери.

Я приник глазом к неплотно закрытой дверце гардероба и увидел, чем занимается хозяйка. Она взяла телефон, набрала номер и проворковала:

— Женюся, ты когда домой вернешься? Как — в командировку уехал? Куда? В Мурманск? Уже в поезде? Ну котик! Почему меня не предупредил? Я? Не отвечала? Ах, да, мне в парикмахерской мыли голову, вот я и не услышала! Опять без тебя! Ужасно! Возвращайся скорей, мой зайчик, я буду страшно скучать, чмок, чмок, чмок!

Пообщавшись с любимым супругом, Юлечка посмотрела в большое зеркало, окаймленное вычурной рамой, показала себе язык и снова схватила трубку.

— Котик, — нежно просюсюкала она, — мой козел, слава тебе господи, отбыл в Мурманск! Лети сюда, устроим бедламчик. Люська? Ну, это легко решаемо, как два пальца об асфальт.

Я вздрогнул. Однако! Евгений поехал по делам, а коварная женушка зовет любовника.

Юлечка тем временем продолжала терзать телефон.

— Лидия Семеновна, — сладким, словно осенний мед, голосом завела она, — Женечка умчался в Мурманск. Ой, и не говорите, сто раз пыталась втолковать ему: любимый, нам денег хватит, уймись! Нет, весь в родителей пошел, истинный трудоголик, хотя в вашей семье и не мог вырасти лентяй и болван. Лидочка Семеновна, можно Люсеньку к вам ночевать отправить? Пока Женечки нет, решила коридор полачить, скоро мастера придут. А что им ночь, им лишь бы заплатили! Да, вы правы, теперешние времена не прежние, люди совсем стыд потеряли, за звонкую монету на все согласны. Так она прибежит?

Юля положила мобильный на столик, потом прошипела сквозь зубы:

— Старая жаба, ну надоела, Макаренка фигова. Люська!

— Да, мамуся? — мигом материализовалась на пороге дочь.

— Пойдешь ночевать к бабушке?

— Ура!!!

— Тогда спускайся на второй этаж, да не захлопывай нашу дверь.

— Почему?

— По кочану! — рявкнула маменька.

Люся, на радостях забывшая про меня, убежала, а Юлечка проворно выскочила из одежды и, упав на кровать, замерла в картинной позе, она сильно выгнула талию, выпятила явно силиконовую грудь и занавесила мордашку красиво вьющимися прядями. Я замер в гардеробе, понимая, что влип в крайне неприятную ситуацию, никакой возможности выскользнуть незамеченным из шкафа нет.

— Котеночек! — взвыла Юля. — Я сгораю от нетерпения!

Я снова приник к щелке. В спальню, скабрезно улыбаясь, вошел Серега Мамонов, сосед с первого этажа. Оставалось лишь удивляться ловкости дамы. Свекровь и любовник находятся в непосредственной близости от нее, все удобнее некуда.

— Киска, — протянул Серега, бросая на пол халат.

— Зайчик!

— Мурзик!!!

Я деликатно зарылся в одуряюще воняющую французской парфюмерией одежду. Кровать заскрипела, послышались охи, ахи, вздохи, сами понимаете размер дискомфорта, испытываемого вашим покорным слугой.

Вдруг какофония звуков стихла.

— Ты слышишь? — шепотом спросила Юля.

— Что? — тихо ответил Серега.

— Входная дверь скрипнула.

— Не.

— Живо лезь в шкаф.

— Ты че, ваще?

— Скорей! Ой, идет!

В шкаф ворвался свет, и вместе с ним внутрь влетел голый Серега.

— Осторожней, — бормотнул я, — раздавишь.

— Вау, ты кто? — сдавленным голосом спросил сосед, касаясь меня потным боком.

— Иван Павлович Подушкин, или не узнал?

— Ты че тут делаешь? — зашипел Серега.

— Черепаху ловлю, — абсолютно честно сказал я.

— Ну Юлька, — начал возмущаться Мамонов.

— Тише, — шикнул я, — смотри.

Перестав разговаривать, мы приникли к щелке, а в спальне Юли в это время разыгралась трагедия.

— Где он? — орал Евгений, размахивая каким-то железным предметом, похожим то ли на зонтик, то ли на чугунную скалку.

— Кто? — пискнула Юля, прикрываясь кружевным пеньюаром. — Милый, ты же в Мурманск уехал!

— Хрен тебе, а не командировка, — завопил обманутый муж, — где хахаль, а? Куда спрятала?

— Ты о ком?

— Молчать! Я знаю все! Специально тебе про поездку соврал! Ишь, разлеглась, резиновые клизмы выставила! Кто за твои сиськи платил, а? Стерва!

— Любимый...

— Заткнись!

— Родной...

— Пасть захлопни!

— Обожаемый!

— Хорош жопой вертеть, — взвизгнул Евгений, — он в шкафу небось сидит. Говори, сука, правду, а то убью.

— Да, да, — залепетала Юля, — там Сережа Мамонов. Но мы ничего не делали, просто телик смотрели.

— Урою на... — взвыл Евгений и дернул дверцу.

Серега, услыхав гневный вопль рогоносца, быстро пополз в глубь необъятного шифоньера, а я оказался менее прыток.

Дверь растворилась, я растерянно улыбнулся.

— Добрый вечер.

— Мама! — заорала Юля. — Там человек!

В ее крике было столько удивления, что Евгений неожиданно мирно сказал:

— Да замолчи, сам вижу! Ты кто?

— Ваш сосед Иван Павлович Подушкин.

Женя повернулся к жене.

— Вроде о Мамонове речь шла!

— Я глупо пошутила, — выдавила из себя Юля, — сострила неудачно... А тут этот! Откуда он взялся?

— Да, ты че тут делаешь? — очнулся Евгений.

— Черепаху ловлю.

— Кого? — в один голос воскликнули супруги.

— Вашу Че, — затараторил я, — вы только выслушайте меня.

— Мамуся, я за Барби вернулась, — закричала, вбегая в спальню, Люся. — Ой, Иван Павло-о-ович! Вы же обеща-а-али молчать!

— Что у нас происходит? — окончательно вышел из себя Евгений.

— Люсенька, — заискивающе попросил я, — ты уж сама папе во всем признайся, видишь, какая у нас с тобой глупость получилась.

Девочка, шмыгая носом, ввела отца и мать в курс дела, спустя десять минут Женя захохотал.

— Ну и ну, теперь все ищем Че. Юля, Ваня, шарьте под кроватью, я в шкафу.

— Нет, — заорали мы с неверной женой, — туда ей не влезть.

— Ваша правда, — задумчиво протянул Женя, — лучше тумбочку отодвину, ну-ка, доча, сними лампу.

Закипела работа, Люсенька подняла фарфоровую даму, Женя, сопя от напряжения, начал перемещать мебель, мы с Юлей полезли под кровать.

— Где Сережа? — тихо спросила Мессалина местного розлива.

— В шкафу сидит, надеюсь, ему не придет в голову чихнуть, — отозвался я.

— Что делать?

— Постарайтесь увести всех из комнаты.

— Как?

— Папа, — взвизгнула Люся, — вон она, по занавеске ползет!

Мы с Юлей, сильно стукнувшись лбами, выскочили из-под ортопедического матраса.

— Всем стоять смирно, — приказал Евгений и схватил сачок, — молчите.

— Апчхи, — донеслось из гардероба, мы с Юлей в ужасе переглянулись.

— Иван Павлович, прекрати! — рявкнул не разобравшийся в ситуации хозяин.

— Простите, — промямлил я.

— Апчхи!

— Чтоб тебя разорвало, чихаешь в самый ненужный момент, — прошипел Женя и шарахнул сачком по черепахе.

То ли он плохо прицелился, то ли мерзкую Че заставило дернуться в недобрый час чихание одуревшего от парфюма Сергея, не знаю, только черепашища не попала в сетку, она юркнула за занавеску. С воплем: «Банзай!» — Евгений отдернул штору и на секунду замер, мой рот открылся. Че, ловко перебирая лапами, безо всякого усилия шла по стеклу вверх к широко открытой форточке. Она передвигалась столь легко, что, казалось, ее конечности заканчиваются не когтями, а мощными присосками.

Евгений первым стряхнул оцепенение и схватил сачок. Хрясь, хрясь, хрясь... Че уверенно ускользала от сетки.

— Ну, зараза, погоди, — обозлился хозяин и опустил сачок аккурат перед мордой чудища.

Милая черепашка спокойно разинула пасть и легким движением челюсти перекусила палку диаметром сантиметров пять, не меньше. В руках Евгения остался длинный огрызок, кольцо с сеткой шлепнулось на пол. Че юрко протиснулась в форточку и, растопырив лапы, полетела вниз. Мы все, не сговариваясь, ринулись к окну. Увиденное зрелище повергло меня в ступор.

— Блин! — заголосил Женя. — Она умеет летать! Чем машет-то?

— Лапами, — сдавленно пояснила Юля, — во прикол, у нее между пальцами перепонки раздулись, да какие большие, ими она и шарашит. Жень, ты уверен, что ЭТО черепаха?

— Не, — сказал обалдевший муж, — я ваще в непонятках!

— Че разобьется, — зарыдала Люсенька.

— Во, — комментировала увиденное Юля, — она на асфальт приземлилась, ну и дает! Понеслась вперед, вау!

— Чего там? — перестав лить слезы, осведомилась Люсенька.

— Черепаха в подвал шмыгнула, через окошко, папа заплатит дворнику, и тот поймает Че, — стала утешать девочку мать.

— Уж и не знаю, нужна ли она нам, — с сомнением протянул Евгений, — только год тут живет, и с каждым месяцем новенькое про нее узнаю: то, оказывается, она на суше великолепно ориентируется, то сама из аквариума выбраться может, а теперь — пожалуйста, летает.

— Вдруг Че птица? — предположила Люся. — Нам в школе рассказывали, есть такие особи, они в воде, допустим, рождаются и вырастают, а потом на землю выходят. И ваще, с виду прямо сахарная, а внутри противная.

— Ага, — кивнула Юля, — знаю я одну похожую, в нашем доме живет!

— Ты о ком, мамуля? — заинтересовалась бесхитростная девочка.

— Да так, — опомнилась Юля, некстати вспомнившая про свекровь.

Сочтя момент подходящим, я кашлянул:

— Мне пора.

— Спасибо, Ваня, — поблагодарил Евгений, — ты уж извини Люську.

— Ерунда.

— Я ее накажу.

— Не надо.

— Компьютер отниму.

— Право, не стоит.

— В дурацкое положение тебя поставила, — не унимался хозяин.

— Хорошо, что все разъяснилось и вы более не подозреваете меня в желании соблазнить Юлю, — улыбнулся я.

— Ой, да вы уже немолодой для такого дела, — схамила осмелевшая хозяйка.

Евгений засмеялся.

— Да это все мама моя, вечно ей дурь мерещится, решила, что к Юльке мужик шляется, ну мы и придумали проверить, так ли это, я про Мурманск соврал...

Юля сжала кулаки и прикусила нижнюю губу, а Женя как ни в чем не бывало продолжал:

— Не успел я поговорить с Юлей, как та маме Люську сплавила, ну и...

— Я чиста, как слеза младенца! — взвизгнула наглая изменщица.

Воображение мигом нарисовало картину: толстенький малыш размазывает по пухлым щекам комья сажи, из глаз крошки льются черные слезы, при взгляде на которые сразу можно определить степень «чистоты» Юли.

— Но, увидев тебя, Ваня, я тут же понял, волноваться не о чем! — закончил Женя.

Мне отчего-то стало обидно.

— Почему?

Женя потер короткопалые ладошки.

— Ну... всему дому известно, что ты не по бабам, типа, импотент или голубой, мне, Вань, без разницы. Я не из тех, кто пидоров расстрелять хочет, даже руку тебе подам спокойно и чаем угощу. И потом, ты одетый в шкафу стоял! Ха-ха! Юлька голая, а мужик при всем параде, ведь мог бы к соседке и в халате шмыгнуть! Кстати, а это чей прикид?

Сарделеобразный палец Жени, украшенный чудовищным золотым перстнем с пудовым бриллиантом, указал вниз. Я перевел взгляд на ковер и вздрогнул: на полу валялся шлафрок Сергея, рядом стояли его тапочки. Юля побледнела и принялась быстро икать.

— Этта чье? — повторил муж, глядя на жену, как черепаха Че на воблу.

— Мое, — живо отреагировал я, — хоть апрель, да холодно, вот и пытаюсь согреться.

Произнеся эту фразу, я нагнулся, схватил темно-бордовый махровый халат и мигом накинул себе на плечи.

— А тапки? — не успокаивался хозяин.

— Тоже мои.

— Ты ж в ботинках?

— Ну да, — я начал изворачиваться, словно червяк, прижатый к земле лопатой, — верно, я в штиблетах, но ведь нехорошо в уличной обуви по чужой квартире ходить! Поэтому я сунул ноги в тапки!

— В туфлях?

— Да, — рискуя выглядеть идиотом, согласился я.

— Чего же в одних шлепках не пришел?

— Право, невоспитанно демонстрировать голые пятки, поэтому я сначала нацепил мокасины, а уж на них тапки, дабы не попортить ваш паркет.

— Жень, ты пойдешь Че искать? — дрожащим голосом напомнила Юля.

— Ага, — засуетился муж, — бегу вниз.

— Па, и я с тобой, — попросила Люся.

— Нет, — отказал ей отец.

— Возьми уж ее, — вздохнула Юля.

— Ладно, пошли, — смилостивился родитель, — давай, Ваня, с нами!

— Спасибо за предложение, но я не закончил домашние дела, — мигом открестился я от продолжения забавы и, неся на плечах халат Мамонова, а на ногах его тапки, гордо удалился домой. Пусть теперь Юля сама разруливает ситуацию, надеюсь, Сергей не начнет чихать до того, как Евгений и девочка покинут квартиру.

На следующий день, около одиннадцати утра, тщательно изучив карту Подмосковья, я отправился к платформе Пролетово.

Путь оказался неблизким, гнать «Жигули», как Марина свой джип, я не мог. Моя машина, увы, сделана в России, живет на свете не первый год и успела обзавестись старческими болячками. Но в конце концов я добрался до нужного места и начал осматриваться. Конечно, ночью пейзаж выглядит иначе, чем днем, но кое-какие приметы остались, допустим, та же платформа.

Я вылез из машины, подошел к полуразвалившейся лестнице и стал подниматься по ней, удивляясь безобразному состоянию, в котором находится станция. Ну почему никто из пассажиров не возмущается? На покореженных ступеньках можно запросто сломать ногу. Да и перрон выглядит отвратительно, похоже, тут ни разу не убирали мусор, нету скамеек, и отсутствует всякий намек на билетные кассы, да и людей нет.

— Молодой человек, — раздалось снизу.

Я повернул голову: у подножия лестницы стоял сухонький аккуратный старичок с сумками, из которых высовывались пакеты и банки.

— Слушаю вас внимательно, — улыбнулся я.

— Простите, это ваша машина?

— Да, а она вам мешает? Сейчас уберу.

— Что вы, что вы, — испуганно сказал дедушка, — просто я подумал: коли вы на авто прибыли, тогда порядок, но если, паче чаяния, поезда ждете, то он тут давно не ходит.

— Почему же? — спросил я и начал осторожно спускаться по выщербленным ступеням.

— Понимаете, — охотно пустился в объяснения дедуля, — тут, чуть поодаль, раньше, при Советах, завод был секретный, на оборону работал. Так вот, чтобы людям на службу легче попасть, ветку к нему от основной «железки» бросили и платформу построили. Несколько раз в сутки «кукушечка» ходила, по расписанию. Одну смену привезет, другую оттянет к той станции, что для всех. Иначе б народу пять километров пехом переть. Хоть и принято сейчас коммунистов ругать, только они ведь и хорошее делали. Сегодня же никого не интересует, сколько времени тебе до станка переть, скажи спасибо, что рабочее место нашел. Верно?

Я кивнул и направился к «Жигулям», дед не отстал, он последовал за мной, выплескивая кучу неинтересных мне подробностей.

— Потом развалилось предприятие, вроде его иностранцы купить пытались, да наши не согласились. Как же! Военная тайна! А о людях они подумали, о простых рабочих? Всех выставили, поселок умер, правда, дома до сих пор остались, вон за водокачкой одни бедолаги живут, те, кому деваться некуда, вот я, например. И где продукты купить? Только в Москве! Никого ничего не волнует... Горбачев... Ельцин... Путин... льготы... бу-бу-бу-бу.

Послушав пару минут для порядка разволновавшегося старичка, я отключил слух и стал машинально кивать, навесив на лицо приветливую улыбочку. Жизнь с Николеттой научила меня простому фокусу: хочешь остаться в живых после общения с маменькой, никогда не спорь с ней, лучше всего, вырубив систему связи с внешним миром, включить автопилот кивания.

Дедушка захлопнул рот и уставился на меня. Сообразив, что излишне говорливый собеседник высказал все, что накопилось на душе, я хотел уже попрощаться, но тут старикашка со словами: «Ну, спасибо, уважил пожилого человека», — полез в «Жигули».

Глава 9

— Простите, вы куда? — встрепенулся я.

— Так сесть хочу.

— Зачем?

— Ты же обещал подвезти.

— Я? Вас? Куда? Когда?

— Ну сейчас, — удивленно пояснил дедушка, — я спросил тебя: «Сынок, не добросишь до поселка?» А ты закивал, заулыбался, разве ж так «нет» говорят?

Я тяжело вздохнул.

— Далеко ваше поселение?

— Нет, — словно ребенок обрадовался дедок, — совсем рядом, направо, налево, да я покажу, не сомневайся, вон шоссейка тянется.

Я вгляделся в грязную колею, похоже, именно по ней лихо рулила на шикарном джипе Марина, больше просто машине нигде не пройти, повсюду тесно растут деревья.

— Не сомневайся, сынок, — приободрил меня дедуля, — это только с виду дорога фиговая, а так еще ничего, проберемся.

Я завел мотор и осторожно двинул чудо российской автопромышленности вперед.

— Налево, теперь прямо, вправо бери, — принялся командовать старичок.

Надобности в его указаниях не было, дорога тут змеилась одна, никаких ответвлений в сторону от нее не отходило.

В конце концов я вырулил на небольшую полянку и затормозил, колея оборвалась, впереди плотной стеной стояли ели. Испытывая волнение, я вышел из машины.

Да, именно досюда мы добрались на джипе, бросили его у щита «Берегите лес», а потом пошли вперед вон по той тропке.

— Эй, сынок, — крикнул дед, — чего встал? Никак до ветру захотел? Выбирай любое дерево, у нас просто. Ну, не спи. Быстренько отливай, и едем.

— Куда? — повернулся я к старичку. — Дороги-то нет.

— Как же, вон она.

— Где?

— Левее, под елками.

— Простите, но там лес.

— Нет, бетонка начинается, центральный вход на завод минует и в поселок упирается.

— Право, там одни стволы, «Жигули» не пройдут!

Дедушка, кряхтя, выполз на дорогу.

— Ну молодежь, — с укоризной загундел он, — все бы вам спорить! Кто ж лучше знает! Я, который здесь жизнь провел, или ты? Ну, гляди, Фома неверующий.

Наклонясь вперед, словно престарелый грач, дедок подошел к огромным елям и потянул в сторону одну из низко нависших над землей ветвей.

— Во, любуйся, только поднырнуть — и порядок, ничего твоей машине не сделается.

Я заглянул в образовавшийся просвет. Действительно, за раскидистыми патриархами виднелись бетонные плиты, над ними там и тут колышутся еловые лапы, но пробраться можно.

— Понял? — уточнил старик. — Про этот путь только местные знают, остальные, если занесет кого, назад пятятся. Так едем?

«Жигули» поскакали по неровным блокам.

— Во, — сообщил дед, — вход на завод, бывшая проходная, одна будка осталась.

— А где же цеха? — удивился я. — От них и камней не осталось.

Дедушка хмыкнул.

— Государственная тайна! Под землей они! Целый город.

— Да ну? — заинтересовался я.

— Точно, — закивал старичок, — никого, похоже, кроме меня, и не осталось, кто хорошо знает, чего там. Правда, давненько я вниз не лазил, в девяностом в последний раз ходил, и все, законсервировали производство. Вот как деньги народные пропадают. Небось все про этот завод позабыли давно, а там, внизу, чего только нет! И станки, и склады, и бункер директора, между прочим, на случай атомной войны сделан был, с запасом продовольствия и питьевой воды. Сам-то меня любил, уважал, когда его кабинет закрывали, сказал: «Эх, Николаич, я-то не доживу, а ты, может, увидишь еще нового хозяина, так запомни шифр на двери, а то ведь потеряют документы и ломать примутся, мне в гробу вертеться придется, я сам по спецзаказу дверь делал, простой код такой, начало войны».

— Какой войны? — не сообразил я.

— Так Отечественной, — пояснил старичок, — четыре циферки, только я один знаю, что, набрав их, в кабинет и бункер попадешь. Да! Вот так.

— Вы, наверное, занимали на предприятии ответственный пост, — решил польстить я пенсионеру.

— Конечно, — кивнул тот, — личным шофером у нашего директора Олега Герасимовича работал, возил его везде: и по службе, и налево. Да уж, любил Олег Герасимович баб. Царствие ему небесное, большой ходок был, ловко дела проворачивал. Нина Антоновна, жена его, и не догадывалась. Бывало, звонит в субботу, у нас с супругой в доме у одних телефон стоял, вот какое значение мне придавалось, и говорит тихонько: «План номер два». А я уж в курсе, хватаю машину, приезжаю в Москву, звоню в квартиру, Нина Антоновна дверь открывает и ну ахать: «Выходной же! Олег еще спит!» А я твердо говорю: «Велено на объект везти». Тут и сам из спальни выруливает, строго так жену на место ставит: «Молчи, Нина, дело государственное», — и шмырк одеваться. Я хорошо знал: план номер два — значит, по бабам, а если цифра «один» звучит — то на рыбалку едем. А еще мы с ним по стране поколесили! Принимали нас везде! Эх, есть чего вспомнить. Ладно, спасибо, сынок, докинул до дома.

Я послушно притормозил, бетонная дорога расширилась и превратилась в площадь, ее окружало три четырехэтажных дома — серые от грязи, ветхие сооружения с частично заколоченными окнами. На фасаде одного здания можно было различить сделанную некогда красной краской надпись: «Слава КПСС». А посреди площади стоял памятник Ленину, типовой проект, растиражированный в середине XX века практически по всем населенным пунктам СССР. Левая рука вождя мирового пролетариата безвольно свисала вдоль туловища, правая должна была быть вытянута вперед, но эта конечность у монумента отсутствовала.

— Ты по кругу объезжай, — заботливо сказал старичок, — не разворачивайся, между домами сверни вон туда, и снова на бетонку попадешь, но не спутай, сразу налево забирай, если вправо возьмешь — там тупик, он ведет к бывшим складам, сверху одна проходная торчит, налево принимай, и к платформе прикатишь. Понял?

— Да, спасибо.

— Это тебе спасибо, тяжело с сумкой по лесу переть. В долгу я перед тобой.

— Ерунда.

— Нет, не привык я людьми пользоваться, — уперся старичок, — если понадоблюсь, приезжай. Дорогу знаешь, дом мой вон тот, адрес проще некуда: здание номер один, квартира один. Повсюду первый. А звать нас Корольков Александр Николаич.

Прихватив туго набитые сумки, бывший шофер довольно бодро вошел в разверстую пасть подъезда. Я посмотрел вслед старику: интересно, сколько подобных ему людей имеется в Подмосковье? Какие тайны они хранят? Кто учитывает брошенные предприятия? Разумно ли не использовать уже имеющиеся мощности? Да хоть этот поселок, в нем же есть коммуникации, и к заводу, естественно, были подведены свет, вода, газ, канализация, телефон. Может, стоит реконструировать подземные цеха? Продать их с аукциона? Наверное, кое-кто из предпринимателей мог бы заинтересоваться таким предложением.

Я влез в «Жигули» и поехал в направлении, указанном Николаичем. Наверное, мне в голову взбрела очередная глупость, завод прекратил работу в эпоху перестройки, сейчас там, под землей, все пришло в негодность, а, как известно, легче построить новое, чем чинить старое. Ладно, хватит заниматься размышлениями, вернусь на поляну к щиту «Берегите лес». Нора велела непременно осмотреть место, где нас посадили в машину похитители Кости.

Внезапно дорога оборвалась около хорошо сохранившегося бетонного забора, за ним виднелась крыша здания. Я вышел из машины и вытащил сигареты. Естественно, я перепутал повороты. Если кто-нибудь, желая предостеречь меня, скажет: «Только не вздумай свернуть налево», — я именно туда и поеду, сам не пойму, отчего такое происходит.

Значит, сейчас я добрался до проходной бывших складов, надо разворачиваться, но где? Впрочем, следует подать чуть левее, там видна площадка.

Внезапно в чаще зачирикала птица. Увы, я полный профан в орнитологии, и определить вид пернатого по пению мне слабо! Пташка выводила рулады самозабвенно, с таким наслаждением, что я заслушался. В городе не услышать соловьиных трелей; в Москве, похоже, остались одни вороны и жирные голуби, и те и другие не вызывают у меня умиления. И потом, я, как правило, не гуляю по столице, просто хожу по улицам, ничего не замечая, а здесь, за городом, легкие наполнились упоительным воздухом, слух ласкало нежное посвистывание, и невесть почему было совершенно умиротворенное настроение.

Улыбаясь своим мыслям, я решил пройти с десяток метров вперед и взглянуть, можно ли развернуться на небольшой площадке. Я добрался до вытоптанного места, повернул голову влево и ахнул. Вдали, за деревьями, маячил щит «Берегите лес».

Забыв обо всем на свете, я побежал к огромному транспаранту, может, в лесу сохранилось еще одно «дацзыбао» прошлых лет? Но нет, это оказался тот самый щит. В левом углу красовалась нарисованная при помощи баллончика с краской рожица, в правом мозолило глаза площадное слово.

Я оглянулся по сторонам. Так, мы пришли из леса, а

вот тут находились темно-синие «Жигули». Я присел и стал внимательно осматривать землю. Окурок! Остаток черной дамской сигареты, которые безостановочно смолила Марина. Значит, я не ошибся, именно тут нас посадили в тонированную развалюху и потом усыпили. Но куда могла поехать машина?

Внезапно по спине пробежал жар. Минуточку, а где же роскошный джип? Арапова пропала без вести, я недавно очнулся, машина должна стоять там, где ее бросили, возле щита, но ее там нет! Следовательно, джип убрали? Кто?

Я принялся бегать по лужайке, потом остановился. Спокойно, Иван Павлович, ты озаботился не тем вопросом. Ясное дело, джип украли те, кто замыслил дело. Автомобиль, продав который можно купить квартиру — простите за дурацкий каламбур! — на дороге не валяется. Надо поискать следы шин.

Приняв решение, я, глядя в землю, направился назад, и тут мне за шиворот упала холодная капля — то ли начинался дождь, то ли птичка пошалила. Маленькая неприятность не рассердила, а скорей рассмешила меня, я поднял голову вверх, не обнаружил на небе ни тучи, ни пернатого, хотел идти дальше — и внезапно зацепился взглядом за проходную. Из-за высокого, на удивление целого забора выглядывала только крыша; но сейчас я стоял лицом к воротам, а они оказались существенно ниже изгороди, и перед моим взором предстал второй этаж здания, красная кирпичная стена, одно окно с плотно закрытой рамой, распахнутые железные ставни, на которых чья-то неумелая рука нарисовала орнамент, отдаленно напоминающий виноградные листья. Некогда рисунок был выполнен ярко-зеленой краской, но сейчас она потускнела, местами осыпалась...

Пару секунд я стоял молча, потом ринулся к ржавым железным воротам и попытался открыть их. Куда там, калитки в них не имелось, снаружи створки были заперты на огромный амбарный замок. Побегав вдоль до сих пор крепких ворот, я вытащил телефон и сообщил Норе об увиденном.

— Ага, — удовлетворенно отметила хозяйка, — я предполагала нечто подобное. Ты нашел «Чечню», попытайся проникнуть внутрь.

— К бандитам?

— Там давно никого нет.

— Вы уверены?

— Стопроцентно, — заверила меня Элеонора, — какой смысл им там сидеть? Разыграли спектакль и смылись. Полезай через забор.

— Я?

— Ну не я же.

— Простите, но я никогда не занимался ничем подобным.

— Даже в детстве? — хмыкнула хозяйка.

— Вполне вероятно, что в далеком прошлом...

— Вот сейчас и освежишь забытые навыки, — рявкнула хозяйка, — действуй.

— Но...

— Ваня, тебе надлежит попасть во двор, отыскать подвал и посмотреть, вдруг Марина там?

Я покрылся липким потом.

— На подобное я не способен. И потом... она же... наверное...

— Почти на сто процентов я уверена, что Араповой в убежище нет, — быстро перебила меня Нора. — Ваня, возьми себя в руки, нам надо обследовать территорию, вдруг ты найдешь улики.

— Простите, Нора, — слабо сопротивлялся я, — может, лучше все же обратиться в милицию? Ей-богу, есть достаточный повод! Костя убит.

— Он умер от передозировки снотворного.

— Арапова пропала, наверное, ее сотрудники давно подняли шум.

— Нет.

— Как «нет»?

— Она сообщила всем, что отправилась отдыхать на СПА-курорт в Италию, предупредила подчиненных, что не берет мобильный, дескать, сильно устала и не желает ни о чем и ни о ком слышать. Название гостиницы не сообщила, поэтому Марину не ищут, на службе хозяйку ждут к середине мая, она обещала вернуться пятнадцатого.

— Минуточку, а похороны сына? Она в них не участвовала?

— Костя не погребен.

— Господи, где же он?

Элеонора щелкнула языком.

— Сейчас самое подходящее время, чтобы вести подобный разговор! Милиция, обнаружившая труп, связалась с Эдиком Марковым, главным помощником Марины по фирме «Гема». Эдик взял все хлопоты на себя, Араповy он найти не сумел, поэтому тело парня забальзамировали, оно ждет возвращения матери. И вообще Марков постарался не поднимать шум, всякие пересуды фирме не нужны, абсолютное большинство приятелей Араповой считает, что она расслабляется в Италии, а Костя жив и здоров. Понимаешь, пока Марины нет, нельзя объявить о смерти парня.

— Почему?

— Он скончался от лекарства, которое производит «Гема», этот факт немедленно станет достоянием газет, конкуренты мигом воспользуются ситуацией, и бизнесу Араповой будет нанесен ощутимый удар. Мы не можем сейчас этого допустить. Мы должны найти Марину и сообщить ей о смерти сына, а уж она сама решит, как поступить. Эдик Марков того же мнения.

— Он знает, что хозяйка пропала?

— Да.

— А про «Чечню»?

— Нет.

— Но что, если Марина мертва?

— Мы не нашли тело, значит, считаем ее живой и обязаны хранить чужую тайну.

— Но вдруг обнаружим труп?

— Когда это случится, тогда и станем размышлять, а сейчас хватит тянуть кота за хвост, забирайся во двор, любая обнаруженная тобой мелочь может направить нас в нужную сторону.

— Нора, увольте меня от этого.

— Лезь!

— Ей-богу, не могу!

— Вперед и с песней.

— Тут даже не за что зацепиться.

— Не стони.

— Элеонора, умоляю, а вдруг в подвале лежит труп Араповой!

— Ваня! Прекрати ныть.

— Право слово, я не приспособлен для экстремальных приключений!

— Хорошо.

— Мне можно ехать домой? — возликовал я.

— Конечно, — неожиданно согласилась хозяйка.

— Уже лечу!

— Только к Николетте.

— В каком смысле?

— В прямом.

— Маменька звонила вам и потребовала меня к себе? — недоумевал я.

— Нет, — рубанула Нора, — просто ты у меня более не работаешь, следовательно, отправляешься по месту прописки.

Кровь застучала в висках.

— Так что, Ваняша, выбирай, — цедила Элеонора, — либо со мной — тогда лезь во двор, либо без меня — тогда кати к Николетте. Подумай, что для тебя лучше.

Я снова покрылся потом, помнится, видел в детстве старинную гравюру под бодрым названием «Выхода нет». На ней был изображен безоружный человек, стоящий на тропинке между львом и тигром. Справа от несчастного скалил клыки царь зверей, слева обнажил острые зубы полосатый хищник. Куда деваться слабому двуногому? Николетта или путешествие в подвал? Жизнь с маменькой или малоприятное приключение? Тигр или лев?

— Так как, Ваня? — ехидно осведомилась Нора, похоже, великолепно зная, что услышит в ответ.

— Уже полез, — безнадежно ответил я.

Глава 10

Это только в голливудских фильмах главный герой, легко опершись одной рукой о верх забора, красивым движением перебрасывает тело через преграду. Впрочем, будь на моем месте гимнаст Немов, может, он тоже бы играючи справился с задачей, но я абсолютно неспортивен, поэтому, с большим трудом уцепившись за ржавую петлю, поставил ноги на выдающиеся вперед кольца, сквозь которые была продета дужка замка.

Открылся вид на двор, я сразу узнал лавочку, на которой вместе с Костей сидел мужчина в черном шлеме, значит, Нора не ошиблась, вот она, «Чечня». Что за мерзавцы поставили сей спектакль?

Злость придала мне силы, сначала я оседлал ворота, потом, держась руками за их верхний край, принялся сползать вниз. От движения куртка задралась, стало холодно, я подергал ногами и неожиданно ощутил под ступнями землю. Руки разжались, ура! Я оказался в нужном месте. Спасибо отцу за подаренный им высокий рост, сейчас он мне помог.

Кое-как отряхнув ладони, я приблизился к лавочке, вокруг ничего, просто вытоптанная земля. Постояв пару минут, я начал бродить по двору, тщательно вглядываясь под ноги, и очень скоро увидел люк, именно из него меня с Мариной вывели наружу.

Железная крышка плотно прилегала к земле, снаружи на ней не имелось ни ручек, ни каких-либо выступов. Наверное, вход в подземелье открывался при помощи какого-то механизма, но где он и как включается?

Логично было предположить, что некая кнопка находится внутри здания. Я обошел кирпичный дом и увидел навес, а под ним дверь, украшенную облупленной вывеской «Помещение № 3».

Без всякой надежды на успех я поднялся по отлично сохранившимся ступенькам, дернул за ручку дверь и удивился: она легко поддалась, замок оказался открыт.

Перед глазами возник небольшой холл, справа, у самого входа стоял турникет, около него высился стеклянный «стакан». Внутри будки, явно предназначенной для дежурного охранника, висел телефонный аппарат, еще пару таких же я заметил на стене слева. Я подошел к ним и увидел сильно пожелтевшее объявление: «Помещение № 4-122, предварительное — 120, сектор общих материалов — 128, распределитель — 126. Назови пароль дня. Внимание: смена пароля ровно в девять. Без регистрации пропуск недействителен». Чуть ниже висели листки: «Женщины, не посетившие смотровой кабинет и не имеющие справки, лишаются талона на обед»; «Получившие молоко за вредность не имеют права менять его на стиральный порошок»; «Бригада № 6 получает продуктовый заказ в буфете главного корпуса»; «Кто не сдал деньги на детскую путевку до 18 мая, не поедет в первую смену».

Я оторвался от чтения и внезапно как будто вернулся в семидесятые годы. Тогда на этом заводе бурлила жизнь, уж не знаю, что производили в подземных цехах: ракеты, самолеты или что-то другое, но секретность тут соблюдали строго, даже названий у подразделений не имелось, никаких там «отделов снабжения», все по номерам и в сопровождении пароля. Женщины в обязательном порядке показывались гинекологу, сотрудники получали продуктовые заказы, кое-кто имел бесплатное молоко, а профком доплачивал за путевки в местный пионерлагерь. Размеренная жизнь с уверенностью в будущем, вполне приличная квартира в заводском поселке, правда, далековато от центра Москвы с его музеями, библиотеками и театрами, но ведь развлекаться ходят редко, а на службу каждый день. Наверное, тут давали неплохие оклады, выделяли дачные участки и путевки в санаторий, на море. Небось имелись детсад, школа, Дом культуры. А главное, рабочие и служащие ощущали гордость, они трудились на оборону отечества, защищали родную страну от когтистой лапы мирового империализма. Нужна ли была этим людям перестройка? Может, просто следовало чуть отпустить вожжи: разрешить открыть тем, кто хотел, мелкий бизнес, импортировать в страну хорошую одежду и продукты, дать людям возможность покупать машины, не препятствовать их поездкам по миру. Глядишь, и остались бы коммунисты у власти, пролилось бы меньше крови...

Я потряс головой, прогнал ненужные размышлизмы и продолжил изучение холла. Повернул турникет, он легко завращался, я ступил на желтую плитку и увидел дверь с табличкой: «Диспетчерская».

В маленькой комнате висел календарь за 88-й год и

стоял самый простой двухтумбовый письменный стол с телефоном и панелью с кнопками, украшенными цифрами, всего их было двенадцать. Под стеклом лежало еще одно объявление, вернее, инструкция.

«Дежурный, помни, четкое соблюдение правил обеспечивает безопасность родного предприятия и не дает шанса врагам. Не веди по городскому телефону служебных разговоров. Помни пароль дня. Перед открытием ворот требуй пропуск. Выучи порядок, стань лучшим по профессии.

Внимание — назначение кнопок пульта:

№ 1 — общая тревога, № 2 — блокировка дверей, № 3 — обесточивание рабочего коридора, № 4 — управление решетками первого этажа, № 5 — блокировка лифтов, № 6 — открытие ворот, № 7 — включение связи с главным корпусом, № 8 — подача тока по периметру забора, № 9 — выпуск собак на территорию, № 10 — общая блокировка всех систем, № 11 — открытие люка сброса грязного белья».

Недолго думая, я ткнул пальцем в кнопку с цифрой «11». Ничего не произошло, не зазвенел звонок, не заморгали лампочки, не завыли сирены. Но, с другой стороны, электричество было отключено. Впрочем, грязное белье могло храниться в любом месте, отчего мне пришло в голову, что оно содержалось именно в подвале? И какое грязное белье могло быть на заводе? Или часть служащих ночевала на рабочих местах и для них заправляли постель?

Решив посмотреть, что изменилось во дворе, я снова вышел на улицу, вдохнул упоительный воздух, завернул за угол проходной и сразу увидел, что крышка люка поднялась над землей. Я быстро подошел к ней, наверное, механизм, открывавший вход в хранилище, работал не от электричества, похоже, тут имелась некая гидравлическая система, простая и оттого надежная, а может, это было нечто вроде пружины, не знаю, я не силен в технике. Для меня сейчас важно не то, почему люк отворился, а то, что он стронулся с места, более того, теперь сбоку на нем виднелась ручка.

Я ухватился за железную скобу и со всей силой потянул чугунный кругляш вверх, но он даже не сдвинулся с места. Через десять минут бесплодных мучений я прекратил борьбу с крышкой и пнул ее ногой со словами:

— Раз уж приоткрылась, то шевелись.

В ту же секунду тяжелый диск легко отъехал в сторону, мне оставалось лишь ругать себя за глупость, следовало не тупо тащить крышку вверх, а просто толкнуть ее в бок.

Вот теперь, когда прямо у ног разверзся лаз вниз и обнажилась лесенка, ведущая в подвал, я испытал настоящий страх. Вокруг стояла полнейшая тишина, столь непривычная для городского жителя, никаких индустриальных шумов не доносилось до уха, только пели птицы, однако от их безумных трелей делалось еще тревожней.

Но нельзя же было бесконечно маячить во дворе. Собрав в кулак все мужество, я наклонился над дырой и крикнул:

— Марина!

Никакого звука или шороха.

— Это Иван Павлович! — продолжал я, наклонясь чуть ниже. — Пожалуйста, подайте знак. Вы тут?

В ответ — тишина, я согнулся почти пополам и попытался разглядеть дно «колодца». И тут из нагрудного кармана куртки выпал кошелек. Находись в портмоне лишь деньги, я ни на секунду бы не расстроился и уж точно не стал бы спускаться в подземелье, ясно же, что там никого нет! Но в портмоне, увы, лежали мои права.

Делать нечего: повернувшись лицом к железным ступеням, я начал осторожно спускаться туда, где еще не так давно находился в плену. Одолев половину пути, я замер — ну как я обнаружу потерю? В бункере небось темно, но тут пришло воспоминание: вот я сажусь и... вижу Марину, значит, в подвале есть свет! Откуда? В ту же секунду мне стало понятно, что и сейчас внизу не стоит кромешная тьма. Я ощутил под ногами бетон, встал на пол и осмотрелся. Вот оно что! В потолке имеются отверстия, небольшие, их несколько, и именно они служат источником слабого света. Кто-то в свое время придумал, как сэкономить на электричестве. Поздним вечером, конечно, в подвале зажигали лампы, но утром и днем небось обходились так. Надо, когда вылезу отсюда, пройтись по двору, надеюсь, обнаружу в земле эти прикрытые особым закаленным стеклом дырки.

Поняв, каким образом освещается сей застенок, я глянул под ноги и мгновенно увидел свое портмоне, но в ту же секунду заметил и нечто странное, а именно бесформенную кучу одежды... шикарное белое пальто... сапоги... яркий шарф фиолетового цвета...

Ступни впечатались в пол.

— Марина, — сдавленным голосом шепнул я, — отзовитесь!

Боже, какого дурака я свалял! Преспокойно полез по лестнице, полагая: раз Марина не отзывается, то внутри никого нет. Но почему мне в голову не пришла очень простая мысль: трупы не умеют разговаривать. Похитители, обманув Арапову, получили от нее пин-код и пароль, а потом заперли несчастную в таком месте, где ее гарантированно не могли найти. Марина умерла от голода и жажды.

Проглотив вязкий комок, застывший в горле, я почти подполз к останкам несчастной и в ту же секунду с невероятным облегчением понял: никакого тела под одеждой нет. У стены просто валяются шмотки, а самой женщины и след простыл. Зачем похитители заставили несчастную переодеться? Несмотря на отсутствие ответа на этот вопрос, я слегка приободрился: следовательно, Арапова ушла отсюда живой... Но в ту же секунду озноб снова пробежал по спине: а может, ее похоронили, вырыли яму в лесу, швырнули туда обнаженное тело...

Я смахнул выступивший на лбу пот. Нет, нет, Иван Павлович, не теряй способности логично мыслить. Ну зачем разоблачать труп? И потом, в лесу на свежевырытую могилу могут наткнуться люди, а в сей подпол проникнуть случайно просто невозможно. Но почему с Марины сняли одежду?

Я наклонился, чтобы взять пальто, и ощутил движение ветерка, по полу гулял сквозняк! В ту же секунду я увидел в стене круглую ручку. Присмотрелся, это дверь, крепко запертая. Наверное, она открывается изнутри, между нею и полом есть зазор, оттуда и тянет сквозняком.

Мгновение поколебавшись, я сгреб в кучу одежду и, прижав к себе тряпки вместе с сапогами, осторожно вылез на свет божий. Крышка люка легко, практически без щелчка, встала на место. Через ворота я, предварительно перебросив наружу шмотки Араповой, перелез без всяких эксцессов, а обратный путь домой прошел без приключений.

Выслушав мой рассказ, Элеонора стала аккуратно перебирать находки. Сначала она осмотрела пальто.

— Дорогая фирма, — констатировала хозяйка, — вещь выпендрежная, привлекающая к себе внимание, явно из последней коллекции, стоит, полагаю, немереных денег. К пальто броский шарфик и сапоги, да уж! Как они тебе, Ваня?

Я обозрел шедевр из тонкой телячьей кожи и по-стариковски забрюзжал:

— Разве можно передвигаться на таких каблуках? И вообще, каким образом женщины ухитряются не падать с них? А чудовищные бантики сзади? Если, не дай бог, они развяжутся, легко запутаться и удариться носом об асфальт!

— Мужчина никогда не поймет женщину, — сделала вывод Нора, изучая сапожки, — от каблуков делаешься выше и стройнее, а шпилька в моде всегда. Что бы там ни придумывали модельеры: балетки, мокасины — только к вечернему платью их никто не наденет. Естественно, на таких шпильках весь день носиться трудно, но Марина в основном сидела, ей не было необходимости пользоваться метро, у подъезда ее всегда ждала машина. Да, сапожки тоже на круглую сумму тянут.

— Но почему Марину переодели? Вещи хорошие, дорогие.

— Именно поэтому, — кивнула хозяйка, — белое пальто с фиолетовым шарфиком и вызывающе роскошная обувь слишком заметны, Марина привлекала к себе взгляды прохожих. Думаю, на нее надели ничем не примечательную куртку и обувь на толстой подметке, пригодную для длительной ходьбы. Сумки тут нет.

— И о чем это говорит?

— Пока не знаю, — побарабанила пальцами по столу Нора, — хорошо. Пальто с шарфом надо убрать в шкаф, пусть пока там повисит. Вели домработнице сапоги вымыть и спрятать в галошницу, ничего ей не объясняй; если она проявит любопытство, скажи, что я купила себе такие.

— Ленка, конечно, не семи пядей во лбу, но в это не поверит никогда, — улыбнулся я.

— Может, ты и прав, — процедила Нора, — ладно, сам приведи обувь в порядок и уложи на антресоли, туда Ленка точно не полезет. Давай поторопись, пока она за продуктами ходит.

Пришлось покорно взять обувь и отправиться отмывать ее от грязи. Чтобы оттереть налипшие куски земли, я взял сначала щетку, засунул руку внутрь сапога и нащупал нечто непонятное. Я перевернул сапог голенищем вниз, потряс его, на кафельный пол спланировал небольшой белый прямоугольник, визитная карточка.

У Норы, когда она увидела мою случайную находку, загорелись глаза.

— Ну-ка, дай сюда! — воскликнула она. — Интересно! «Рогатый Игорь, менеджер по продажам, фирма «Гема». Хорошая фамилия для мужчины, а, Ваня?

Я усмехнулся.

— Всякое бывает. У нас на курсе, например, учился поэт Какашкин, и ведь что интересно, он в студенческие годы активно печатался в разных изданиях, но псевдоним брать не хотел. В конце концов его уговорили «отрубить» часть «как», и получился просто Ашкин.

Нора хмыкнула.

— А еще я слышал про балерину Топтыгину, — продолжал я.

— Мне неинтересны твои воспоминания, — сердито оборвала меня хозяйка, — напишешь к старости мемуары — почитаю. Любопытно другое — как визитка угодила в сапог?

— Наверное, продавец, упаковывая обувь, свою вложил, — предположил я, — в качестве рекламы.

Нора крякнула.

— Ваня! Включи мозг! Мы обнаружили сапоги не в коробке! Марина носила их, бумажка бы мешала ей при ходьбе.

— Она тонкая, Арапова ничего бы не почувствовала.

— Нет, довольно плотная картонка, с острыми углами! И потом, никто визитки в обувь не сует.

— Всякое случается.

— И еще! Фирма «Гема», понимаешь? Это предприятие, которое принадлежит Араповой, оно торгует лекарствами и производит их. Я, увы, не слишком в курсе деталей бизнеса Марины, — задумчиво сказала Нора.

— Тогда все понятно! — с ликованием воскликнул я. — Сей Рогатый общался с начальницей.

— И дал ей свою визитку?

— Почему бы нет?

Нора стала кусать нижнюю губу.

— С какой стати ему давать хозяйке свои координаты? И потом, она владелица фирмы, а он менеджер! Не царское это дело — с холопами общаться. Во многих фирмах тщательно соблюдается субординация, простая шестерка не имеет никакой возможности войти в кабинет хозяйки.

Изящные пальцы Норы перевернули визитку.

— Ба, да тут какой-то план. Крестик, потом линия, снова крестик, два кружочка.

— Может, Рогатый объяснял, как проехать к нему домой?

— Ты, Ваня, сегодня в ударе, — хмыкнула Нора, — с какого ляда Марине к парню с такой фамилией в гости ходить?

Я деликатно кашлянул.

— Кхм, марки посмотреть.

Нора стала смеяться.

— Арапова — человек тусовки, она там себе кавалеров найдет.

— Вероятно, Игорь молод и красив, вот она на него и запала, — не сдался я.

Элеонора наклонила голову к плечу.

— Может, ты и прав, а может... В общем, иди звони Игорю, договаривайся с ним о встрече и осторожно, крайне деликатно поговори с парнем. Ни в коем случае не упоминай про сапоги, и вообще, упаси тебя бог сказать что-либо о похищении.

— Но под каким предлогом мне ему звонить?

Хозяйка вытащила из стоящей на письменном столе вазочки конфету.

— Угощайся, Иван Павлович.

— Спасибо, я не большой охотник до сластей.

— А жаль, — улыбнулась Нора, — всем известно, что шоколад улучшает работу мозга, тебе бы не повредила пара кило конфет из какао-бобов, увеличилась бы плотность потока разумных мыслей. Рогатый — менеджер отдела продаж фармацевтической фирмы, скажи ему, что хочешь закупить партию медикаментов для... э...

— Для?

— ...медпункта на заводе, — рявкнула Нора, — цигель, Ваня, цигель, ай лю-лю.

— Наверное, Игорь уже ушел, — вздохнул я.

Если честно, то я сильно устал после поездки в Подмосковье и от лазанья по заброшенным местам, хотелось спокойно посидеть с книгой в руках, насладиться чтением и, может, заснуть в тишине, под любимым пледом.

— Еще семи нет, — заорала Нора, — не жвачься, Иван Павлович, изволь действовать. Не смей сидеть с видом малютки-дауна, которого злобная мачеха гонит декабрьской ночью пешком через темный лес за газетой «Знамя борьбы». Марш к стационарному телефону, не бери мобильный.

Подавив глубокий вздох, я потащился искать хоть одну из многочисленных трубок. Стоит ли упоминать здесь о том, что ни Нора, ни Лена, позвонив, никогда не возвращают трубку на базу. Нет, они швыряют их где ни попадя. «Не жвачься»! Ну и выражение! Хотя, если обозлить Нору, от нее и не такое можно услышать. Один пассаж про «малютку-дауна», посланного через лес, дорогого стоит, хотя если вдуматься, то при чем тут газета «Знамя борьбы»? Нет, Нора абсолютно непредсказуема.

Глава 11

Обойдя квартиру два раза, я наконец отыскал трубку и, потыкав в кнопки, услышал бойкое девичье:

— Алло, фирма «Гема».

— Вы еще открыты?

— Мы рады работать для вас.

— Спасибо. Мне нужен Игорь.

— Простите, у нас их два.

— Рогатый, Игорь Рогатый, — ответил я и улыбнулся двусмысленности фразы, но девушка была серьезна.

— Как вас представить и в чем суть проблемы?

Поняв, что попал к секретарю, я вежливо ответил:

— Меня зовут Иван Павлович Подушкин, я сотрудник одного крупного предприятия, директор велел мне оборудовать медпункт, вот я и хочу сделать у вас заказ.

— Большой?

— Да, да, — подтвердил я, — на мой взгляд, огромный.

— Приезжайте.

— Прямо сейчас?

— Конечно.

— Но время...

— Мы рады работать для вас, — заученно повторила слоган девушка, — пишите адрес.

Я аккуратно занес координаты в блокнот и еще раз осведомился:

— Рогатый будет на месте? Я хочу иметь дело только с ним.

— Конечно, — подтвердила девица, — Игорь вас ждет с нетерпением.

Делать нечего, пришлось выползать на улицу и садиться за руль. Хорошо хоть здание, куда лежал путь, находилось не на противоположном конце Москвы. Я добрался до офиса всего за пятнадцать минут и, припарковавшись на просторной стоянке, огляделся.

Никогда не предполагал, что Араповой принадлежит подобная фирма, я думал, она владеет некой артелью, ну ладно, конторой, которая размещается в паре комнат. Но сейчас я стоял перед семиэтажной башней из стекла и бетона. На крыше недавно построенного здания виднелись спутниковые антенны, во дворе тут и там стояли кадки с искусственными деревьями, а к парадному входу вела красивая дорожка из мозаичных плит, над дверью из маленьких плиток была выложена надпись «Гема». Мы рады работать для вас».

Холл поражал великолепием, богатство тут просто било в глаза, повсюду хрусталь, позолота, сверкающий камень. Так выглядят изнутри респектабельные отели. Их интерьер подчеркивает: дела идут стабильно, с нами можно сотрудничать; наверное, Арапова преследовала ту же цель — продемонстрировать благополучие фирмы.

— Вы к кому? — вежливо осведомился охранник.

— В отдел продаж, к Рогатому.

— Простите, — не потерял благосклонности к посетителю секьюрити, — вам не в основное здание, заверните за угол.

Я послушался и увидел небольшую пристройку сбоку офиса. И снова у двери стоял охранник.

— Ваш паспорт, — холодно попросил он.

Я протянул бордовую книжечку и почти в ту же секунду получил ее назад вкупе с голубой бумажкой.

— По коридору до конца, комната девять, Иосифова вас ждет.

— Но мне нужен Рогатый!

— Пропуск заказывала Алина Иосифова.

— Но мне нужен Рогатый, — тупо повторил я.

Парень в форме терпеливо продолжал:

— Вы идите, куда я указал, там и сообщите, с кем желаете дело иметь.

Я кивнул и быстро добрался до серой двери, толкнул ее, предварительно постучав, и оказался в крохотном помещении.

Некрасивая девушка, не ставшая симпатичней от слишком яркого макияжа, вскочила и быстро затараторила:

— Вы Иван Павлович? С оптовой закупкой? Садитесь, устраивайтесь удобненько, сейчас я вам прайс-листы покажу. Ой, представиться забыла, менеджер-консультант Алина Иосифова. Вам кофе, чай? Или, может быть, чего погорячей? Не положено, конечно, но для лучших покупателей отличный коньяк имеем, сейчас...

— Мне нужен Рогатый, — воспользовавшись тем, что Алина на секунду захлопнула рот, сказал я.

— Ой, а он уже ушел, — кося в сторону, слишком правдивым тоном сообщила Иосифова, — сказал, чтобы я вами занималась!

— Правда?

— Ну конечно, — зачастила Алина, — и вообще, Игорь простой менеджер, а я консультант. Почувствуйте разницу.

— Она столь велика?

— Естественно, — снисходительно засмеялась дурнушка, — Игорь способен лишь сообщить названия средств, а я иду глубже. Вот, допустим, одно и то же лекарство. Производится в разных видах — мазь, свечи и таблетки. Между нами говоря, свечи пустое дело, наш народ не слишком их любит, а стоят они дорого. Зачем платить лишнее?

— Верно.

— А Игорь вам такое не скажет.

— Да?

— Ага, мы сидим на проценте, он заинтересован в большой сумме на чеке.

— А вы нет?

Алина закашлялась.

— Ну... я просто более осведомлена, умею подобрать варианты...

— Мне нужен Рогатый!

— Господи, да зачем? Я лучше вас обслужу.

— Нет, только Игорь.

Алина поджала губы, ее маленькие глазки совсем сузились.

— Он ушел.

— А завтра когда придет?

— Не знаю. Может, вовсе не появится.

— У вас можно пропускать службу?

— Нет.

— Значит, Игорь будет здесь утром?

— Нет.

Я положил ногу на ногу и решил приструнить девицу.

— Алина, понимаю, что вы хотите сами получить выгодного заказчика, но мне посоветовали иметь дело лишь с Рогатым. Не следует сейчас дуться, лучше подскажите номер его мобильного или домашнего телефона, а я вас отблагодарю за услугу.

Иосифову перекосило окончательно.

— Не знаю ничего!

— Ладно, приду завтра или позвоню. Надеюсь, вы будете любезны и соедините меня с Игорем.

— Нет!

Откровенное хамство возмутило меня.

— Деточка, — начал сердиться я, — ты на работе и обязана соблюдать определенные правила. Если к аппарату требуют Рогатого, то элементарное воспитание требует позвать Игоря, а не перехватывать на лету клиента.

— Рогатого нет.

— Но завтра он будет?

— Нет. Сказала уже.

— Он ушел в отпуск?

— Ага, — рявкнула Алина, — уже который день нос не кажет, хотя ему теперь все можно, обзавелся покровителем! Шведский мальчик!

Острое чувство тревоги укусило за сердце, но я подумал, что Алина лжет, и ухмыльнулся.

— Алина, вы врете!

— Я? Никогда! Не смейте меня оскорблять!

— Если назвать лгунью лгуньей — это всего лишь констатация факта. Только что вы заявили, будто Игорь, убегая пару минут назад домой, велел вам заняться выгодным клиентом.

Алина порозовела.

— Ну да, — вскинула она подбородок.

— А сейчас заявляете: Рогатого нет на службе не первый день. Не видите ли вы противоречия между собственными речами?

Серая кожа девушки пошла пятнами.

— Издеваетесь, да? — воскликнула она.

— Наоборот, — улыбнулся я, — похоже, вы решили

проверить на прочность мою нервную систему. Давайте поговорим спокойно, без агрессии.

Но Алина не вняла разумным речам.

— Конечно, — заорала она, — ему все можно! И клиенты лучшие теперь у него! Сама звонит и приказывает: Игорь пусть едет к такому-то! Еще подчеркнет: не ты, а он. Во как! Лично беспокоится! А все почему? Ну и дела! Умеют же люди устраиваться. Почему мне не везет? А?

Из глаз девчонки хлынули слезы, она уронила голову на стол и зарыдала. Я погладил скандалистку по вытравленным волосам.

— Не расстраивайтесь, в этой жизни каждому дается шанс.

— Только не мне, — глухо ответила Алина, — вот Игорь, тот да, ухватил удачу за хвост. Все получил: машину, деньги, а ныл по-прежнему, что не хватает ему. Эх, мне бы так устроиться. Верно говорят, знай, с кем трахаться.

Я отдернул руку от намазанных каким-то жиром волос.

— Алина, вы на что намекаете? Говорите прямо! Отчего Рогатому привалило счастье? С кем он жил?

Иосифова выпрямилась, потом вытащила из стола упаковку бумажных платочков, трубно высморкалась и неожиданно спросила:

— Я уродка?

— Ну что за глупости, вы вполне милая девочка.

— Я сама про себя все знаю: морда круглая, глаза — щелки, волосы — пакля, только фигура ничего, но одеться хорошо я не могу.

— По-моему, замечательно выглядите, — бодро покривил я душой.

— Так здорово, что все мужики шарахаются.

— Найдете еще кавалера, какие ваши годы, — я решил приободрить тщедушное создание.

— И сколько мне лет, по-вашему? — прищурилась Алина.

Я стреляный воробей, живущий в окружении женщин, поэтому очень хорошо знаю, что на подобный вопрос следует врать, всегда надо сильно занижать возраст: выглядит тетка на пять десятков — смело произносите:

тридцать. Но здесь был не тот случай, поэтому я честно сказал:

— Полагаю, двадцать.

— Тридцать три!

Я не сумел сдержать удивления.

— Сколько?

— Тридцать три, — мрачно повторила Алина, — а выгляжу на шестнадцать. Конечно, если бы я могла покупать себе достойные вещи, посещать дорогой салон красоты, то и вид был бы нормальный. Но с моей зарплатой... Да что там говорить! Мне кругом не повезло, родители такие сволочи! Другие детям помогают, квартиры покупают, машины, а я с бабкой в одной комнате сплю, ну какая тут личная жизнь, не в подъезде же на подоконнике обжиматься! А нормальные мужчины, обеспеченные, на меня внимания не обращают, потому что считают подростком! Не могу же я на шею табличку повесить с указанием возраста!

Слезы снова покатились по щекам Иосифовой, я кашлянул:

— Деточка...

— Вот и вы издеваетесь!!! Какая я вам «деточка»!

— Простите, это машинально вырвалось, я часто говорю «деточка», поскольку сам, увы, вышел из юного возраста. И потом, абсолютное большинство женщин отдало бы многое, чтобы выглядеть в два раза моложе, — попытался я утешить дурочку, — вы еще найдете свое счастье.

— Без денег?!

— Ну конечно, любовь невозможно приобрести за купюры!

— Очень даже ошибаетесь, — зло выкрикнула Алина. — Рогатого, например, купили. Вот людям везуха! И ей, и ему, и остальным, но только не мне. Хорошее мимо меня плывет, даже вы с большим заказом. — И она, опять уронив голову на стол, зашлась в плаче.

Я глубоко вздохнул:

— Душенька, уж извините, никакого медпункта нет, и приобретать лекарства я не собирался.

Алина притихла, потом, шмыгнув носом, осведомилась:

— А зачем тогда явились? Я из-за вас тут задержалась! У нас процент за сделку идет, на дворе весна, мне пальто нужно! Конечно, не такое, как Марина себе купила, белое! Ваще, такая красота! Только оно мою годовую зарплату стоит.

— И сколько вы могли бы получить, заключив сделку? — навострил я уши.

— Ну... долларов двести, триста, в зависимости от вашего чека, — протянула Иосифова.

Я вынул кошелек, всегда имею при себе довольно крупную сумму, выделенную Норой именно для таких случаев. Алина уставилась на зеленые бумажки.

— Это чего?

— Деньги на ваше новое пальто.

— Классно! — воскликнула Алина, быстро хватая ассигнации. — Что вы хотите? Сразу предупреждаю, я занимаюсь лишь продажами, но, если надо, могу и кой-чего разведать, только, если вы из лабораторий «слив» хотите, не помогу, думаю, тут вам Башлыкова пригодится, она на днях шубу купила.

Непонятное заявление удивило, но мне требовалось узнать побольше о Рогатом, поэтому я решил не обращать внимания на все нелепицы, изрекаемые девицей, а сосредоточиться лишь на основной задаче.

— Мне нужны сведения об Игоре.

— Вау! Допрыгался! — злорадно констатировала Алина. — Спрашивайте.

Я обрадовался; конечно, корыстолюбие плохое качество, оно не украшает человека, но в моем случае жадность собеседницы сильно облегчает задачу. Алина настолько хочет звонкой монеты, что готова на все.

— Игорь давно отсутствует?

— Ага, не ходит на работу.

— Почему его не ищут? Неужели никто не побеспокоился о парне?

Алина захихикала.

— Он отпуск взял, по семейным обстоятельствам. Ему дали три недели с сохранением зарплаты. Прикиньте, а? Между прочим, уже второй раз, а год только начался. Во устроился! Я в феврале два дня попросила, так начальник ответил: «Хорошо, отдыхай за свой счет, но имей в виду, больше тебе такого счастья не будет, лимит исчерпаешь». А Игорю дают сколько он хочет, почему?

— И почему?

Алина оглянулась на дверь и понизила голос:

— Надо знать, с кем спать!

— Вы намекаете на интимную связь между Араповой и Рогатым? — в лоб спросил я.

Иосифова заморгала.

— Ну да, связь есть, но не та, о которой вы подумали.

— А какая?

— Ща все выложу, — засуетилась дурнушка, — с дорогой душой, я честный человек, если деньги получила, то их отработаю.

Я поудобней устроился на стуле и вынул сигареты.

— Разрешите?

— Делайте что хотите, — махнула рукой Алина и принялась выбалтывать чужие секреты.

— У Марины сын есть, вы в курсе?

— Да, — кивнул я, — Костя.

— Верно, он с Игорем вместе учился в школе, ну и до сих пор они дружат.

В свое время Константин, желая помочь приятелю, попросил Марину взять Игоря на работу. Арапова обожает сына. По «Геме» ходят легенды о том, как она мгновенно прекращает важные совещания, если ей звонит Костенька и капризным голосом говорит:

— Ма, у нас жрать нечего! Сколько можно на работе гореть!

— Сейчас, мой зайчик, — подскакивает бизнесвумен и, быстренько вытолкав управляющих, бросается домой.

В «Геме» все великолепно знают, что к Араповой невозможно подольститься, она не обращает внимания на комплименты и строга с подчиненными, имеется лишь один способ расположить к себе суровую начальницу: похвалить ее сына. Причем в отношении дочери Ани сие правило не срабатывает. Нет, Марина любит девочку, заботится о ней, но Костя... тут заканчиваются любые слова. То, с каким чувством Арапова относится к парню, описать практически невозможно: слепое обожание, полное отсутствие объективного подхода к лентяю, невероятно завышенная оценка его более чем скромных способностей... дальше продолжайте сами. Поэтому любая просьба Кости воспринимается обезумевшей матушкой как приказ.

Игоря приняли в отдел продаж, положили ему большой оклад и посадили в одну комнату с Иосифовой. Алина сначала обрадовалась. Арапова — королева фирмы, Костя — наследный принц, а Игорь его верный оруженосец. Вот Иосифова и попыталась подружиться с Рогатым, ей очень хотелось проникнуть в его компанию, стать своей. Но ничего не получалось. Рогатый сухо здоровался с соседкой, и только. Пару раз в комнатенку заглядывал Костя, но сын хозяйки даже не кивал Алине, он не замечал девушку, словно та являлась офисной мебелью. Такое положение длилось почти год, потом случилось нечто, позволившее Иосифовой приблизиться к избранному кругу людей.

Однажды вечером она задержалась на службе, оформляла заказ. Избавившись от нудной работы, Алина побежала в туалет. В отделе уже никого не было, все сотрудники давным-давно разбежались по домам, Иосифова толкнула дверь и закричала. На трубе, проходившей под потолком, висела Полина Астахова, симпатичная девочка из бухгалтерии. Похоже, она только что шагнула с подоконника вниз, потому что ноги Поли судорожно дергались, руки метались, словно поломанные крылья, изо рта вывалился язык.

Алина сама не понимала, откуда в ней взялись сила и ловкость. Продолжая орать от ужаса, она, совершенно не спортивная, хрупкая девушка, одним прыжком взлетела на мраморный подоконник и в секунду разорвала толстенную веревку.

Спустя несколько дней Алина попробовала разодрать бечевку, которой был перевязан торт, и потерпела неудачу, но в момент спасения Полины бельевой канат поддался ей с легкостью. Тело бухгалтерши подхватил прибежавший на вопль Алины охранник, Иосифовой самой стало плохо, она прислонилась к рукомойнику.

— Ты тут постой, — велел секьюрити, — а я врачей кликну.

Алина кивнула, ее колотило, словно под током. Полина лежала на кафельном полу, сине-бледная, в обмороке, но живая.

Охранник помчался на пост к телефону. Алина обвела взглядом помещение туалета и увидела вдруг под батареей конверт. Она быстро схватила письмо. «Отдать Араповой. Лично. Никому не читать» — написано было вместо адреса.

Глава 12

Алина сунула конверт в карман, ей постоянно хотелось выделиться перед начальством, обратить на себя внимание, поэтому она никому не сообщила о предсмертном послании, решила сама передать его Араповой. Но встреча с Мариной могла состояться лишь утром, Иосифова принесла конверт домой и вскрыла его над кипящим чайником. Содержание записки ошеломило ее.

«В моей смерти виноват Константин Арапов. Сначала он изнасиловал меня. Дело произошло на вечеринке в честь дня рождения «Гемы», я не хотела, но Константин оказался сильней, и вообще он был пьян. Я побоялась позора и не пошла в милицию, утром Костя приехал ко мне, извинился, сказал, что любит меня и не сумел справиться со страстью. Мы стали встречаться. Но я скоро поняла, что нужна Косте лишь как запасной аэродром, он приходил ко мне раз в месяц, когда у него не находилось партнерши. Но я люблю Костю и решила родить от него ребенка. Вчера моей беременности исполнилось пять месяцев, и я сообщила Косте радостную весть. Он ударил меня по лицу, обозвал шлюхой и велел идти на аборт. Но я не хочу убивать дитя, оно уже шевелится, да и операцию делать поздно. Услыхав мои доводы, Константин избил меня и сказал, чтобы я не надеялась на помощь с его стороны, он пообещал, что вы уволите меня с работы, не дадите зарплаты за прошлый месяц. Да и еще меня изобьют и изнасилуют хулиганы. Как теперь жить, если мужчины такие? Прощайте, я со своим нерожденным ребенком покидаю мир, а вы знайте — ваш Костя чудовище и убийца, это он толкнул беременную женщину к самоубийству. Полина».

Утром Алина подстерегла Марину, когда та вылезала из роскошного джипа.

— Здрассти, — льстиво улыбнулась Иосифова.

— Доброе утро, — сухо обронила Арапова.

— Я у вас работаю, в отделе продаж.

— Вполне вероятно.

— Сижу вместе с Игорем Рогатым.

— Это еще не повод, чтобы приставать к человеку на улице, — отрезала начальница.

— Я нашла вчера в туалете Полину...

Арапова помягчела.

— А-а!.. Мне говорили! Разорвала веревку и спасла дурочку! Молодец. Я найду способ отметить тебя.

— Вот, — протянула Алина письмо, — оно лежало там, в сортире, под батареей, я решила, что его никому видеть не надо.

Хозяйка взяла послание и молча ушла в здание. В конце дня Арапова сама лично, не через секретаря связалась с Иосифовой.

— Знаешь кафе «Ринг»?

— В конце нашей улицы?

— Да. Жду тебя там ровно в девять, не опаздывай.

Когда обрадованная Алина прибежала на встречу, Арапова мгновенно заявила:

— Ты читала письмо. Не отрицай!

— Да, — кивнула Алина.

— Ты слишком любопытная, — сморщила нос начальница, — ладно, имей в виду, у Полины случился припадок безумия.

— Ага.

— Такое бывает с беременными.

— Ага.

— Гормональный фон меняется быстро.

— Ага.

— Не все это выдерживают.

— Ага.

— Вот крыша и едет.

— Ага.

— Чего ты «агакаешь»! — вскипела Арапова. — Говори по делу!

— Сказать-то что? — окончательно растерялась Иосифова.

— Правильно, — неожиданно улыбнулась Марина, — лучше молчать. Но я все же решила объяснить тебе. Костя тут ни при чем.

— Ага.

— Он не имел дела с Полиной.

— Ага.

— Ее соблазнил и бросил Игорь.

— Кто? — разинула рот Алина.

— Рогатый, — спокойно сказала хозяйка, — он назвался Костей, когда затевал роман с Астаховой, просто пошутил.

Иосифова заморгала, более дурацкое объяснение и придумать трудно. Полина работает в бухгалтерии, выдает зарплату, она великолепно знает Рогатого, ну как он мог прикинуться Костей?

Но Арапова, словно не замечая нелепицы, продолжала:

— Игорь сглупил, он еще молод, отсюда и ветер в голове. Я уладила дело, побеседовала с ним, съездила к Полине, и все устроилось лучше некуда. Игорек женится на ней, скоро невесту выпишут из больницы, благодаря твоей находчивости Астахова не получила сильных повреждений. Можешь считать нашу беседу приглашением на свадьбу, на нее позовут лишь избранных.

— Ага, — растерянно кивнула Алина, — ясно.

— Имей в виду, — ровным голосом вещала Арапова, — никакого письма не существовало.

— Ага.

— Ты мне ничего не передавала.

— Ага. Может, она и в петле не висела? — неожиданно осмелела Иосифова.

Красиво выщипанные брови Араповой изогнулись.

— Заруби себе на носу, — процедила она, — посмеешь говорить о Косте нелепицы, начнешь распространять дикие слухи о нем и бухгалтерше... В общем, лучше не надо. Поняла?

— Ага.

Арапова встала и ушла, забыв попрощаться со своей служащей.

Через месяц играли шумную свадьбу. В качестве подарка от «Гемы» молодые получили квартиру и машину. Свидетелем со стороны Игоря был Костя, со стороны Полины была Маша Башлыкова, девица из отдела рекламы. Алина затерялась в толпе, ее никак не выделили из общей массы. Тут лишь до Иосифовой дошло, что из всех участников малоприятной истории лишь она осталась в пролете. Костя благополучно избежал роли отца и мужа, Полина получила статус замужней дамы и хорошую прибавку к жалованью, а Игорь обрел квартиру с машиной. Правда, к сим материальным благам прилагалась ненужная жена с будущим младенцем, но, наверное, Рогатый счел подобный поворот сюжета выгодным для себя. Арапова, уладившая дело, могла теперь спать спокойно, одна Алина не выиграла ничего, кроме угроз.

— И как вам эта история? — спросила она у меня.

— Ну... всякое в жизни случается, — философски заметил я.

— Теперь ясно, отчего у Игоря режим наибольшего благоприятствования? — не успокаивалась Алина. — Он Костиков грех на себя взял, да и Полинка не растерялась. Ишь как ловко сориентировалась: сначала в петлю полезла, а про замужество услыхала — и мигом про обиду забыла! Я видела ее тут на днях, заявилась в офис, шубка норковая, сапожки классные, тысячу баксов стоят, не меньше, сумочка, духи... тьфу, противно просто. Одним все, мне ничего!

— Давайте домашний адрес Рогатого, — перебил я ее стенания.

Алина хмыкнула.

— Много за эти деньги хотите.

Я вытащил еще купюру и предусмотрительно заметил:

— Больше у меня нет.

— Ну и ладно, записывайте, — деловито велела жадная дурнушка, выхватывая ассигнацию из моих пальцев, — повезло вам, у Полинки недавно день рождения был, мы ей денег в подарок насобирали, я ей их отвозила, вот и знаю адресок. Грязно у нее, кстати, прямо бардак.

Пообщавшись с Иосифовой, я вышел на улицу, с удивлением обнаружил, что к вечеру неожиданно потеплело, и позвонил Норе.

— Так, — отреагировала хозяйка, выслушав мой отчет, — дуй к Полине.

— Но уже вечер.

— И что?

— Поздно.

— Жизнь только начинается.

— В квартире маленький ребенок.

— Ерунда, дети уже крепко спят.

— И что я скажу Игорю?

— Ничего.

— Как это?

— Его дома нет.

— Вы уверены?

— Почти на сто процентов.

— Но почему?

— Внутренний голос подсказал, — рявкнула Нора, — немедленно ступай к мадам, ловко устроившей свою судьбу, и задай ей пару вопросов. Первый — давно ли исчез ее муж? Второй — не искал ли его кто? Третий — почему она не подняла шума? Четвертый... ладно, дальше определишься на месте.

— А если он дома?

— Нет.

— Но все же?

— Тогда сунешь ему в нос визитку и заявишь: немедленно объясните, как она оказалась в сапоге Араповой!

— Право, мы...

— Ваня, молчать!

Я сунул мобильный в карман. Тот, кто работает на хозяина, хорошо меня поймет. Наверное, у вас тоже имеется должностная инструкция, в которой первый пункт выглядит так: «Начальник всегда прав. А если он все же не прав, тогда смотри первый пункт». Спорить с Норой невозможно, никто же не станет бороться с падающей на голову бомбой, все равно шмякнется и убьет.

Ощущая слабость во всем теле, я сел в машину, повернул ключ зажигания и услышал звук, который меньше всего желает уловить ухо автовладельца: цик, цик, цик.

Мотор не хотел работать. Повторив бесплодные попытки раз десять, я снова соединился с Норой.

— Уже поговорил с Полиной? — изумилась она.

— Нет, даже еще не поехал к ней.

— Почему?!

— Машина сломалась.

— Ваня, — торжественно заявила Элеонора, — хочу открыть тебе некую тайну, до сих пор ты понятия не имел о ней, но теперь, думаю, пора.

— Слушаю, — слегка насторожился я.

— В нашем не слишком комфортном, грязном мегаполисе имеются: метро, троллейбусы, автобусы, трамваи, такси, бомбисты, велосипеды, мотоциклы. Воспользуйся любым видом транспорта, на самый крайний случай иди пешком.

Я попытался воззвать к разуму хозяйки:

— Но Полина живет довольно далеко.

— Плевать.

— Бросить машину?

— Где она?

— На парковке у «Гемы».

— Пусть стоит, завтра разберемся.

— Автомобиль могут украсть.

— Твой металлолом никому не нужен.

Я обиделся:

— «Жигули» хорошие.

— Только не едут, — хихикнула Нора, — хватит, Ваня, у нас мало времени, вполне вероятно, что Марина сейчас нуждается в срочной помощи.

Я пошагал к метро, последний аргумент был самый действенный, только, боюсь, похитители давным-давно убили Арапову. Если повезет, мы обнаружим лишь тело бизнесвумен.

Подземкой я не пользовался уже давно и был немало удивлен произошедшими на метрополитене изменениями. Сначала мне пришлось довольно долго стоять в очереди к окошку, где продавали билеты на вход. Работала всего лишь одна касса, а когда я наконец подобрался к цели, то увидел за стеклом полубезумную бабушку, действовавшую словно под наркозом. Божий одуванчик нехотя взяла деньги, лениво отсчитала сдачу, медленно вытащила из стопки белый прямоугольничек, всунула его в какой-то аппарат, принялась набирать цифры, все время вздыхая, охая и кряхтя.

Не успел я пройти на платформу, как услышал бесцеремонный окрик:

— Эй ты!

Не предполагая, что сие обращение относится ко мне, я шагнул вперед, но тут чья-то рука ухватила меня за плечо.

— Куды бежишь! Велено стоять.

Я обернулся, передо мной маячил тонкошеий подросток, облаченный в милицейскую форму, круглое личико рязанского мальчика украшали нос картошкой и голубые безмятежные глаза.

— Вы меня звали? — удивился я.

— Тебя. Бумагу покажь.

— Вы желаете посмотреть мой паспорт?

— Кажи документ.

Я подчинился.

— Извольте.

Грязные пальцы парнишки помусолили странички.

— С какой целью передвигаемся по Москве?

— У меня постоянная прописка.

— И че в метро делаем?

— На волынке играю, — усмехнулся я, ожидая увидеть на лице патрульного подобие улыбки.

В глазах милиционера вспыхнул тревожный огонь.

— Волына? Пошли.

— Куда?

— В дежурку.

— Вы с ума сошли, — начал возражать я, но паренек вытащил свисток и начал дуть в него.

Понимая, что влип, я попытался исправить положение.

— Не шумите, пойдемте куда следует.

Тонкошеий «Геракл» крякнул и велел:

— Тудысь чапай, к первому вагону.

Идя рядом, словно школьники на экскурсии, мы вошли в служебное помещение.

— Никак ты, Сашок, опять террориста поймал, — с легким раздражением заявил мужчина в форме, поднимая голову от газеты.

— Он сам признался, Андрей Иванович, волына у него.

Дежурный кашлянул.

— Документики покажите.

Я протянул паспорт.

— И в чем проблема? — поинтересовался Андрей Иванович.

— Это следует спрашивать у вашего сотрудника, — ответил я.

— Волыну держит, — доложил Сашок, — сам сообщил.

— Вы имеете оружие? — насторожился Андрей Иванович.

— Упаси бог, нет, почему вам такое в голову пришло?

— Брешет, — твердо перебил меня Сашок, — дать ему по шеям, волына и выпадет. Он сам про нее сказал.

— Я?

— Ты.

— Про пистолет? Вам показалось.

— Ни фига! Кто ответил: на волыне играю?

Сообразив, что произошла нелепая ошибка, я обратился к Андрею Ивановичу, тот был старше глупого мальчишки, примерно одного со мною возраста и выглядел вменяемым: простой дядька в форме, но, похоже, не вредный и сообразительный.

— Ваш парнишка стал спрашивать, зачем я спустился в метро, право, глупый вопрос, вот я и пошутил: «На волыне играю».

Андрей Иванович потер затылок.

— Ты, Сашок, того, бдительный чересчур. Научись людей понимать. Он не волыну имел в виду, а волынку, такую штуку, мешок с дудками, противно очень воет, музыкальный инструмент.

— Верно, — обрадовался я понятливости дежурного, — именно так, национальная гордость шотландцев. Простите, а что означает слово «волына»? Оно мне незнакомо.

— Грубо говоря, огнестрельное оружие.

— Право, ужасно вышло. Мы с юношей не поняли друг друга, хорошо хоть вы разобрались. Я вел речь о волынке.

— Играть в метро нельзя.

— Простите?

— С вас штраф.

— За что?

— За игру на волынке, — спокойно сообщил Андрей Иванович, — постановление имеем, всех музыкантов вон.

Я потряс головой.

— Но это шутка.

— Какие шутки! Платите штраф! Я не думал над вами потешаться, — начал злиться дежурный.

— Я просто так ляпнул, нет у меня волынки. Сами посмотрите, только небольшая сумка.

— Чтой-то не пойму, — снова начал чесать в затылке Андрей Иванович, — то играете на волынке, то нет.

— Я по-шу-тил! Ха-ха!

— С кем?

— С парнишкой.

— Каким?

— Ну вот же он стоит.

— Это сотрудник милиции.

— Верно.

— С ним хаханьками заниматься не следует. Плати за волынку.

— Ее нет, — в полной безнадежности повторил я, — и не было, я не способен выдавить из мешка с дудками даже звука.

— Андрей Иванович, может, ему по шеям дать? — опять с надеждой предложил Сашок.

— Иди на пост, — велело начальство, — сам разберусь, больше москвичей не тяни да на одежду смотри, в дорогой не трогай, террорист в хорошем на дело не пойдет.

— Да? — изумился Сашок.

— Да! — рявкнул Андрей Иванович. — Сам рассуди, его ж на клочки разорвет, жаль новое пальто, рванину нацепит.

— Ясно, — кивнул Сашок и исчез.

— Прислали, на мое несчастье, — крякнул дежурный, — ни ума, ни соображения, тьфу.

Я остолбенело слушал милиционера. Интересно, ему не приходит в голову, что замысливший теракт человек может иметь московскую прописку и красивый костюм? Увы, встречаются люди, готовые ради звонкой монеты на все, и потом, если некая личность решила стать камикадзе, меньше всего ее волнует цена тряпок. Да хоть та же Алина, схватила доллары и мигом растрепала чужую тайну.

— Значитца, волынки нет? — протянул милиционер.

Я развел руками.

— Именно так.

— Пошутили?

— Верно.

— Следуйте в заданном направлении.

— Спасибо, — улыбнулся я и пошел к двери.

— Гражданин, — окликнул Андрей Иванович, — вы того, больше не веселитесь зря. Хорошо, вам я встретился, человек грамотный, с понятием и образованием, а если такой дундырь, как Сашок? Не отмоетесь потом, станете доказывать, что не верблюд, посинеете. Милиция имеет право спросить, а вам надлежит четко ответить — и свободен. Ладненько?

— Очень благодарен вам за совет.

— Отчего ж хорошего человека не поучить? — неожиданно улыбнулся Андрей Иванович и, не дожидаясь моего ухода, вновь уткнулся в кроссворд.

Глава 13

Дверь в квартиру Игоря оказалась распахнута, я заглянул в прихожую и деликатно позвал:

— Господин Рогатый, вы дома? Игорь, отзовитесь! Полина, выйдите!

Но никто не спешил на зов, апартаменты казались пустыми. Мне стало не по себе. Наверное, следовало пойти по узкому увешанному дешевыми картинками в пластмассовых рамах коридору, заглянуть в комнаты, но меня сковал столбняк. Ну с какой стати дверь открыта? Москвичи давным-давно потеряли наивность и теперь тщательно запирают стальные двери, в столице полным-полно криминальных элементов. Что, если... По спине пробежал озноб.

— Вы чего тут делаете? — послышался за спиной возмущенный возглас.

Я обернулся, по лестнице спускалась хорошенькая брюнеточка, стройная, кудрявая, большеглазая, — не девочка, а картинка. В руках она несла стакан, наполненный чем-то белым, то ли мукой, то ли солью.

— Зачем в мою квартиру лезете? — визгливо продолжала она. — Хотели вещи спереть?

— Ни в коем случае, — радостно ответил я. — Вы Полина?

Слава богу, Астахова жива и здорова, она просто глупышка, которая отправилась одолжить у соседки необходимые продукты и не озаботилась запереть дверь.

— Ну да, — уже не так сердито ответила брюнетка.

— Разрешите представиться, Иван Павлович Подушкин, — заулыбался я.

— И чего? Я с вами незнакома.

— Мне нужен Игорь.

Полина моргнула и задала совсем уж неожиданный вопрос:

— Который?

— Их у вас несколько? — изумился я.

— Слушайте, — начала было злиться Полина, но тут из глубины квартиры послышался сердитый детский плач, громкий, требовательный, недовольный.

— Подержите-ка, — велела Полина и, сунув мне в руки стакан, рысью полетела на зов.

Я посмотрел на емкость и понял, что она заполнена сахарным песком. Стоять у распахнутой двери показалось мне глупым, и я, забыв о правилах хорошего тона, без приглашения вошел в коридор. В противоположном конце его появилась Полина с рыдающим ребенком в руках.

— На кухню идите, — крикнула она, — сейчас Настю умою.

Через десять минут Полина присоединилась ко мне.

— Так вы от Игоря? — бойко спросила она. — Отчего он сам деньги не принес? Некрасиво, кстати, получается! Я ведь могу и пожаловаться, что он их задерживает!

Я молча внимал молодой женщине. Значит, пока Полина успокаивала ребенка, она забыла, что незваный гость спрашивал об Игоре, и отчего-то решила, будто я прибыл от Рогатого.

— Так принесли деньги? — продолжила хозяйка.

Я издал кашляющий звук, который при желании можно было принять как за «да», так и за «нет».

— Эй, у вас грипп? — насторожилась Полина.

— Ни в коем случае, — быстро успокоил я встревоженную мать, — просто в горле запершило, я абсолютно здоров.

— Чай пить собралась, — вдруг кокетливо улыбнулась Полина, — хвать, сахара нет, ну я и побежала к соседке за песком, дверь специально не закрыла, думала, если Настена заорет, услышу. Давайте и вам кружечку налью.

— Спасибо, — кивнул я, — очень благодарен, весь день на ногах, притомился чуток. Можно руки помою?

— Конечно, ванная слева, — радушно разрешила Полина.

Я пошел в санузел. Если бы женщины понимали, какое количество тайн открывается перед внимательным наблюдателем в «купальне», никогда бы не пустили в нее кавалера. Если вы хотите узнать о даме всю подноготную, загляните ненароком в то место, где она чистит перья, и осмотритесь по сторонам. Первое, что выясните, — это истинный возраст избранницы.

Если ваша дама сердца говорит, что ей двадцать пять, внимательно изучите содержимое полочек в ванной. Ага, крем-лифтинг для тех, кому за тридцать, антивозрастная сыворотка, пилинг для увядающей кожи... Следовательно, дамочке подкатывает к сороковнику, ни одна девица не купит себе столь сильнодействующих средств: во-первых, они безобразно дороги, а во-вторых, юной коже их употребление только навредит.

Едем дальше, бросим взгляд на бортик ванны. Что у нас там? Ба, антицеллюлитный гель для душа вкупе с жесткой варежкой! Значит, когда ваша пассия вылезет из одежды, вы окажетесь неприятно удивлены, обнаружив у нее на бедрах противную «апельсиновую корку». Шампунь тоже предатель. Ваша натуральная блондинка моет голову средством для «окрашенных волос, сохраняющим их блеск и мягкость»? Увы, она обесцвеченная шатенка. Впрочем, бутылочка с этикеткой «От перхоти» тоже не слишком приятное открытие.

Теперь изучим зубную пасту, хорошо, если она самая обычная, без особых прибамбасов, но если в стаканчике стоит нечто лечебное, что продается лишь в аптеках, то советую насторожиться — у вашей нимфы проблемы по части клыков; а уж если вы обнаружите дезинфицирующее полоскание и странного вида щетку, сделанную из тонких ершиков, то у вашей пассии либо пародонтоз, либо стоматит.

И совсем неприятно увидеть всяческие антигрибковые препараты: кремы, таблетки. Грибы хороши в лесу, а не на ногах.

Посмотрим на крючки, на них два халата. Один розовый, воздушный, пахнущий духами, второй мятый, не слишком чистый, из байки. Все ясно, первый надевается в, так сказать, особых случаях, второй — для себя любимой, в нем проводят минуты одиночества, кстати, пятна у воротника говорят о том, что милая девушка обожает есть в кровати. Может, она еще вытирает жирные пальцы о пододеяльник?

Слева в самом углу маячит клизма? Поздравляю, у

красотки запор. Вопрос: чем он вызван? Вечной диетой или серьезными проблемами с желудочно-кишечным трактом?

Так, а это что? Аптечка. Конечно, это некрасиво, но советую обязательно заглянуть внутрь. Если на полочках найдется аспирин и пара невинных средств от простуды и головной боли, то можете спокойно топать в спальню. Но если там полно препаратов, внимательно изучите их. Будущая невеста, скромно опустив глазки в пол, краснея, призналась вам, что никогда ни с кем ни разу... Тогда что здесь делают презервативы, таблетки экстренной контрацепции и гормональное противозачаточное средство? Думаю, вас не обрадует обнаружение препарата от молочницы, хламидий и иже с ними. Советую насторожиться, заметив активированный уголь, положенный рядом с «Алка-зельцер», вполне вероятно, что будущая жена любит прикладываться к бутылке, а потом пытается купировать похмелье. Вот препарат «Асклезан», найденный даже в двух видах: таблетки и крем, не должен вызывать испуг. Хорошее средство от больных вен: если неохота мазать ноги, можно выпить пилюлю, эффект будет тот же. Венозная недостаточность не заразна, ею страдает добрая половина жителей Земли, наличие «Асклезана» лишнее подтверждение того, что девушке, увы, не двадцать, а поболее годков. Только не говорите, что дама носит мини-юбку, демонстрируя изумительно красивые ножки, не восклицайте: «Асклезан» принадлежит ее бабушке, зачем он Танечке, у нее и так полный порядок».

Конечно, я не исключаю наличие у вашей пассии престарелой родственницы, которая два раза в день ездит к внучке из Бутова в Лианозово, чтобы слопать таблеточку или воспользоваться кремом, только смею разрушить ваши иллюзии: ножки у Тани хороши именно потому, что она пользуется «Асклезаном», уж поверьте мне, пожалуйста. Николетта и ее подружки теперь тоже носят короткие платья, потому что скупают сию фармакологическую панацею тоннами.

Если под рукомойником имеется шкафчик, суньте нос и туда. Ваша новая знакомая два часа тому назад, в кафе, сообщила, будто живет одна? Тогда почему в самый дальний угол, под раковину запрятан стаканчик с еще одной зубной щеткой, электробритва, мужской одеколон и дезодорант для сильного пола? Ах, она бреет ноги, поливает их потом парфюмерией и избавляется от запаха пота убойным средством? Лишняя же зубная щетка нужна для отмывания грязи с туфель?

В общем, ванная расскажет о многом. Я бы на месте женщин приводил к себе мужчин, лишь получив печать в паспорте, ведь, кроме ванной, в доме есть еще и комнаты. И тут вас могут ждать новые открытия.

Ваша знакомая не курит, это хорошо, но отчего по всей квартире понатыканы пепельницы? Ах, они для гостей! А подставка с пятью трубками и банкой табака? Если присовокупить к ним брошюру «Как самому починить «Жигули», то станет понятно, что некий мужчина тут все же бывает. Или вы станете убеждать меня в том, что нежная роза дымит трубкой и лихо управляется с ремонтом тачки, и вообще, она служит в автосервисе слесарем?

Кстати, если в доме имеется книжная полка, она тоже о многом способна поведать. Ну-ка, ну-ка, посмотрим томики. «Как гарантированно найти мужа», «Сто способов избавиться от алкогольной зависимости», «Гимнастика для шизофреников»... Можно я не стану комментировать сей набор? Хотя справедливости ради отмечу, что столь экстремальный вариант встречается редко. Обычно у манерной девицы, с придыханием рассказывающей о своей любви к классической литературе, вы увидите современные дамские романы вкупе с подшивкой модных журналов. Поэтому будьте очень внимательны, придя к предполагаемой невесте первый раз в гости, ведь даже картины могут «сдать» хозяйку в один миг. Если на стенах красуются изображения кошечек, собачек, цветов и толстощеких младенцев, это не должно вызывать у вас презрительную улыбку. Радуйтесь, вам на жизненном пути попался вполне нормальный, среднестатистический вариант, в будущем замечательная мать и хозяйка. Вот если мадемуазель повесила в спальне «Казнь Жанны д'Арк», «Расстрел демонстрации 1905 года» или фотографию освежеванного кролика, бегите прочь, пока не поздно. Кстати, очень многие мужчины терпеть не могут постелей, заваленных плюшевыми игрушками, один из моих приятелей как-то сказал, что ощущает себя в таком случае медведем в постели у Машеньки. Но поверьте мне, искусственный тигр намного лучше настоящего кота, который способен в самый интимный момент вскочить к вам на спину и начать точить о нее когти. Был у меня один случай... Впрочем, простите, я отвлекся, и, как всегда, меня занесло черт знает куда.

В ванной Полины ничто не намекало на присутствие в квартире мужчины: халат один, полотенец, правда, несколько, но основная масса из них — детские, никакой косметики или парфюмерии для парней, отсутствовали и выстиранные рубашки на веревках, там сохло неисчислимое количество крохотных кофточек и одна шелковая блузка.

Ополоснув руки, я вернулся на кухню и получил бокал, в котором плавал пакетик, набитый, похоже, сухим сеном — кипяток приобрел странный желтовато-зеленый оттенок.

— Ну, — поторопила меня Полина, — где деньги?

— Боюсь, вы неправильно меня поняли. Я ищу Игоря Рогатого, у меня к нему ряд вопросов.

Полина заморгала.

— Похоже, его нет дома, — продолжил я.

— Ну да, — настороженно ответила хозяйка.

— И когда он придет?

— Э... э...

— Можно мне его подождать?

— Нет!!! Муж в командировке.

— Вот незадача! Давно он уехал?

— Э... э... а какое вам дело? — пошла в наступление Полина. — Вы обманули меня! Вот я и впустила вас в квартиру.

— Извините, но я сразу сказал, что хочу побеседовать с вашим мужем, потом ребенок заплакал и...

— Настька постоянно орет, — скривилась Полина.

— Да, детям это свойственно.

— Если б знала, что так получится, то и рожать бы не стала.

— Право, это слишком резкое заявление, девочка подрастет, станет очаровательной крошкой, и вы оцените свое счастье. Тысячи бесплодных женщин с огромной радостью поменялись бы с вами местами.

— Вы кто? — резко спросила Полина.

Я, поколебавшись секунду, вытащил одно из своих служебных удостоверений, в котором указано сыскное агентство «Ниро».

— Милиция, — ахнула Полина, — и чего он еще наделал, а?

Я хотел было поправить Астахову, сказать, что не имею никакого отношения к правоохранительным органам, но девица не дала мне и рта раскрыть, принялась бойко сыпать гневными фразами.

— Да, он тут не прописан, у Машки обретается, в трущобе или в норе, не знаю, я у них не бывала и желания в гости ездить не испытываю. Если он чего снова натворил, то я за него ответственности не несу.

— Вы ему жена, — напомнил я, — неужели не в курсе, где проводит время муж?

Полина на секунду замерла, а потом принялась выкладывать правду. Очень скоро я понял суть дела, право, история не оказалась оригинальной.

Астахова вполне симпатичная девочка, красотой ее бог не обидел, зато лишил материального достатка. Мать Полины — учительница младших классов, растила дочь одна, без мужа, и зарабатывала копейки. Впрочем, матушка бегала по частным ученикам и вполне была способна прокормить дочку. Но вдруг ей, как на грех, встретился мужчина, который предложил учительнице руку и сердце. Мама Полины расписалась с новым ухажером, а отчим невзлюбил падчерицу и принялся шпынять ту, дело усугубилось, когда на свет появились близнецы Дима и Сережа, сводные братья Полины. Вот тут их отец распоясался окончательно, Поля психанула и ушла из дома, сняла комнату на окраине и пристроилась в «Гему».

Жизнь казалась ей беспросветной: нудная работа, отчаянная борьба за крошки благополучия. Зарплаты хватало на оплату комнаты и еду, на одежду приходилось копить. И тут Полине повезло, на нее обратил внимание сын хозяйки. Месяц длилась любовь-морковь, а потом Костя сделал бывшей пассии ручкой. Наверное, он не был законченным мерзавцем, потому что Марина нежданно-негаданно вдруг повысила бухгалтерше зарплату. Когда Полина узнала о прибавке, она сначала обрадовалась и сразу понеслась в магазин покупать сапожки, но потом в голову некстати пришла одна мысль.

В бухгалтерии «Гемы» работает прорва народа, среди сотрудниц есть несколько очень симпатичных девочек, в частности, Оля Репшина и Лиза Чебукьянова. Так вот, в прошлом году Оле, несмотря на ворчание главбуха, вредной, вечно всем недовольной Екатерины Владимировны, повысили зарплату. Причем инициатива исходила не из бухгалтерии. Екатерина Владимировна постоянно твердит:

— Вам, трясогузкам, следует быть счастливыми, потому что вы получаете намного больше, чем заслуживаете.

Нет, приказ о прибавке Репшиной пришел от самой Араповой, спустя четыре месяца ситуация повторилась с Чебукьяновой, и вот теперь настал черед Астаховой.

Сначала Полина испытала приступ жестокой ревности, но потом решила действовать умно. За тридцать дней, проведенных вместе с Костей, девица ухитрилась забеременеть и теперь собралась выжать из ситуации все возможное. Она сделала вид, что не замечает холодности кавалера, и стала регулярно звонить ему, предлагая сходить в кино или в клуб.

Сначала Костя вежливо отнекивался, говоря дежурные фразы типа: «Извини, я занят» или «Потом как-нибудь сам тебе позвоню».

Затем его тон стал грубее, и в конце концов парень заявил:

— Отвянь, прилипла, как банный лист к заднице.

Любая девушка прекратила бы попытки к общению уже на стадии беседы о занятости кавалера, но Полина знала, чего хочет, и наступила на свою гордость. В конце концов, когда ребенок начал шевелиться, Астахова подстерегла Костю у подъезда и воскликнула:

— Дорогой, у нас радость!

— Какая? — мрачно буркнул парень. — Говори скорей, времени нет, тороплюсь.

Полина выпятила живот.

— Видишь?

— Что?

— Ну как же, я беременна!

— Ну и что? — недоверчиво протянул юноша. — И при чем тут я, мы ведь уже несколько месяцев не встречались.

Астахова вытащила из сумочки полученную у врача справку.

— Читай, любимый, полное совпадение по срокам; если не веришь, сделаем анализ.

— Кому?

— Малышу, когда родится, — улыбалась Полина. — Тогда все сомнения отпадут!

Дальнейшее вам уже известно, в ситуацию привычно вмешалась Марина и все урегулировала, прикрыв любимого сыночка крыльями.

После свадьбы «молодые» полюбовно поделили навар. Сначала они продали огромные четырехкомнатные хоромы и приобрели две маленькие, но симпатичные квартирки. Астахова теперь не нуждается, она получила собственную жилплощадь, а Марина на время декретного отпуска сохранила за бухгалтершей полную зарплату. К внучке бабушка не приезжает, но изредка Полине привозят подарки, в основном конверты с купюрами.

Машина, новая иномарка, досталась Игорю, Полина прав не имеет и учиться водить не желает. Поэтому авто забрал «муж», он же выплачивает Полине ее часть денег за тачку.

— Он мне спасибо сказать должен, — кривилась Полина, — вон сколько огреб за штамп в паспорте, да и машину ему никогда бы не приобрести, ни один банк Рогатому кредит не даст, а если и отстегнет грины, то за жирный процент. А я добрая, разрешила в рассрочку деньги отдавать. Игорь, правда, аккуратно расплачивался, но в этом месяце опаздывает. Небось опять в какое-то дерьмо влип, тянет его на подвиги.

Глава 14

— Что вы имеете в виду? — вскинулся я.

— А то сами не знаете, — отмахнулась Полина, — не зря же явились его искать? Что он натворил? Опять чужую машину изуродовал?

— Рогатый часто попадает в аварии?

Полина скривила губы.

— За тот месяц, что мы с Костей дружили, он пару раз Игоря из отделения выручал!

— Игорь садился пьяным за руль? — продолжал я допрос.

— Псих он!

— И в чем это проявилось?

— А во всем, — заявила Полина, — один раз схватил камень и давай ларек крушить, ну такой, с газетами. Что ему в голову вступило! Я в непонятках осталась. Шли спокойно по улице, Костя и говорит: «Пойду журнал куплю». Игорь вдруг как заорет: «Не смей!»

Костя пожал плечами и двинулся к торговой точке, и тут его лучший друг подобрал невесть откуда взявшийся на асфальте булыжник и кинул его в стеклянную будку, раздался звон, дождем посыпались осколки. Полина не растерялась и уволокла несопротивлявшегося Игоря в подземный переход. Когда девушка и Рогатый перебрались на другую сторону проспекта, к ним присоединился запыхавшийся Костя, который не выразил никакого негодования, так мать привычно не замечает мелкие детские шалости, считает их естественными для дошкольника.

Впрочем, другие затеи не сошли так легко Рогатому с рук. Когда он попортил крыло чужой машины, то попал в милицию, и Костя ездил выручать приятеля, а еще он вытаскивал его из обезьянника после того, как Игорек, походя по магазину, ни с того ни с сего начал пинать ногами большое зеркало в кабинке для переодевания и таки ухитрился превратить его в груду осколков. Полина разозлилась, когда увидела, какое количество купюр Константин вытащил из банкомата, прежде чем отправился за буяном.

— Ну и ну, — вырвалось у нее, — да за такую сумму можно в Египте две недели классно отдохнуть. Игорь просто дурак, может, ему лучше получить по заслугам? Посидит немного за решеткой, влепят ему по хулиганке, глядишь, и перестанет кретинничать! С чего его колбасит?

Костя сумрачно взглянул на любовницу.

— Заткнись.

— Тебе денег не жаль? — никак не могла успокоиться Полина.

— Нет.

— Если тебе их некуда девать, лучше мне дай, зачем на ерунду тратишь?

Костя походя отвесил «любимой» оплеуху, было не больно, но обидно, и Полина заплакала.

— Хорош выть, — оборвал девушку кавалер, — запомни, мы с Игорем одно целое, не смей его осуждать.

Полина урок усвоила, больше всего на свете ей хотелось стать женой Константина, ради этого Астахова была готова терпеть затрещины и улыбаться Рогатому.

— Я совершенно честно рассказала вам о нашей жизни, — завершила рассказ Полина, — надеюсь, вы понимаете, что я не несу никакой ответственности за Игоря, лишь формально являюсь его женой, ищите Рогатого у Арапова.

— Константина нет в Москве, — с самым спокойным видом соврал я, очень хорошо помня, как в начале нашего разговора собеседница упомянула о некой Маше Башлыковой, у которой обитает Игорь.

— Ничем не могу вам помочь, — слишком быстро ответила Полина.

Меня насторожила скорость, с которой девица выпалила фразу, поэтому я сделал сердитое лицо и заявил:

— Игорь Рогатый на днях изуродовал чужую иномарку.

— Кретин! — фыркнула Полина.

— Лупил палкой по крыше, капоту и крыльям, — нагонял я туману.

— Говорила же, он псих.

— Владелец не сумел поймать хулигана.

— Ну и дурак! Жаль, что не отволок Рогатого в ментовку. Если Костя уехал, выкупать дебила некому!

— Но Игорь, убегая, уронил кошелек с документами.

— Вау!

— Поэтому я и пришел сюда.

— За фигом?

— Вы расписаны по закону.

— И что?

— Следовательно, вы несете ответственность за содеянное вместе с супругом, — порол я откровенную чушь, надеясь на полнейшую юридическую безграмотность Полины.

Россияне в массовом порядке не читают издаваемые законы, не интересуются всякими кодексами и считают юристов нечестными делягами, нацеленными на то, чтобы состричь с доверчивых граждан побольше денег. Нет у нас привычки в опасной ситуации обращаться к адвокату.

Вот и Полина сейчас ахнула и заорала:

— Почему?

— Таков закон.

— Еще чего!

— Дура лекс, сед лекс, — процитировал я.

— Это кто дура? — ощетинилась хозяйка. — Думаете, раз вы из ментовки, то вам можно оскорблять окружающих?

— Просто я привел латинскую поговорку, в переводе она звучит так: «Закон суров, но это закон». Поэтому готовьтесь выплачивать деньги за ремонт.

— Чего?

— Автомобиля.

— Какого?

— Разбитого Игорем.

— Вау!

— На беду, он джип последней модели разнес, — я вдохновенно описывал машину Марины, — черный, весь тонированный. Тысяч на десять «реанимация» потянет, а может, и больше.

— Рублей?

— Евро.

Полина округлила свои карие очи.

— Откуда у меня такие деньги?

— Не знаю. Из зарплаты вычитать станут.

— Фиг вам! Пусть Рогатый расплачивается.

— Мы же не в курсе, где он, а вы тут, на месте, — поддал я жару.

Полина выпучила глаза, потом бросилась к телефонной книжке.

— Пишите скорей адрес. Игорь у Машки Башлыковой, она тоже в «Геме» работает, в отделе рекламы. Они давно вместе живут. Там он, стопудово, туда и топайте, а меня забудьте. Да напомните кретину, что он мне в этом месяце еще часть долга за машину не приносил.

Домой я вернулся очень поздно, совершенно разбитый, на обратном пути сел к частнику и уже через пять минут горько пожалел об этом. Черноволосый, плохо говорящий по-русски мужчина, весело улыбаясь, похлопал рукой по сиденью.

— Садысь, я бистро езжу!

Насчет «бистро» оказалась чистая правда. Не успел я устроиться на продавленном кресле, как шофер рванул с места на второй скорости и понесся по шоссе, петляя из ряда в ряд, словно таракан, пытающийся унести лапы от разъяренного двуногого с тапкой в руке. «Копейка» стонала и кряхтела, изредка взвизгивая тормозами, в салоне воняло бензином, из подушки, на которой я устроился, выскочила пружина и впилась мне в филейную часть. К тому же я, осторожный и неспешный водитель, нервно вздрагивал, когда раздолбанная машина, влекомая вперед горячим хозяином, проносилась в опасной близости от других автомобилей, да еще мне в ухо на полную мощь орал магнитофон:

— Я хабиби...

Поклявшись в дальнейшем передвигаться только в метро или на трамвае — рельсовый транспорт, на мой взгляд, самый безопасный, — я доплелся до кровати и рухнул под одеяло, больше всего на свете мечтая проспать до полудня. Но ровно в семь утра дверь моей спальни приотворилась и послышался театральный шепот Ленки:

— Иван Павлович, проснитеся, Элеонора дико злится, что вы еще дрыхнете.

Выслушав мой отчет, хозяйка приказала:

— Поезжай к Маше.

— Она, наверное, на работе.

— Значит, позвони девчонке и уточни, где вы встретитесь! Вон у тебя сколько номеров телефонов.

— Моя машина...

— Если Маша на службе, то потом вызовешь к своей развалюхе эвакуатор, — милостиво кивнула Элеонора, — сделай одолжение, поторопись, время не ждет.

Подгоняемый Норой, я, обжигаясь, проглотил сваренное Ленкой отвратительное пойло, носящее по недоразумению название «кофе», и отправился на улицу. Перспектива добираться до метро пешком показалась мне безрадостной.

— Здрасти, Иван Павлович! — закричала Люсенька, гулявшая во дворе.

— Доброе утро, мой ангел, отчего вы прогуливаете школу? Надеюсь, не заболели? — улыбнулся я.

Люсенька заговорщицки прищурилась.

— Не! Мы с папой едем щуп покупать.

— Щуп? — не понял я. — Это что такое?

— Большое колечко на длинной ручке, — запрыгала Люсенька, — а к нему наушники. Будем ходить по подвалам, Че искать. Если она где-то рядом окажется, у папы в ушах запищит. Правда, здорово?

— Просто восхитительно, мой ангел, вы обязательно найдете беглянку, — улыбнулся я и хотел уже продолжить путь к метро, но тут из дома вышел Евгений.

— Привет, Ваня, — радостно воскликнул он, — как дела?

— Спасибо, хорошо. Надеюсь, у вас тоже полный порядок.

— Папочка, папочка, — заскакала Люся, — я уже рассказала Ивану Павловичу про щуп.

— Болтушка, — погрозил Женя дочери пальцем, — язык без костей, вся в мать. А ты, Ваня, куда?

— В сторону метро.

— Чего не на машине?

— Сломалась, пришлось вчера на стоянке бросить, — признался я.

Евгений щелкнул брелком сигнализации, стоявшая около тротуара серебристая иномарка приветственно моргнула фарами.

— Садись, подвезу.

— Огромное спасибо, но вы же за черепашьей ловушкой собирались.

— Тебе в каком направлении надо?

Я назвал улицу.

— Почти до места подбросим, — засмеялся Женя, — чуток не довезем, нам на третье кольцо уходить, а ты квартал вперед пройдешь.

Радуясь удаче, я сел на переднее сиденье, Люсенька устроилась сзади, какое-то время девочка весело щебетала, просунув голову между водительским и пассажирским креслами, но потом стихла и принялась шуршать журналом, найденным на заднем сиденье. А мы с Евгением завели мирный разговор о футболе, обнаружив полное единство во взглядах на оценку игры нашей сборной.

— Эх, беда, — вздохнул Женя, — еще с Грецией не встречались, а я уже от проигрыша расстроился.

Высказавшись, сосед поднажал на газ и тут же с досадой воскликнул:

— Во, блин, козел на дороге, придется останавливаться и давать капусту оглоеду.

Тут же послышался свист, иномарка послушно замерла. Женя опустил стекло, подошедший гаишник спокойно начал:

— Старший сержант Ермаков, почему...

И тут Люсенька снова просунула хорошенькую, растрепанную голову между сиденьями и громко воскликнула:

— Папа, а где козел? Хочу на него посмотреть! Он с рогами?

Милиционер замер, Евгений замолчал, а я повернулся к девочке и ласково произнес:

— Ангел мой, вы что-то напутали, в Москве дикие животные по дорогам не носятся!

— Так папа сейчас сказал: «Во, блин, козел на дороге, придется останавливаться и давать капусту оглоеду». Папулечка, можно я сама козлика покормлю, ну плиз!

Гаишник стал похож на перезрелый помидор, Евгений закашлял, а я попытался спасти ситуацию и, навесив на лицо улыбку, заюлил:

— Видите ли, мы везем девочку в зоопарк, обещали ей показать интересных животных, ну там, зайчиков, белочек, козликов. Говорили о буйволах, антилопах и, простите, конечно, козлах!

— А черепашка, — закричала Люсенька, — мы передумали ее ловить?

Из глаз мента стала исчезать злоба, я, обрадованный на этот раз очень правильным выступлением ребенка, мигом развил тему.

— Конечно, поймаем. — Потом снова взглянул на сотрудника ДПС и с чувством произнес: — Дети очень требовательны, подавай ей сразу все, вот мы и сказали, чтоб она нас на минуту в покое оставила: «Смотри, козел на дороге», думали, она отвлечется, и мы с Женей спокойно поговорим, а тут вы!

Вдохновение иссякло, я уставился на сержанта, тот молча изучал права Евгения.

— Хочу козла кормить, — заныла Люсенька, — капустой!

— Сейчас, мой ангел, — заулыбался я, — вот дядя нас отпустит, и поедем.

— А черепашку ловить?

— Непременно.

— Козел рогатый? — задала следующий вопрос Люсенька.

Я перепугался, что гаишник окончательно рассвирепеет, и живо ответил:

— Мой ангел, гляньте, там телочка!

— Где? — стала высовываться в окно Люсенька. —

Иван Павлович, я никого не вижу, ни козла, ни коровки! Почему мы стоим?

Щеки старшего сержанта приобрели нормальный оттенок.

— Говорливая у вас девочка, — мрачно сказал он.

— Вся в мать пошла, — буркнул Женя, — та тоже языком мелет, пока чем-нибудь пасть не заткнешь, шубой, к примеру, у бабы аппетит супер, сожрет — не подавится!

— Папа шутит, — мигом влезла в беседу Люсенька, — мамочка мех не ест, она его на плечи надевает.

Евгений начал тереть рукой затылок, гаишник вернул ему права и с неожиданным сочувствием сказал:

— Говорил мне отец в свое время: «Не женись, Андрюха», а я, наивный, спросил его разок: «Да почему, батяня?» — «Поймешь, Андрюха, потом, да поздно будет», — сказал папка. Уж я его теперь вспоминаю! Ладно, езжайте, счастливого пути.

Женя нажал на газ, иномарка полетела вперед, Люсенька снова занялась журналом, я перевел дух и уставился в окно.

— Ты, Ваня, не женат? — вдруг спросил сосед.

— Нет, — пожал я плечами.

— А чего так? Или правду говорят, что у тебя ориентация эдакая, кривая?

— Я совершенно нормален, — удивился я прямоте вопроса, — просто своей квартиры нет, а жить вместе с супругой и матерью тяжело, вдруг они общий язык не найдут? Вы бы сбросили скорость, там, вдали, еще одна машина ГАИ.

— Не, это куча мусора, она тут с зимы навалена, — проигнорировал предупреждение Женя.

— Увы, вы ошибаетесь, в изгибе шоссе притаились сотрудники ГАИ, — настаивал я.

— Ты че, Ваня, плохо видишь? — засмеялся Женя, продолжая стабильно держать на спидометре сто сорок. — Куча мусора, я давно ее приметил.

— Патруль.

— Куча мусора! — заорал Женя и осекся.

— Ну вот, — безнадежно сказал я, — теперь куча мусора идет нам навстречу, свистит, размахивает радаром, измеряющим скорость, и велит притормозить.

Евгений остановил машину и опустил стекло.

— Старший сержант Родионов, — сообщил похожий на поросенка гаишник, — ваши документики.

И тут настал час Люсеньки.

— Где же эта куча мусора? — вновь влезла в разговор двух взрослых людей девочка. — Очень хочется на нее посмотреть.

Родионов кашлянул.

— Ты, девочка, о чем меня спрашиваешь?

— Крошка шутит, — заорал я, — ха-ха-ха, она совсем маленькая еще, глупенькая...

— Что вы, Иван Павлович, — с достоинством ответила Люсенька, — я уже в школу хожу, и потом, вы же сами только что сказали: «Теперь куча мусора идет нам навстречу, свистит и велит притормозить»!

Я лишился дара речи, а несносная болтушка как ни в чем не бывало неслась дальше:

— Очень хочется посмотреть, как помойка это проделывает.

Мы с Женей замерли, я никак не мог найти убедительных для сотрудника ДПС слов. Ладно, когда речь зашла о козле, я сумел вывернуться, заведя беседу про зоопарк, но не могу же сейчас сказать: «Мы везем капризницу на экскурсию по мусоросжигательному заводу»?!

— Слышь, Колян, — гаркнул милиционер в рацию, — поди сюда, номерок по компьютеру пробить надо и ваще посмотреть.

Целый час нас обыскивали на шоссе, иномарку разобрали почти по частям и обнаружили гору нарушений. Во-первых, Женя незаконно установил на «мерине» спецсигналы: «крякалку» и стробоскопы, во-вторых, у него не нашлось огнетушителя, в-третьих, в аптечке отсутствовал йод, в-четвертых, тонировка стекол запрещена...

Еле-еле хозяин сумел уладить дело. Пока он шептался о чем-то с гаишниками в их машине, я молча маялся на обочине, а Люсенька, ни на секунду не потеряв хорошего настроения, громко пела и прыгала на одной ножке. В конце концов Евгений, потный и красный, вернулся назад, и мы продолжили путь.

— Семья, конечно, хорошо, — вдруг заявил Женя, — но порой такие мысли в голове бродят... да... Ладно, не будем об этом. Скажи, Ваня, ты про пересадку волос чего знаешь?

— Ничего, — честно ответил я, — видел рекламу, вроде с затылка берут и на макушку переносят.

— А если весь лысый?

— Тогда, наверное, плохо.

— Почему лысым быть плохо? — ожила Люсенька.

— Некрасиво, — рявкнул отец, — займись своими делами.

— Странное существо человек, — улыбнулся я, — на одних частях тела волосы изводит, а на голове подсаживает.

Евгений похлопал себя ладонью по макушке.

— Плешь появляется. Вот у тебя, несмотря на возраст, еще нет.

— Не такой я и старый.

— Так и не молодой.

Я ощутил некоторый дискомфорт и хотел воскликнуть: «У меня еще все впереди!» — но тут Евгений притормозил.

— Вон метро, — сказал он, — мы сейчас на третье кольцо свернем, тебе лучше тут вылезать.

Глава 15

В вагоне, несмотря на рабочий день, было довольно много народу, я ухватился за поручень и попытался сосредоточиться. Ну отчего Нора придает визитке столь большое значение? Вполне вероятно, что карточка случайно оказалась у Марины.

— Садитесь, пожалуйста, — нежным голоском пропела девушка лет восемнадцати, сидевшая на диванчике прямо напротив меня.

Решив, что хорошо воспитанная студентка увидела в обозримом пространстве древнего старика или бабушку с клюкой, я чуть посторонился. Но никто не спешил занять освобожденную симпатичной девицей скамейку.

— Садитесь, — опять предложила девушка.

И тут только я понял: она уступает место МНЕ. В голове завертелся вихрь мыслей: девица сошла с ума! С чего ей взбрело в голову вскакивать при виде молодого мужчины? Или она слепая? Право, неприятная ситуация.

— Устраивайтесь, — продолжала расцветать в улыбке дурочка, — наверное, тяжело стоять в вашем возрасте.

— Спасибо, я пока крепко держусь на ногах, — пробубнил я.

— Старость следует уважать, присаживайтесь.

— Нет нужды.

— Вот мой дедушка вчера пришел домой, — громогласно возвестила юная особа, — и очень переживал. Он ехал с работы, дико устал, а ему пришлось стоять. Вы, похоже, с дедулей одного возраста, поэтому я и решила...

Не желая далее слушать глупышку, я начал пробираться сквозь толпу к двери. Однако сегодня все словно сговорились делать мне «комплименты». Сначала Женя начал рассуждать о моем престарелом возрасте, теперь эта козявка поставила господина Подушкина на одну доску со своим дедушкой. Я что, так плохо выгляжу? Перед глазами было темное стекло двери, я придирчиво изучил свое отражение в нем. Конечно, на двадцатилетнего юнца я не похож, но, с другой стороны, более тридцати пяти мне никак не дать. Хотя, если приглядеться... Под глазами явно проступают мешки, от носа сбегают складки, на лбу заметны морщины.

— Эй, ты выходишь? — толкнула меня сзади толстая баба. — Не спи, мордастый.

— Почему «мордастый»? — возопил я. — Никогда не обладал лишним весом.

— Так это когда было? — квакнула толстуха. — В юности, а сейчас, к могиле ближе, морда шире делается, не от котлет, а от лет!

Высказавшись, бабенка исчезла в толпе, а я пошел в сторону эскалатора, ощущая удручение пополам с досадой. Конечно, я очень хорошо знаю, что дамам следует делать комплименты относительно их внешнего вида, типа: «Вы сегодня великолепны» или «Ваша двухлетняя дочь само очарование. Как, это внучка?! Не может быть».

Я говорю такие слова на автопилоте и всегда считал, что они просто признак хорошего воспитания: и даме известно, сколько ей лет, и мне понятно, что собеседница бабушка, просто мы играем в такую игру: один произносит комплименты, другая изображает, что верит услышанному. Но сейчас я вдруг сообразил: это очень неприятно, когда кто-то вдруг намекает на ваш, увы, уже не юный возраст. И если мужчине начинают в общественном транспорте уступать место молодые особы, это, простите, уже нокаут!

Добравшись до офиса «Гемы», я вошел в центральное здание и сказал охраннику:

— Мария Башлыкова из отдела рекламы заказывала пропуск для господина Подушкина.

Необходимые формальности заняли несколько минут, потом я втиснулся в лифт, вознесся на третий этаж, нашел комнату триста двенадцать, обнаружил в ней милую девушку в безукоризненно белой блузке и спросил:

— Вы Башлыкова?

— Да, — строго ответила Маша.

— Очень приятно, Иван Павлович, разговаривал с вами по телефону, вы заказали мне пропуск.

Мария заулыбалась.

— Садитесь, чай, кофе?

— Нет, нет, можно сразу к делу?

— Пожалуйста, — кивнула Башлыкова, — у нас есть пресс-релиз, вот читайте, все станет ясно.

Я машинально взял рекламный листок.

«Наш новый препарат совершил переворот на рынке средств, которые влияют на состояние кожи. После двухнедельного приема этого средства морщины разглаживаются на 40%, упругость ее повышается на 30%, а также происходит улучшение цвета...»

Я выронил бумажку.

— Извините, очевидно, вышла ошибка, мне не нужно такое лекарство.

Маша вскинула брови.

— Никто и не предлагает вам его покупать. Кстати, вот коробочка, в рекламных целях вы получаете ее бесплатно, берите, попробуйте — и сами убедитесь, как оно действует! Вы из газеты «Ниро»? Или у вас журнал с таким названием?

Я открыл было рот, но Башлыкова не дала мне и слова вымолвить.

— Откровенная реклама нам не требуется, она людей лишь отталкивает, предлагаю сделать интервью. Вы якобы беседовали с продюсером... э... ну неважно с каким, фамилию придумаете. Он подписал контракт с актрисой, а когда увидел ее, прямо обомлел — да она просто старуха. Договор уже не разорвать, поэтому продюсер стал искать выход и обнаружил наш препарат. Престарелая актриса попила средство и превратилась в светлое солнышко. Ну, конечно, надо сделать материал тоньше, элегантней. И, естественно, никаких намеков на неприятность с Оськиной, у нее инсульт случился из-за собственной глупости. Швабра! Мы дали ей препарат на целый курс бесплатно! Ну чего вы сидите с вытаращенными глазами, или про Оськину не слышали?

Я откашлялся, наверное, не стоит пока разубеждать бойкую даму, пусть считает меня журналистом.

— Нет, про Оськину я ничего не знаю.

— Непостижимо, — всплеснула руками Маша, — вы свою газетенку в тайге, что ли, для белых медведей выпускаете? Вся страна об Оськиной шумит, а он ушами клацает!

Я снова закашлялся. Белые медведи не обитают в тайге, а ушами невозможно клацать, в крайнем случае можно попытаться ими пошевелить.

— Галя Оськина, — Маша принялась вводить меня в курс дела, — звезда телесериалов «Ментовская Москва», «Пурга», «Шоферюги»... Ну? Вспомнил?

Я не смотрю телевизор, не потому, что полон снобистского презрения к тому, что там показывают, а из-за отсутствия времени, но на всякий случай кивнул.

— Уже лучше, — захихикала Маша, — Оськина, мягко говоря, толстая. Куча! Жрет много, оттого ее и разносит. Наше начальство решило Оськину в рекламной ак-

ции занять, денег ей заплатили немерено, предложили
сделать липосакцию и велели на каждом углу рассказывать, что килограммов она лишилась вследствие приема
наших таблеток для похудания. Кстати, отличное средство, но оно действует медленно, за год пять-шесть кило
сбросите, и это очень хорошо.

— Почему? Лучше сразу от двух десятков килограммов избавиться и забыть о проблеме.

— А вот и нет, — покачала головой Маша, — вам любой врач объяснит, если худеть больше чем на пятьсот
граммов в месяц, дело труба, через пару недель кило-
граммчики назад прибегут, да не одни, а вкупе с друзьями — жирнее, чем раньше, станете. Наши таблетки класс-
ное лекарство, но мы торопились, на экраны выходил
очередной многосерийный кошмар с Оськиной, лучшего начала для пиар-акции и не придумать, а потом она
еще должна была пить другой препарат: от потери веса
морщины образуются, а таблетки их устраняют. Чистая
правда! Это шикарное средство, наше ноу-хау! В общем,
все шло классно, проект был на контроле у самой Араповой! И тут!!!

— Что? — с неподдельным интересом осведомился
я. — «Гусиных лапок» стало больше?

— Нет, Оськину разбил инсульт.

— Кошмар!

— Точно! Катастрофа! Такой анти-пиар, — запричитала Маша, — газеты нас в клочья разорвали. Знаете, кто
муж у Оськиной?

— Нет.

— Профессор Загребский, Владилен Карлович, вначале он очень милым показался, но потом раскрылся не
с лучшей стороны! Только жену в клинику отволокли,
он давай по всему телевизору бегать и кричать: «Это лекарство почти убило Галочку». Вот какой подлец! А мы
еще ей и палату, и врачей оплатили. Просто негодяй! При
чем здесь наш препарат? Да его Галочка алкоголичка,
жаль, мы поздно правду выяснили. И чем дальше в лес,
тем толще партизаны! Не успела медицина сообщить,
что Оськина инвалид, речь к ней не вернется, в фильмах
ей не сниматься, как Загребский... ну прямо слов нет!

— И что он сделал?

— Ворвался в кабинет Араповой... Нет, не могу!

— Ударил ее?

— Хуже!

— Что может быть еще хуже?

— А вот может, — затараторила Маша, — ваще чума! Скрутил он Арапову и попытался ее из окна вышвырнуть. Ясное дело, охрана прискакала и профессору вломила! Так он! Во идиот! Его держат, а он орет: «Убью Марину, сделаю так, что она будет мучиться всю жизнь. Сначала ее сыночка-выродка в Чечню продам, в рабство. Знаю, к кому обратиться надо. Потом ее саму уроют, а дочурку изнасилуют! И денег Арапова лишится, и детей! Всего! Ни копейки не останется!» Ну не сволочь ли! Ладно, проехали. Это я к чему вспомнила — никакой болтовни об Оськиной, только положительные примеры. Напишешь хорошую, правильную статью, пристроишь ее в пару изданий, заплатим тебе по полной и станем сотрудничать, ладушки? Ну, чего молчишь, отличное ведь предложение, любой журналист ухватится!

Я в растерянности стал рыться в сумке, делая вид, будто ищу блокнот. Дело начинает принимать новый оборот, появился профессор, обещавший отомстить Араповой.

— У вас ведь есть координаты Оськиной? Домашний телефон, к примеру? — спросил я.

— Что-то не пойму, — вздернула подбородок Маша. — Вы собираетесь сотрудничать с нами или против нас? Секунду назад я предупредила: никаких упоминаний об Оськиной! Ты чем слушал: ухом или брюхом? — опять перескочила на «ты» девица.

— Очевидно, произошла некая накладка, — заулыбался я, — наверное, я не слишком точно представился, работаю не в газете «Ниро», а в сыскном агентстве с одноименным названием. Вот мой документ.

Башлыкова протянула руку, взяла удостоверение, бегло изучила его и с некоторой опаской спросила:

— Вас сюда Загребский прислал?

— Нет, нет, я от вас впервые услышал эту фамилию, — успокоил я Башлыкову.

— Тогда что случилось?

— Не подскажете, где можно найти Игоря Рогатого? Маша сморщила носик.

— Зачем вам мой муж?

— Муж?

— Да.

— Однако странно.

— Что «странно»? — нахмурилась Маша и перешла на «вы». — Или вы первый раз услыхали об институте супружества? Могу приоткрыть завесу над тайной: кое-кто сбивается в пары и потом вполне счастливо живет.

Неожиданно самодовольство пиарщицы стало раздражать меня, и я решил щелкнуть нахалку по носу.

— Удивляет то, что вы назвались женой Рогатого. Дело в том, что некая Полина Астахова, мать несовершеннолетнего ребенка, обратилась в наше агентство с просьбой отыскать ее супруга Игоря Рогатого, который исчез в неизвестном направлении, денег не дает, воспитанием дочери не занимается. Мы изучили документы, представленные Астаховой, и пришли к выводу, что они подлинные. Следовательно, либо вы сейчас намеренно вводите меня в заблуждение, либо Рогатый двоеженец.

Маша заморгала, затем вдруг резко, совсем не по-женски выругалась.

Я укоризненно покачал головой.

— Право, неприятно слышать подобные выражения из уст милой девушки, оставьте такую лексику портовым грузчикам.

Башлыкова вскочила и заорала:

— А как еще назвать сволочь, которая разыгрывает комедии?

— Рогатый не женат на Полине?

— Нет!!!

— Но у нее имеется свидетельство о браке! И в документах ребенка указано имя отца, — уверенно заявил я, несмотря на то что не видел ни ту, ни другую бумагу.

— Это фикция, — окончательно разволновалась Маша и начала рассказывать.

Нет смысла приводить тут речь Башлыковой. Она

почти полностью повторила повествование Полины, разнились лишь мелкие, незначительные детали.

— Да, — с жаром восклицала Башлыкова, — Игорек колебался, стоит ли идти на такое, ведь признать ребенка — это на всю жизнь. А что сказать девочке, когда она подрастет и, не дай бог, пожелает встречаться с отцом? Сообщить ей правду? В общем, Игорь не сразу согласился выручить Костю, знаете, почему он в конце концов решился?

— Наверное, обещанная сумма показалась ему впечатляющей, — с долей цинизма отметил я, — квартира, машина, право, это привлекательно.

Маша покрылась пятнами и зашипела:

— Конечно, у нас с Гарькой богатых родителей нет, помочь нам некому, мы снимали комнату в коммуналке. Только я, не в обиду Полине сказано, за сынками обеспеченных мамаш не охотилась, а Гарьке наследницы алмазных копей не нужны, мы друг друга любим. Ни за что бы Игорь на денежки не польстился, только Марина попросила Костю выручить. Между нами говоря, Арапов дрянь! Вы что про него знаете?

Я развел руками.

— Обычную информацию: учится, ведет нормальный образ жизни, не пьет, не курит, не колется, заурядный мальчик.

— Мальчик! — взвизгнула Маша. — Умереть не встать. Да подобные людишки до могилы «мальчики». Костя хитрый, беспринципный, а уж актер! Ему следовало в театральное училище поступать! Такое изобразить способен: тю-тю-тю, на цыпочках! Ах-ах-ах, Костик, милейший паренек, мухи не обидит. Знаете, что мне Гарька рассказывал? Ой, да всего и не перечислить! Сколько раз Костя Игоря просил о помощи! Вечно в девках путался! С одной спит, другой глазки строит, третьей намеки делает. И ведь всем, ВСЕМ жениться обещал, а девчонки мигом губы раскатывали, конечно, завидный жених! На новенькой иномарке, с деньгами в кармане! Он их всех в мамину квартиру таскал, Марина на службе целые дни проводит, Аня, его сестра, учится, никто не мешает. У Араповой шикарные апартаменты, вот идиотки и примеряли на себя роль хозяйки. Только Костик больше месяца ни с кем не водился, тридцать дней истекло — пошла на...! Ясный перец, отвергнутые девчонки к Марине со слезами бежали, а та от любовниц сыночка откупалась, она Костика больше жизни любит, прямо мазохизм какой-то, чем гаже «ребеночек» поступает, тем сильнее мамочка квохчет! Впрочем, даже ей надоело, и она Косте сказала: «Не води каждую б... к нам домой».

Мерзавец не посмел ослушаться, а мать на следующий день раскаялась и сняла детке сексхаус, квартирку, где «малыш» с девочками трахался.

— Странно, что Марина не захотела приобрести Косте личные апартаменты, — удивился я, — молодому мужчине нужно хлебнуть самостоятельной жизни.

Маша расхохоталась.

— Говорю же! Хитрый он, все время Марине твердил: мамуля, не могу тебя одну бросить!

— Наверное, Костя очень любит мать! — воскликнул я.

Башлыкова скривилась.

— Ага, впечатление нужное создавал, только я знаю правду. Костя был жуткий эгоист, ему страшно удобно при маме! Не о чем париться! Холодильник набит битком, шмотки постираны, деньги в тумбочке. Нет, одному ему обитать не хотелось, натрахается в сексхаусе и к мамулечке, гоголь-моголь хавать. И ведь что удивительно: все его девки порядочными оказались. Они сначала, правда, кричали о потерянной невинности, потом уходили, унося в клювике некую сумму, но пропадали и больше не объявлялись. Одна Полина не растерялась, ребеночка родила, решила, что ваучер теперь на безбедную жизнь имеет. Ей Марина ого-го сколько отмусоливает, официально внучку признать не пожелала, но ответственность за нее чувствует.

— Почему бы ей не женить сына на Полине? — удивился я.

Маша вытащила сигареты, не дамский вариант с ментолом, а крепкое, мужское курево, задымила и с еще большим раздражением воскликнула:

— Была такая идея, но Костик за сердце схватился,

предынфарктное состояние изобразил и давай мамочке врать: «Познакомился вчера с девушкой, любовь с первого взгляда на всю жизнь, если сейчас женюсь, потеряю счастье. Мамуля, спаси!» Ну Марина к нам и примчалась, чуть не на коленях стояла: «Удружите Костеньке, он слишком дорого может заплатить за ошибку молодости. Полина обещает экспертизу сделать, обратиться в суд по поводу установления отцовства, хочет искупать в грязи не только Костю, но и меня».

— И Игорь согласился? — подытожил я.

— Верно. В основном из-за Марины, — пояснила Маша, — она мне помогла, взяла на работу, когда я еще ничего не умела, и вот дорастила до начальницы отдела. Потом, Костя хоть и гад, но Игоря он любит, сколько раз его деньгами выручал, и опять же Марина Гарьку на службу определила, хороший оклад положила лишь потому, что он ближайший друг ее сына, а мы люди благодарные, думали, года два-три Игоряшка мужем этой швабры числиться будет, и хорош. Мы сейчас себе ребенка позволить не можем, а вот когда материально готовы будем, ну, тогда Игорь разведется, хотя стремно, конечно, Полина на него алименты повесить собирается, но Марина обещала их выплачивать.

— Полина еще намекала на какие-то вспышки гнева, приключавшиеся с Игорем, разбитые окна, поврежденные газетные ларьки...

Маша вытаращила глаза.

— Что?!! Ну и сука! Не верьте ей! Ничего подобного не было! Гарька тихий человек, не пьет, не колется! Ну сволочь! Падла! Хватит! Только развод! Пусть теперь в суд идет, Игорь мигом экспертизу потребует и зафиксирует, что девчонка не от него. Ишь, дрянь какая! Да Гарька даже не прикасается к «дури», никогда ничем таким не балуется!

— Но тогда разразится скандал, Полина сообщит всем историю про Костю.

— Теперь мне плевать на это, — гаркнула Башлыкова, — раз она подличает, то и мы имеем полное право ответить. И вообще, сейчас уже без разницы, кто кому ребенка сделал!

— Спасибо за исчерпывающие объяснения, — улыбнулся я, — но мне все же хочется поговорить с Игорем. Где он?

— В командировке, — спокойно ответила Маша, — его Арапова услала в Минск.

— В Белоруссию? — изумился я. — А на работе его соседка по комнате сказала, будто Рогатый взял дни за свой счет.

— Правильно, — кивнула Маша, — Марина сейчас собирается расширять производство, ей кажется перспективным рынок ближнего зарубежья, но не только наша хозяйка лекарствами занимается, других полно, и они тоже на Минск поглядывают. А в бизнесе знаете как, кто первый встал, того и тапки. Если сама Арапова в Белоруссию порулит, конкуренты насторожатся, нужно сначала на разведку мелкую, но верную сошку отправить. Поэтому Игорь всем растрепал, будто на рыбалку отпросился, а сам поехал с поручением в Минск. Вот только Полине, сволочуге, деньги передать забыл, а она, мерзавка, бучу замутила.

— И когда Рогатый вернется?

— Через десять дней, — не моргнув, ответила Маша.

— Скажите, у Игоря имеются визитные карточки? — задал я последний вопрос.

— Естественно, — усмехнулась Маша, — как же иначе?

Глава 16

Выслушав мой краткий отчет, Нора сухо велела:

— Жди звонка.

— Где?

— Стой на месте.

— Можно я пойду на парковку и посмотрю, что с машиной? — попросил я.

— Не следует задавать глупых вопросов, — отрезала Нора, — решай проблему с тачкой и держи телефон под рукой, а то до тебя частенько дозвониться нельзя.

Я решил не протестовать и не оправдываться, похоже, Элеонора в плохом настроении. Лучше не трогать хозяйку, иначе можно стать жертвой ковровой бомбардировки. Попасть Норе под горячую руку очень опасно; думаю, когда Пентагон разрабатывал тактику войны под названием «выжженная земля», он консультировался с моей хозяйкой, та способна в момент раздавить любого, не разбираясь особо в обстоятельствах. Правда, потом, остыв, Элеонора назначит пенсию близким покойного, установит на могиле монумент, привезенный за бешеные деньги из Рима, устроит фестиваль памяти погибшего, — словом, отмучается совестью по полной программе, но это будет потом, после убийства. Ярость вскипает в Норе, словно пена на молоке, стихийно и бесконтрольно. Впрочем, сравнение не совсем верно, выключив огонь под кастрюлей, вы добьетесь мгновенного «затишья», белая масса опадет, а в случае с Норой не поможет ничто, ее гнев утопит вас безвозвратно. В этом они схожи с Николеттой, та тоже вспыхивает, как тряпка, смоченная в бензине, но с маменькой припадки случаются по шесть раз на дню и никаких угрызений совести она потом не ощущает.

Занятый своими мыслями, я дошел до машины, сел внутрь, повернул ключ в зажигании и с огромным изумлением услышал ровный шум мотора, по непонятной причине автомобиль, казавшийся вчера мертвым, сегодня демонстрировал полнейшую готовность к работе.

В кармане ожил мобильный, я взглянул на дисплей и, подавив тяжелый вздох, сказал:

— Да.

— Можно и повежливей разговаривать с матерью! — донеслось из трубки.

Наверное, сегодня на солнце затмение или наступил парад планет — сначала Нора на меня наорала, теперь через сердитой Николетты.

— Сижу у аппарата, — злилась маменька, — жду звонка от тебя — и полная тишина. Когда-нибудь, Вава, ты опомнишься, бросишься искать меня и поймешь — мать, обожающая тебя, скончалась, лежит одна в квартире, никем не погребенная. Ведь у меня больное сердце...

Я перестал воспринимать речи маменьки, с детских лет у меня выработался некий защитный механизм: если Николетта говорит более двух минут, у сына связь с внешним миром обрывается. Ящерица, если ее пытается схватить враг, отбрасывает хвост, скунс испускает дикую вонь, а я теряю слух, наверное, добрая природа решила помочь господину Подушкину сохранить таким образом остатки психического здоровья.

— ...операцию делать поздно, поэтому следует принимать лекарства, — вдруг включился мой слух в голове, — целый список!

Я кашлянул.

— Николетта!

— Не перебивай меня, — заорала маменька так, что ей позавидовал бы даже сержант, строящий солдат-первогодков, — я на краю могилы! Мне нужны лекарства.

Я подавил вздох. Если смерть занесла над тобой косу, никакие таблетки не помогут.

— Записывай...

Вот тут я изумился до остолбенения. Примерно раз в году, весной, ближе к майским праздникам, когда в светской жизни наступает затишье, маменька сказывается больной. Нет, поймите правильно, Николетте и в другое время года ничто не мешает падать в кровать со стоном: «Я умираю».

Просто весной ее «болезнь» принимает глобальный характер, Николетта торжественно прощается с друзьями, призывает к смертному одру меня. Я покорно выслушиваю последние распоряжения и старательно вожу уходящей в мир теней матери подарки. Обычно испытываю при этом здоровое удивление: ну зачем Николетте, собравшейся в апреле в крематорий, новая шубка? Ясное дело, она ее не успеет надеть, а хоронить дам в манто как-то не принято.

Неактуально и желание иметь модные ботиночки из кожи питона, «точь-в-точь такие, как у Коки, только дороже». В последний путь уходят в белых тапках. Но никогда до сегодняшнего дня Николетта не требовала лекарств. Маменька, несмотря на взбалмошность, обладает здравым рассудком, более того, она прекрасно понимает, что бесконтрольный прием фармакологических средств способен навредить, поэтому пользуется лишь несколькими проверенными препаратами, реально приносящими в ее случае пользу: пьет витаминный комплекс и глотает на ночь таблетку аспирина, чтобы в крови не образовывались тромбы, принимается мазать ноги кремом. Кстати, ее доктор Сережа, великолепно знающий о железном здоровье пациентки, никогда не выписывает ей ничего другого, кроме вышеперечисленного. Впрочем, виноват, в домашней аптечке еще есть слабительные капли, валокордин и, естественно, средства от простуды. А сейчас Николетта сыплет непонятными названиями.

— Прости, пожалуйста, — прервал я мать, — это тебе Сергей посоветовал?

— Кто?

— Твой домашний доктор.

— Я его выгоню!

— Сергея?

— Да! Он ничего не понимает, не увидел страшной болезни, которая съедает меня!

Я вздрогнул.

— Кто тебе поставил диагноз?

— Лукьян, врач Коки, он волшебник, всех спасает, потому что находится в курсе последних разработок! А Сергей идиот, знающий лишь про аспирин. Да, Коке повезло, дочь ей все устраивает, а я сирота при живом сыне, существую на медные копейки, еле-еле пятьсот долларов наскребла на визит к Лукьяну. Ты же не способен подобную сумму за мое здоровье заплатить, вот мне и пришлось выкручиваться. Ужасно быть нищей!

— Сколько он берет за осмотр??? — поразился я.

— Вот! Видишь! Жадность тебя обуяла! А дочери Коки для мамы ничего не жаль! Не дергайся, я сама расплатилась, копила себе на поминки, только решила: все равно ведь зароют за счет государства, не оставят на земле. Лягу с бомжами рядом, без памятника, под табличкой с номером.

И Николетта зарыдала.

— Сейчас приеду, — быстро сказал я.

— Можешь не спешить, — отозвалась самым страдальческим тоном маменька, — все равно он уже тут.

— Кто? — окончательно перепугался я.

— Светлый ангел, прилетевший, дабы сопроводить

мою душу в рай. Кстати, не вздумай явиться с пустыми руками, изволь прихватить лекарства!

Из трубки понеслись частые гудки, Николетте свойственно таким образом обрывать разговор, «до свидания» маменька никогда не произносит, не царское это дело — вежливо прощаться с собеседником. Я бросил трубку на сиденье. Богатое воображение услужливо нарисовало картину: вот Николетту, облаченную в вечернее платье, при бриллиантах, макияже, в накинутой на плечи накидке из соболя, подхватывает маленький тихий ангел. Доброе существо начинает усиленно махать крылышками, и тут маменька кричит:

— Эй, постой, не могу же я разгуливать по райскому саду в одной и той же одежонке, следует взять с собой багаж.

Ангел оглядывает длинную цепь сундуков, сумок, укладок и, закрыв крыльями лицо, падает в обморок. Николетта, став багровой от негодования, вытаскивает из кармана его хитона мобильный телефон и капризно говорит:

— Небесная канцелярия? Безобразие! Прислали за мной какого-то инвалида. Где «Кадиллак»? У меня багаж в руках не умещается.

Я взял телефон и набрал номер маменьки. Очень хорошо знаю, что Николетта сама не любит снимать трубку, сейчас отзовется Тася, бывшая моя няня, теперь домработница матери, а мне требуется поговорить именно с ней!

— Алле, — прогудела Тася, — говорите.

— Это я, только не кричи.

— Ща, погодь, — шепнула Тася.

Из телефона понеслось шуршание, треск, шум, в конце концов вновь прорезался голос.

— Все, теперича говори, я в сортир ушла, только там от нее спрятаться можно, — стала жаловаться Тася, — севодни велела торт купить, из зефира, а где его взять? Она обозлилась дико, дескать, у Люки такой вчера лопала, и ей теперь подавай, гости едут!

— Что у вас происходит? — перебил я бывшую няньку.

— А нормально все.

— Николетта заболела?

— Скорей я копыта отброшу, чем она чихнет, — вздохнула Тася.

— Твоя хозяйка поругалась с врачом? С Сергеем?

— Он же отдыхать уехал, — пояснила Тася, — с женой в Испанию подался. Ой, у нас такое было!

— Что именно? Сделай одолжение, говори кратко.

Но ясно и быстро излагать свои мысли умеет далеко не каждый человек, поэтому сейчас, опустив кучу ненужных подробностей, я изложу суть дела.

Николетта позвонила врачу, услышала, что тот за границей, пришла в негодование, кинулась жаловаться Коке, а та моментально прислала заклятой подруженьке эскулапа по имени Лукьян. Тот выписал маменьке кучу средств и пообещал, что, приняв их, она станет молодой, красивой, умной, богатой, счастливой, натуральной блондинкой с грудью четвертого размера...

— Сколько можно в туалете торчать, — вклинился в мерный говорок Таси вопль Николетты, — гости вечером приедут, а у нас...

— Пока, Ваняша, — быстро сказала Тася и отключилась.

Я вынул сигареты, значит, можно не спешить и волноваться определенно ни к чему, но лекарства купить следует, иначе не избежать скандала. Интересно, какую прибыль фармацевтическим компаниям приносят истеричные особы? Это тема для диссертации: «Влияние дурного поведения и капризности клиентов на количество продаж».

Телефон ожил, на том конце провода была Нора.

— Едешь к Оськиной, — сурово заявила она, — пиши адрес. Впрочем, ее муж тебе должен быть знаком. Профессор живет в доме, который расположен напротив твоих родных пенатов, такое зеленое здание...

— С белыми балконами?

— Именно так он его и описывал, — согласилась Нора. — Зовут ученого — Загребский Владилен Карлович, представишься сотрудником телепрограммы «Врачебные тайны».

— Есть такая?

— Понятия не имею, вполне вероятно, что да, сейчас тьма всяких шоу на разных каналах. Не перебивай меня, — стала сердиться Нора, — кати к нему сию минуту, не задерживаясь, он ждет, жаждет рассказать всю правду о трагедии, случившейся с женой. Твое дело понять: мог он отомстить Араповой или просто так сболтнул про Чечню и похищение? Очень мне его заявление не понравилось, слишком точно в десятку попало! Думаю, не случайно он это сказал, либо сам подлость Марине устроил, либо знает что-то интересное.

— Навряд ли человек, замысливший столь масштабное преступление, станет трепать на каждом углу о своих планах, — я попытался слегка остудить слишком горячую голову хозяйки.

— Ваня, — гневно воскликнула Нора, — роль великого психолога тебе явно не по плечу! Фразу про Чечню Владилен Карлович выкрикнул в запале, в момент нервного припадка, в подобную минуту человек не следит за собой, несет что ни попадя, он похож на пьяного, а у алкоголика, как известно, что на уме, то и на языке! Поторопись к Загребскому.

Чтобы попасть в нужный подъезд, я воспользовался домофоном и услышал искаженный помехами голос:

— Кто там?

— Корреспондент программы «Врачебные тайны», вас должны были предупредить о моем визите.

Замок тихо щелкнул, я вошел в подъезд и ощутил приступ ностальгии. Во времена моего детства район, где находится квартира Николетты, считался суперпрестижным, тут высились кооперативы, в которых жили писатели, актеры, музыканты и ученые. Для первых трех категорий построили современные здания из светлого кирпича, квартиры в них были похожи словно однояйцевые близнецы: длинный коридор, от которого отходят комнаты, десятиметровая кухня, раздельный санузел, правда, ванная крохотная, и кладовка. По нынешним временам это очень скромное жилье, но в эпоху социализма основная масса людей ютилась в каморках, о десятиметровой кухне народ даже и не мечтал. К тому же в подъездах элиты сидели консьержки, совсем уж редкие птицы для советской Москвы. Приходя в гости к Лене Котовой, чьи родители служили Мельпомене[1], или забегая к Толе Раскину, папа которого был пианистом, я оказывался словно у себя дома, даже мебель в большинстве случаев повторяла нашу, о книгах я уже и не говорю, тома Вальтера Скотта розового цвета, «серый» Джек Лондон, «оранжевый» Майн Рид, «темно-зеленый» Диккенс, и обязательно собрание сочинений Ленина, все пятьдесят пять толстых томов.

Мы сидели на польских стульях, пили чай из сервиза, сделанного в Чехословакии, зажигали люстры, произведенные в ГДР, и смотрели телевизор «Рубин».

Но зеленый дом и его жильцы тогда казались анахронизмом на общем фоне. Когда в районе началось массовое строительство кооперативов, здание с белыми балконами уже высилось между деревьями, и там давно обретались ученые. Квартиры у них были невероятные, похожие на лабиринты с загогулистыми коридорами, мебель, на мой тогдашний, детский взгляд, жуткая: резные буфеты, столы на львиных лапах, зеркала в бронзовых рамах. Я часто ходил сюда в гости к однокласснику Алексею Вассерману. Если честно, меня привлекал не сам Леша, а его дед Иосиф Давидович, энциклопедически образованный историк. Какая у него была библиотека! Иосиф Давидович охотно давал мне книги, требуя лишь аккуратно обернуть их в бумагу.

Потом старик умер, мы закончили школу и разбежались в разные стороны, Лешу я практически никогда не вижу, а об Иосифе Давидовиче вспомнил лишь сейчас, войдя в знакомый с детства подъезд.

Глава 17

— Сюда, сюда, молодой человек, — раздалось из приоткрытой двери, когда я вышел из похожего на клетку для канарейки лифта, — идите налево.

Я вступил в просторную прихожую, в ту же секунду

---

[1] Мельпомена — в греческой мифологии одна из девяти муз, покровительница трагедии.

вспыхнул свет, хозяин — сухонький, подтянутый старичок — воскликнул:

— Ванечка! Сколько лет, сколько зим! Ну отчего мне не назвали твою фамилию? Просто сказали: нашего корреспондента зовут Иваном Павловичем! Господи, какая приятная неожиданность! Значит, ты теперь служишь молоху по имени «телевидение»?

Слегка ошарашенный, я вгляделся в хозяина: невысокий, щуплый, абсолютно седой дедок. Впрочем, осанка у Загребского молодцеватая, он не согнут крючком, да и поговорка «Маленькая собачка до старости щенок» придумана не зря. Но вот лицо профессора сразу выдает возраст, глаза, правда, яркие, однако морщин неисчислимое количество.

— Не узнаешь меня! — скорей утвердительно, чем вопросительно воскликнул Загребский. — Конечно, столько лет не встречались. Знаешь, Ваняша, вот тут часто по твоему телевизору разные личности сетуют: дескать, разобщенными стали люди теперь, не то что в прежнее время, тогда по вечерам собирались в гостиной, читали вслух книги, музицировали, и вообще, народ друг к другу в гости ходил, а нынче все компьютером увлеклись, жена мужа не видит, дети родителей, полный Апокалипсис! Ерунда это, еще неизвестно, как бы вели себя наши предки, развейся научно-технический прогресс на два столетия раньше, небось играли бы, как внуки моих коллег, великовозрастные «митрофаны», в «стрелялки». Знаешь, что нас на самом деле разобщило?

— И что? — улыбнулся я, мучительно пытаясь вспомнить, откуда знаю профессора.

— Личные автомобили! Вышел из подъезда, шнырк в машину и уехал. Раньше хоть до метро дойти было надо, столько народа по дороге встречалось. Вот мы с тобой, сколько всего переговорили, о Лжедмитрии, о Марине Мнишек, замечательная женщина была, правда, со знаком минус, но...

— «Профессор леденец»! — вылетело у меня.

Загребский рассмеялся.

— Вспомнил прозвище! Думаешь, я не знал, как вы меня промеж собой звали? Ну-ка наклонись, я тебя, шалуна, расцелую. Небось похоронил меня, ан нет, живехонек я, скриплю еще, хоть по возрасту Мафусаила перегнал. Вижу, вижу твою маменьку с балкона, во дворике гуляет, ведь красавицей была, да, не радует старость. Иди, иди, Ваняша, в кабинет, или дорогу позабыл? У меня евроремонтов не делали, я запретил! Не нужны мне их пакеты из стекол, эка дурь, право, нормальные рамы...

Продолжая безостановочно сыпать фразами, Владилен Карлович споро понесся в глубь похожей на музей квартиры, я двинулся за ним. Действительно, банальное утверждение «старость не красит», к сожалению, верно.

Прозвище «профессор леденец» Загребский получил за то, что всегда выходил во двор с карманами, набитыми «барбарисками», «театральными», «мятными» и прочими имеющимися тогда в продаже «сосалками». Наверное, он бросал курить и пытался при помощи конфет отвлечь себя от сигарет.

Встретив во дворе ребенка, Владилен Карлович мгновенно предлагал:

— Деточка, хочешь сладенького? — и щедро одаривал любого малыша.

При этом учтите, что сочетание имени «Владилен» и отчества «Карлович» трудно запомнить даже взрослому, поэтому очень скоро Загребского стали звать «профессор леденец».

Я обожал Загребского, в отличие от моего отца, человека интравертного склада характера, Владилен Карлович был гиперобщителен и мог часами рассказывать всевозможные исторические байки, казусы и анекдоты. У профессора имелся сын, но с ним я не дружил и даже не помню его имени, а вот к самому Загребскому несся со всех ног, получал липкую конфету в бумажке и с восторгом внимал любому рассказу. Впрочем, Владилену Карловичу не всегда удавалось размотать клубок повествования до конца, иногда на балкон выходила его жена, дородная, белая, словно творожная пасха, Евгения Ильинична, и кричала:

— Владя! Сколько можно тебя звать! Уже суп остыл. — Или: — Владилен Карлович, ученый совет без тебя начать не могут, беги на работу!

«Леденец» ахал, подскакивал и говорил:

— Ваняша, мне пора; если хочешь узнать, что царь Давид ответил нищенке, бежим со мной до метро.

И я несся рядом с профессором, боясь, вдруг тот не успеет дорассказать очередную занимательную историю. Впрочем, думаю, что во времена моего детства Загребский еще не имел профессорского статуса, скорее всего, был скромным кандидатом наук, «сарафанное» радио присвоило Владилену Карловичу звание раньше, чем это сделал ВАК[1].

Устроив меня в большом кожаном кресле, Владилен Карлович потер руки.

— Ну-с! И о чем станем беседовать, помнится...

Зная о манере профессора мигом углубляться в омут повествований, я несколько неприлично перебил старика:

— Уж извините за нахальство...

— Говори, Ванечка, я знаю тебя с рождения, ты хороший, воспитанный мальчик.

— Речь пойдет о вашей жене.

Загребский погрустнел.

— Евгения Ильинична, царствие ей небесное, умерла в девяносто шестом, когда с Борисом беда случилась. Ты ведь в курсе?

— Нет, — осторожно ответил я.

Владилен Карлович цокнул языком.

— Наш сын, Боря, слабый человек, легко попадающий под чужое влияние, вот он и увлекся недостойным бизнесом, начал торговать водкой. Мы с Евгенией Ильиничной, конечно, переживали, но потом решили: время смутное, интеллигентность не в чести, молодому мужчине семью содержать надо: жену и сына, мы с матерью ему не помощники, сбережения потеряли, значит, нужно принять поведение Бори и не тревожиться. И вышла трагедия! Тяжело вспоминать, поэтому просто сообщу: Бо-

---

[1] Всероссийская (ранее Всесоюзная) аттестационная комиссия, организация, которая выдает дипломы кандидатов, докторов наук, доцентов и профессоров.

рю убили те люди, которых он считал компаньонами. Негодяев на удивление быстро нашли и даже осудили, но ведь Бореньку не вернуть, я даже на заседание суда не пошел, сказался больным. Какой смысл любоваться на убийц? Ну отправили их на каторгу, и что? Если бы Борю вернули! Так ведь подобное невозможно. А Евгения Ильинична весь процесс высидела, ни слезинки не уронила, домой после оглашения приговора вернулась и сказала:

«Все, Владя, прости меня, одному тебе теперь выживать. Уйду я к Бореньке, раньше бы отправилась, да он мне во сне явился и велел: «Дождись, мама, их наказания». Вот я и терпела. Прощай, Владя».

Загребский принял монолог жены за естественный в сложившейся ситуации истерический припадок, он постарался успокоить супругу, померил ей давление, увидел цифры 120 и 80, счел состояние здоровья Евгении Ильиничны нормальным, уложил ее в кровать и пошел в кабинет. Когда около полуночи Владилен Карлович вернулся в спальню, Евгения Ильинична была мертва, с ней случился инфаркт.

— Вот теперь и живу бобылем, — закончил профессор.

— Кем же вам приходится Галина Оськина? Везде пишут, что она ваша жена.

Загребский замахал руками.

— Прости, Ваня, но журналисты страшные люди! Один соврет, остальные подхватят, я устал объяснять: Галочка вдова Бори, мать моего внука Славика. Мы живем вместе, Галина считает меня отцом, ой, беда, беда, беда! Какое горе! Знаешь ведь, да? Все газеты ее фамилию треплют!

— Я не совсем в курсе дела, — осторожно ответил я.

— Так сейчас поясню, — незамедлительно сказал «леденец», очевидно, он принадлежит к категории людей, которым делается легче, если они делятся с другими своим несчастьем.

После кончины супруги и сына Владилен впал в депрессию, из которой его вывела невестка Галина.

— Папа, — сказала она, — не смей кваситься, я не собираюсь более никогда выходить замуж, после Бори не могу думать о связи с другим мужчиной, будем вместе с тобой растить Славика, ясно?

Эти простые слова вернули профессора к жизни, и с тех пор он старательно пытался заменить мальчику отца. Сейчас Славик учится в институте, он вырос хорошим человеком. В принципе, у Загребского все нормально, одна беда, денег в семье всегда не хватает. Галина вполне востребованная актриса, ее часто и охотно снимали в сериалах, но Оськина четыре года строила загородный дом, мечтала жить там всей семьей, на свежем воздухе, поэтому любая заработанная копеечка превращалась в кирпич, краску, паркет... Профессора, впрочем, деньги особо не волнуют, ему на жизнь хватает его зарплаты, всяческие разносолы Владилену Карловичу не нужны, а костюм он носит уже десять лет и не собирается его менять столько же. Но потребности Гали и Славика были выше. Оськина актриса, поэтому ей приходилось следить за модой, а Славику вследствие юного возраста хочется всего и сразу.

До позапрошлого года семье удавалось как-то держаться на плаву в океане житейских бурь, но потом случилась беда с основным добытчиком, с Галиной, она вдруг начала толстеть, да так лихо, что прибавила двадцать килограммов за год. Испуганная Оськина заметалась по врачам, но специалисты лишь разводили руками, никаких особых отклонений от нормы в организме Галины они не нашли. Актриса впала в отчаяние, потеряла пару ролей, лишилась их Оськина исключительно из-за веса, требовалось срочно что-то предпринять.

И тут к Галине приехал представитель компании «Гема». Каким образом в этой фирме, производящей лекарства и торгующей ими, узнали о проблеме Оськиной, осталось за кадром, но актрисе сделали заманчивое предложение. Суть его такова: «Гема» выбрасывает на рынок новый препарат для похудания, совершенно замечательное средство, но... оно не обещает мгновенного результата. Поэтому Галине сделают липосакцию, а потом снимут рекламный ролик, собственно говоря, «фильмов» будет несколько, потому что расхваливать Гале придется два вида таблеток: одни от лишнего жира, другие от морщин. Второе средство радикально справляется со всеми недостатками, которые обретает кожа в результате похудания.

Сумма, предложенная «Гемой», была настолько велика, что Галина согласилась немедленно, она поняла: получив гонорар, сумеет наконец-то завершить строительство загородного дома, и ее мечта жить на природе осуществится. Но Оськина страшно боялась операции, поэтому после долгих переговоров был найден компромисс.

Галина начинает под наблюдением врача голодание и одновременно принимает таблетки. Если за три месяца она не потеряет пятнадцать килограммов, ей придется отправиться на липосакцию.

Оськина рьяно взялась за дело, она на самом деле перестала есть совсем и ограничила себя в питье, килограммы начали резво таять, потом вес «заморозился», и тут Галина, отчаянно не хотевшая ложиться на операционный стол, стала принимать двойную дозу лекарства, пить не по три, а по шесть таблеток в день, затем по девять, следом двенадцать. И, о чудо, вес уменьшался, фигура стройнела, актриса радовалась. Чтобы точно вписаться в указанные в контракте параметры, она еще сильней превысила количество таблеток... Потом настал роковой день.

Загребский остановился, вытер лоб платком и тихо продолжил:

— Утром я, очень удивленный, что Галочка спит до десяти, заглянул в ее комнату.

Профессор мигом понял: дело плохо, и вызвал «Скорую». Диагноз оказался неутешителен: инсульт, причем в самой тяжелой форме, с потерей речи и параличом.

Узнав, что больная принимала средство от излишнего веса, врачи дружно заявили:

— Это не первый случай, требуйте компенсации от фирмы-производителя.

Загребский ринулся к Араповой, но Марина тщательно подготовилась к разговору. Она моментально заявила:

— Ваши претензии необоснованны.

— Вы с ума сошли! — закричал забывший о хорошем

воспитании профессор. — Галочка стала инвалидом вследствие приема ваших таблеток!

Марина ткнула в нос разъяренному старику бумагу.

— Смотрите, тут ясно указано: принимать не более трех таблеток в день, а Оськина глотала по двенадцать. Далее сказано: «У некоторых лиц возможно тромбообразование, поэтому количество поглощаемой жидкости в день должно быть не менее трех литров». Галина же совсем перестала пить, инсульт случился по причине превышения рекомендуемой дозы лекарства и недостаточного потребления воды. Мы тут ни при чем. Актрису сгубила трусость, липосакции испугалась, и жадность, очень денег хапнуть желала.

Услыхав последнее заявление Араповой, Владилен Карлович впервые в жизни «потерял лицо» и кинулся на обнаглевшую хозяйку «Гемы» с кулаками, начал выкрикивать угрозы. В конце концов произошла отвратительная драка, завершившаяся, естественно, полнейшей победой Марины, у той была вышколенная охрана, а у Загребского лишь внук Славик, который пытался утащить деда в машину.

Владилен Карлович прервал рассказ и схватил бутылку с минералкой.

— Помните, чем вы грозили Араповой? — спросил я.

— Нет, Ваняша, — ответил историк, — ты читал рассказ «Амок» Стефана Цвейга?

— Давно когда-то, там вроде идет речь о человеке, который, впав в полубезумное состояние, не ведает, что творит. Верно?

— Именно так, — закивал Владилен Карлович, — вот со мной подобный амок и приключился! Просто разум отшибло, нес дикие глупости! Не пойму, откуда их взял. Через два дня после моего разговора с Мариной позвонила некая Маша, представилась начальником... э... прости, Ваняша, не силен я в современных терминах, что-то типа «Пьер-отдел».

— Пиар!

— Правильно, — закивал профессор, — странное слово, не русское, ну да господь с ним, в общем, девица предложила встречу, и я согласился.

Наивный Владилен Карлович предположил, что Арапова устыдилась и решила заплатить за лечение Галины, но Маша выложила перед ним бумагу и сухо заявила:

— В кабинете нашей хозяйки в целях безопасности ведется видеонаблюдение и запись всех разговоров. То, что вы наговорили, тянет на статью, только почитайте: Чечня, похищение!

Изумленный Владилен Карлович уставился в текст, потом воскликнул:

— Я говорил подобное? Не может быть!

— Могу дать прослушать запись, — равнодушно сказала Маша, ткнула в кнопку на каком-то стоящем перед ней аппарате, и маленький кабинетик наполнил яростный вопль профессора:

— Негодяйка, убила Галочку! Ну я тебе устрою жизнь, покажу небо в алмазах! Сначала велю твоего сына похитить и в Чечню продать в рабство...

Профессор снова прервал рассказ и потянулся к воде.

— Значит, все же вы упоминали чеченцев, — констатировал я, — а почему вдруг подобные мысли вам в голову пришли?

Старик недоуменно развел руками.

— Сам теряюсь в догадках, единственное реальное объяснение этому состоит в том, что одна из моих аспиранток писала работу о Шамиле, девушка сделала сравнения той далекой войны на Кавказе, когда во главе войска стоял Шамиль, с теперешними боевыми действиями.

Аспирантка оказалась старательной и дотошной, Загребский нашел в ее работе много новых для себя фактов, в частности, несколько страниц было посвящено похищениям людей и работорговле.

— Может, мне тогда припомнилась ее диссертация? — вздыхал Владилен Карлович. — Уму непостижимо.

— Значит, вы не собирались причинять вреда Араповой и членам ее семьи? — осторожно уточнил я. — Не предполагали обращаться к бандитам, чтобы те украли Костю, сына Марины?

Владилен Карлович широко распахнул слегка выцветшие глаза.

— Господь с тобой, Ваняша! Когда я шел на встречу,

думал лишь устыдить Арапову, ведь ясно, что с Галочкой беда из-за их лекарства случилась, следовательно, фирме ответ держать. Мне лично ничего не надо, только на лечение Гали средства требуются, кстати, она уже может садиться, дай бог, скоро полностью восстановится, но денег требуется немерено. И потом, Ваняша, как ты себе это представляешь, где я бандитов найду? Стану ходить по улицам с плакатом «Убийцы, ко мне, я вас жду», или, может, объявление в газете разместить? Голубчик, я настолько далек от криминала! Ну наболтал ерунды в гневе, стыдно, конечно, хоть и объяснимо: я очень тогда перенервничал!

— Дедуля, — донесся из коридора задорный голос, — дай мне денег, пожалуйста.

— Славочка, — мигом засуетился старик, — глянь в коробке, на кухне.

— Там только тысяча.

— Тебе не хватит?

— Конечно, нет, — прозвучало в ответ, и в кабинет быстрым шагом вошел очень красивый юноша, похожий на цыгана. Черные блестящие волосы парня вились кольцами. Думаю, не одна девушка с удовольствием поменялась бы со Славиком кудрями, впрочем, не отказались бы прелестницы и от выразительных, огромных карих глаз, красиво очерченных губ и нежного румянца на смуглой коже.

Влетев в комнату, юноша замер, он явно ожидал найти дедушку в одиночестве и был слегка удивлен, увидев меня.

— Слава, — быстро заговорил Владилен Карлович, — познакомься, пожалуйста, это Иван Павлович, сын известного прозаика Павла Подушкина. Ваня дружил с твоим отцом, можно сказать, был одним из лучших приятелей Бори. Сейчас Ваня трудится на телевидении, он задумал снять фильм о твоей маме...

Речь Загребского текла словно полноводная река, я сдержанно улыбался. Человеческая память странная штука, мы, даже опираясь на воспоминания прямых свидетелей событий, никогда не узнаем истины, потому что каждый воспринимает действительность так, как ему хочется. Я практически не общался с сыном Загребского, сейчас даже не способен припомнить его лица, но Владилен Карлович совершенно искренне считает меня товарищем погибшего Бориса. И почему, если я ни словом не обмолвился о цели визита, профессору пришла на ум мысль о фильме?

Глава 18

Славик тоже почтительно слушал деда, скорей всего, ему привили хорошие манеры, потому что он не перебивал старика, дождался, пока Загребский завершил пространную речь, и протянул мне руку:

— Рад знакомству.

Я пожал узкую ладонь Славика, она оказалась сухой и крепкой.

— Дедушка, — обратился к Загребскому Слава, — мне для успешной сдачи сессии нужны книги, вот список.

Владилен Карлович водрузил на нос очки и ахнул:

— Матерь Божья! Это что за цены!

— Не знаю, — пожал плечами Слава, — это еще со скидкой, в ларьке института дают, в магазине вообще не подступиться. Я бы и сам купил, да вот беда, у Ани скоро день рождения, надо подарок дарить.

Загребский открыл ящик письменного стола и начал шуршать бумажками.

— Вот, держи, — сказал он, протягивая внуку купюры, — купи книги. А насчет дня рождения Ани... Извини, дружочек, я никогда не вмешивался в твою личную жизнь и, пойми меня правильно, не подвергаю сомнению ни внешние данные твоей девочки, ни душевные качества, только в связи с рядом событий она, учитывая ее происхождение, никак не имеет права посещать наш дом. Честь выше любви, на эту тему, кстати, было написано много произведений, допустим...

Тут у профессора запершило в горле, и он снова схватился за питье.

— Дедуля, — Слава мгновенно воспользовался образовавшейся в разговоре паузой, — я рассуждаю так же, как и ты, но, посуди сам, прилично ли из-за того, что мать мерзавка, дать от ворот поворот дочери?

— Сын за отца не ответчик, — прокашлял Владилен Карлович, — это еще Сталин сказал, правда, в нашем случае дочь за мать. Умом я это понимаю, но сердцем принять Аню не способен.

— Дед, ты не дал мне договорить!

— Прости, Слава, — вздохнул профессор, — слушаю тебя внимательно.

— Я тоже более не испытываю к Ане нежных чувств, — заявил внук, — но нельзя же просто отшвырнуть женщину, с которой тебя связывали чувства? Неблагородно это.

Я с одобрением посмотрел на Славу, что бы там ни говорили, но на почве хорошей генетики, удобренной правильным воспитанием, вырастают радующие всех цветы. Честно говоря, я думал, что юношей вроде более нет на свете. Это мы с приятелями во времена славной молодости употребляли слово «благородно» и боялись обидеть девушку не то что действием, а даже взглядом. Букетно-конфетная стадия ухаживаний плавно перетекала в кино-театральную, затем кафе-ресторанную, и часто на этом роман обрывался. Наши девушки не были раскрепощены, и они знали себе цену, просто так, ради спортивного азарта, в постель не укладывались. Это сейчас постель не повод для знакомства. Мне порой кажется, что мы были излишне наивны и упустили лучшие годы, нынешние молодые агрессивны, может, они правы? Жизнь дается один раз. В общем, я считал, что слово «благородство» сегодня не в чести, и вот, пожалуйста, вижу Славика, внука, любовно взращенного Загребским.

— Сам я на торжество не пойду, — пояснил меж тем юноша, — Ане от меня принесут букет, коробку с колечком и открытку с пожеланием счастья. В конце я в ней приписал: «Прости, нас разлучают обстоятельства, память о тебе навсегда останется в моем сердце, прощай, мы не встретимся более».

— «...друг другу руки не пожмем, — неожиданно ляпнул я, — прощай, твое сердце на воле...»

Славик с изумлением взглянул на меня.

— Простите, я невольно продолжил стихотворение, —

начал оправдываться я, — кстати, не ручаюсь за точность цитаты, слегка подзабыл классику.

— Так я, дедушка, пойду? Учебники покупать надо, — ожил Славик.

— Ступай, дай я тебя поцелую.

Закончив процедуру лобзаний, Загребский воскликнул:

— Ваня, почаевничаем?

— Думаю, мне пора.

— Постой, дружочек, — удивился Владилен Карлович, — ведь я не успел тебе о Галечке рассказать.

Кряхтя, профессор встал, открыл один из многочисленных шкафов и начал вытаскивать из его недр огромные, пыльные фотоальбомы. Я понял, что пропал, но деваться было решительно некуда, оставалось лишь одно: покориться обстоятельствам.

— Спасибо, — заулыбался я, — но чая, право, не хочется. Вот если бы вы разрешили мне помыть руки. Извините, весь день по городу катаюсь.

— Да, да, дружочек, — листая необъятные тома, ответил правильно понявший меня профессор, — туалет налево по коридору.

Я вошел в сортир и поразился запущенности санузла. Хотя в доме сейчас живут лишь старик да Славик, первый, наверное, плохо видит, а второму наплевать на чистоту.

— Слышь, Аньк, — послышался за спиной голос Славы.

Я вздрогнул и обернулся: вдруг забыл запереть дверь и занимаюсь весьма интимной процедурой прилюдно.

Но створка была плотно закрыта.

— Так где мы туснемся? — продолжал внук профессора.

И тут я сообразил, в чем дело. Слава сейчас на кухне, туалет граничит с так называемым пищеблоком, стена между помещениями тонкая, слышимость прекрасная.

— Бабло имеется, — несся голос Славика, — хватит ваще, блин! Ха-ха-ха, ты права! Он поверил, что на книжонки стока нада! Ну хрен старый! Ты че! Он бабками набит, в столе их складирует! Вау, умора прям! Не, не, у него ща придурок сидит, сын приятеля, передачу о мамахен хочет делать! Да жива она пока, но хорошо бы отъехала, а то че мне с овощем делать! Ха-ха-ха! Ладно, где чмо-римся? В «Пирамиде»? Отстой! Там хавка поганая, по-перли в «Рощу». Косой придет? Ну, чао, бамбино!

Затем послышался свист, он удалялся от кухни, я вы-ждал пару минут, вышел из туалета и вернулся в кабинет.

— Так вот, — Владилен Карлович мигом ринулся в бой при виде меня, — тут свадебные фото Бори и Гали.

Мне пришлось перелистывать пыльные страницы.

— Дедушка, я поехал в книжный магазин, — загля-нул в комнату Слава, — а потом отправлюсь к Диме, мы у него позанимаемся, вернусь поздно, ты спать ложись, только цепочку не накидывай.

— Очень много не читай, — посоветовал наивный дедушка, — а то глаза испортишь.

— Надо же хорошо подготовиться, — ответил Слава и глянул на меня, — до свидания, рад был познакомиться.

Я кивнул, удивляясь в душе лживости юноши. Впро-чем, следует признать, что он крайне талантливый ак-тер, мастер перевоплощений, этакого паиньку из себя корчит, а на самом деле дурит голову наивному деду. Может, стоит открыть Загребскому глаза?

— А это Галечка выходит из роддома, — продолжал тем временем профессор, — в одеяле Славик, моя тепе-решняя единственная радость. Спасибо доброму госпо-ду, послал мне замечательного внука, чистого, трепетно-го мальчика. Знаешь, Ваня, он невероятно переживает за маму! Сердце кровью обливается при виде его страда-ний. Я намедни так его порадовать хотел, что, несмотря на скудость средств, приобрел мальчику... этот... ну... с музыкой...

— Радио?

— Нет.

— Телевизор?

— Да нет.

— Магнитофон?

— Другое.

— Плеер?

— Что?

— Переносной проигрыватель.

— Такой бывает? — заморгал Загребский. — Скажите пожалуйста!

Я сдался и открыл следующий альбом, профессор моментально забыл о предыдущей теме разговора и ухватился за следующую.

— Тут Галечка ведет Славика в школу.

Я сдержал тяжелый вздох: нет, Загребскому нельзя сообщать правду о внуке, и потом, старик попросту не поверит мне, выгонит с позором. А как вы поступили бы на его месте, услыхав клеветнические высказывания в адрес любимого внука?

Выслушав по телефону мой отчет, Нора коротко велела:

— Ваня, срочно домой.

— Что-то случилось? — напрягся я.

— Нет, но у меня возникли весьма интересные идеи, — туманно ответила хозяйка.

— Уже лечу, только разрешите зарулить в аптеку, Николетте нужно лекарство купить.

— К сожалению, от вздорности, жадности и вредности микстур пока не придумали, — отрезала Нора. — Ладно, так и быть, дуй в аптеку, и домой.

За прилавком стояла молоденькая розовощекая провизорша.

Я протянул ей список с продиктованными Николеттой лекарствами. Толстушечка, радостно улыбаясь, взяла у меня листок. Затем достала и положила на прилавок коробочки с препаратами.

— С вас семь пятьсот.

Я чуть не упал.

— Сколько?

Девушка оглянулась, потом подмигнула мне и заговорщицки шепнула:

— Себя, любимого, лечите?

— Нет, — отчего-то тоже шепотом ответил я, — маменьку.

Девушка совсем понизила голос и практически одними губами сказала:

— Не тратьтесь зря. Сейчас я вам кое-что объясню. Во, глядите.

Продолжая опасливо оглядываться, провизорша выудила из-под прилавка большую пластиковую банку, в которой, похоже, лежало полкило таблеток.

— Это что? — спросил я.

Девушка потрясла банкой.

— Российский препарат, делают его давным-давно, уж и не припомню, сколько лет. Стоит эта фигня — две копейки сто таблеток, а по сути, это полный аналог американского.

— Вы уверены, что эти средства полные аналоги?

— Да, — закивала девушка, — состав сравните, читайте.

Я углубился в изучение вкладышей и спустя пару минут воскликнул:

— Но почему же тогда американская фирма до сих пор не прогорела? Отчего люди покупают это лекарство за огромные деньги?

Девушка улыбнулась.

— Тут чистая психология. Наш больной уверен, что отечественная медицина и фармацевтика — полная лажа, ничего хорошего сделать не могут. Но ведь это неправда. Да, растворимый шипучий аспирин придумали не мы, но ведь полно разработок наших ученых. Ну, допустим, вакцина от полимиелита. Ее изобрели советские врачи, а потом весь мир у СССР закупать стал, и много других примеров. Но российскому потребителю упорно внушают: свое родное — дерьмо, вот американское — это да. Чушь собачья. Другое дело, что импортные производители наших по всем статьям упаковкой бьют. Во, глядите, у американских таблеток глянцевая коробочка, яркие надписи, любо-дорого посмотреть, к упаковке приложен крохотный календарик и карандашик, вы вроде как должны числа приема отмечать.

Еще иностранцы рекламу забабахивают, а народ на телик падок, раз какая-нибудь звезда эти таблетки пьет, то и им всем подавай. Какая наивность! В общем, хитростей полно. Я бы этих врачей придушила!

— Врачей? Почему?

Девушка легла грудью на прилавок и еле слышно зашептала:

— Знаете, как эти дорогущие лекарства продвигают?

— При помощи рекламы? — предположил я.

— Если б только так, то полбеды. Дилеры ходят по больницам, поликлиникам, аптекам и говорят: «Продавайте наши лекарства, за каждую купленную упаковку будете иметь процент». И ведь выплачивают аккуратно. Конечно, терапевт начнет советовать этот препарат, он же деньги получит. Ну, чего, готовы бешеные бабки за яркие коробки платить?

— Лучше я подумаю, спасибо за разъяснение, — воскликнул я.

Девушка кивнула и принялась убирать лекарства.

Глава 19

Нора встретила меня сердитым возгласом:

— Ну сколько можно жвачиться! Ваня, ты проиграешь даже на черепашьих бегах.

— За Че мне точно не угнаться, — улыбнулся я, вспомнив чудовище, обитавшее в аквариуме у Евгения.

— Хватит болтать ерунду, отчитывайся! — рявкнула Нора.

Я приступил к пересказу своей беседы с Загребским.

— Естественно, ты, как всегда, записал разговор на диктофон? — прервала меня хозяйка.

— Конечно, вот, пожалуйста.

Нора повертела в руках крохотный аппаратик.

— Ладно, дело ясное. Говоришь, Владилен Карлович тебе с детства знаком?

— Да, я часто гулял с ним во дворе.

— Я сама могу в злую минуту черт-те что брякнуть, — критично отметила Нора. — Сначала ситуация с Загребским показалась мне перспективной, но теперь понимаю — это лажа. Бедный профессор, не позавидуешь ему. И внук мерзавец, и невестка инвалид, и сам на краю могилы. Ваня, Владилену Карловичу следует помочь по линии «Милосердия», подготовь бумагу.

— Ясно.

— Впрочем, оставь мне запись, я еще раз послушаю.

— Хорошо, можно идти?

— Куда?

— Ну... к себе.

— Устал? — неожиданно заботливо осведомилась Элеонора.

Я насторожился: если хозяйка вдруг начинает беседовать сладким голосом — жди беды.

— Нет, нет, я абсолютно бодр, — соврал я, — просто время позднее.

— Я, Ваня, очень внимательно, не один раз, прогнала запись твоей беседы с Машей Башлыковой, — протянула Нора. — Скажи, ты ничего странного не заметил?

— В принципе, нет.

— А без принципа? — неожиданно заорала Нора. — Если не умничать, не занудничать, а трезво оценить ситуацию, то как?

Я попытался восстановить в памяти детали встречи.

— Ничего меня не царапнуло.

Нора ткнула пальцем в кнопку.

— Слушай.

Кабинет наполнил пронзительный голос Башлыковой:

«Костя был жуткий эгоист! Вечно в девках путался!»

Я слушал речь Маши, совершенно не понимая, что насторожило Нору.

— Ну, сообразил? — отмерла хозяйка.

— Простите...

— Ладно, давай еще разок!

«Костя был жуткий эгоист...»

Я решил прервать затянувшийся процесс прослушивания одних и тех же фраз.

— Нора, извините, наверное, я туп.

— Не «наверное», а точно туп, — мгновенно отбила мяч Элеонора, — напоминаю ситуацию. Тело Кости пока в морге, о его смерти не объявлено, все приятели и знакомые считают парня отдыхающим. Мы пока не имеем никакого права затевать бучу, не знаем, пропала Марина по собственному желанию или ее удерживают в тайном месте, нам необходимо найти либо живую Арапову, либо ее тело, тогда и поймем, как вести себя дальше.

— Я прекрасно помню об этом и делаю все, чтобы нащупать хоть тоненькую ниточку, ведущую к Араповой.

— Значит, о кончине Кости никому не известно?

— Естественно, в курсе лишь ваш адвокат и Эдик Марков, который сейчас руководит «Гемой».

— Оба крепко держат язык за зубами, — кивнула Нора. — Эдик на дню по два раза звонит, беспокоится о Марине. Информация о смерти Константина — тайна. Тогда почему Маша Башлыкова уверенно говорит о ближайшем друге мужа в прошедшем времени? «БЫЛ, обманыВАЛ девушек, ему на все плевать БЫЛО, никого, кроме себя, не любИЛ...» О живом человеке подобным образом не говорят, глаголы в настоящем времени употребляют: «Костя обманывает девушек, ему на все плевать, никого, кроме себя, не любит». Теперь ясно? И еще она сказала: «Без разницы теперь, кто кому ребенка сделал».

Я остолбенел, потом с огромным изумлением спросил:

— Но откуда Маше знать про кончину Кости? Может, ей Эдик сказал?

— Марков для Башлыковой слишком большой начальник, они общаются только на совещаниях.

— Но с Араповой Маша имела неформальные отношения!

— Верно, но лишь потому, что Костя дружил с Игорем. И Марина особо приятельство с Башлыковой не афишировала. Нет, Эдик молчит, он попал в сложное положение, ему сейчас никакие сенсации не нужны. Найдется Марина, пусть сама и рассказывает всем про Костю — такова его позиция. Так откуда сведения о кончине парня?

— Понятия не имею.

Нора схватила со стола карандаш, сломала его и в азарте закричала:

— Она знает намного больше, чем рассказала! Я уверена, что Игорь в курсе всех дел! Именно он и выложил гражданской жене правду, больше некому. Все одно к одному — визитка в вещах, таинственный отъезд в Минск. Он в Москве! Прячется!

— Где? И почему?

— На эти вопросы и требуется найти ответы.

— Но как? Башлыкова не произвела на меня впечатления идиотки, думаю, добром она тайны не выдаст.

— Не желает все рассказать по-хорошему, будем действовать по-плохому, — стукнула кулаком по стопке документов Нора.

Я перепугался не на шутку.

— Надеюсь, не заставите меня пытать девушку электротоком?

— Тебе надо проследить за ней, тайно. Завтра, после работы, когда красавица выйдет на улицу, пойдешь за ней пешком. Машины у Башлыковой нет, ее возит Игорь, сейчас Рогатый отсутствует, следовательно, пакостница отправится к метро.

— Или поймает бомбиста!

— Не суть важно. Твоя задача выяснить, куда она двинется.

— Домой небось.

— Ваня! Вполне вероятно, что Маша захочет навестить Игоря.

— Очень маленький шанс на такое развитие событий, — я принялся активно переубеждать хозяйку.

— Но он есть.

— Может, и так.

— Будешь ходить за Машей до тех пор, пока мы не разберемся в ситуации!

Я попытался воззвать к разуму хозяйки.

— Боюсь, затея обречена на провал, Маша видела меня и мигом опознает в толпе.

— Ясное дело, загримируем тебя. Каждый день будешь менять облик. Итак, завтра ты станешь женщиной.

Я чуть не выпал из кресла.

— Кем?

— Бабой!

— Что вы имеете в виду?

Хозяйка улыбнулась.

— Не дрожи, просто наденешь женское платье, парик...

— Нора! — закричал я. — Вы что, простите, белены

объелись? Право, это дурацкая затея! Полнейший дебилизм.

— Вовсе нет. Я все продумала, до мелочей. Сейчас поедешь в торговый центр и купишь вещи по списку. Держи бумагу и деньги.

— Ночью?

— Этот торговый центр работает круглосуточно.

— Нора, мой рост около двух метров!

— И что?

— Много вы знаете женщин с подобными габаритами?

— До фига, — по-детски заявила Элеонора, — манекенщицы, спортсменки, просто дылды. Полно длинных баб, и вообще, ты сгорбишься, ссутулишься, подогнешь коленки...

Я проглотил рвущиеся наружу комментарии и еще раз попытался урезонить Нору:

— У меня короткая стрижка! Абсолютно неженственный вид!

— Ваня, там в списке есть парик, купи все, потом побалакаем.

— Но я в парике буду выглядеть идиотом!

Нора засмеялась, похоже, у нее было просто замечательное настроение.

— Ладно, могу отправить тебя на наращивание.

— Что? — не понял я.

Элеонора вынула папиросы и, пуская едкий дым в потолок, пояснила:

— В салонах сейчас оказывают такую услугу, «приваривают» к волосам чужие, длинные пряди, смотрится это вполне натурально, только тебе долго маяться в кресле придется, часа четыре, а то и пять.

— Как — чужие пряди? Они, наверное, синтетические.

— Нет, мой дружок. Волосы закупают в Индии, у бедных женщин.

— Спасибо, дальше объяснять не надо, я все понял.

— Вот и отлично, теперь шагом марш в магазин, — довольно протянула Нора.

Я покорно отправился выполнять приказ, по дороге изучая список: длинные юбки, водолазки, пиджачки, курточки, парики... Все во множественном числе! Акция задумывалась с размахом. Увы, в Норе много ребячества, она придумала сейчас нелепую забаву с переодеванием Ивана Павловича и совершенно счастлива. Думаю, надо обойтись одним, так сказать, комплектом.

У подъезда я наткнулся на дворника Петровича, с энтузиазмом размахивающего метлой. Небось он только вышел из запоя и решил исполнить служебные обязанности.

— Доброй ночи, Иван Павлович, — вежливо сказал Петрович.

Я с удивлением отметил, что он не только совершенно трезв, но даже и не пахнет переработанным алкоголем.

— И вам хорошего вечера, Петрович.

Дворник оперся на метлу.

— Сигареточкой не угостите?

— С удовольствием, берите сколько хотите.

— Дорогие курите, — покачал головой дворник.

— Бывают и подороже.

— Оно верно, — подтвердил Петрович, — я, Иван Павлович, тоже скоро на человека похож стану, и курева стрелять не придется. Пить бросил, два дня уж держусь.

— Молодец, главное — силу воли проявить.

Петрович почесал грязной рукой макушку.

— Вон Борисыч из седьмого дома в психушку угодил, чертей ловить стал.

— Плохо дело, — поддержал я разговор, отпирая машину.

— Верно, — закивал Петрович, — я, как инопланетянина увидел, живо смекнул: пора завязывать, иначе тоже в дурку попаду!

— Вы столкнулись с инопланетным разумом, — усмехнулся я, — и кого повстречали? Зеленого человечка, мыслящее облако или гиганта с лазерным мечом?

Петрович вновь поковырял сальные пряди.

— Тарелку. В подвале. Плоская такая, большая. Пошел метлу брать, а она там летает, низко над полом парит; жых, жых, один перископ торчит, навроде как у подводной лодки, я в молодости на флоте служил, насмотрелся там прогресса. И что интересно, Иван Палыч! Как пить бросил, так два дня ее нет, значит, чудилось мне, мерещилось.

— Не расстраивайтесь, друг мой, — стал я утешать пьяницу, — главное, вы осознали пагубность «зеленого змия», следовательно, сделали огромный шаг вперед на пути к трезвому образу жизни.

— Ох, етит твою козу, — выронил метлу Петрович, — чегой-то с ними.

Я повернул голову влево и ахнул. Из окна подвала валили крысы. Темно-серые комки на коротких лапах неслись от дома в сторону дороги, волоча за собой длинные жирные хвосты.

— Ой, неладно, — закрестился дворник, — беда скоро грянет! Знаете, когда крысы вон бегут?

Я, охваченный брезгливостью, не вымолвил ни слова, но по непонятной причине не сумел отвести взгляд от крысиного стада и покачал головой.

— Землетрясение случится, или цунами, — зашептал Петрович, — вот пасюки и смазали пятки. Во сколько их! Мама родная, страх какой. Знал, конечно, что этой дряни в подвале полно, но чтоб столько!

Вдруг одна из крыс завизжала, закрутила головой, забила передними лапами в воздухе, создавалось впечатление, что некая таинственная сила не пускает грызуна на свободу, удерживает за хвост.

Мы с Петровичем схватились за руки и приросли к тротуару. В ту же секунду крыса была втянута в подвал. Послышался ее отчаянный визг.

— Ох и ни фига себе! — ожил Петрович. — Пойду стакашечку опрокину.

— Вы же приняли решение не пить, — напомнил я.

Дворник ткнул корявым пальцем в сторону убежавшей армии грызунов.

— Может, завтра конец света наступит, что ж мне, перед смертью переделываться? Не, я побёг! Давай со мной, Иван Палыч!

— Спасибо, — быстро отверг я предложение, — не подумайте, что брезгую, просто меня работа ждет.

— Ну, покедова, — закивал Петрович, — может, и не встретимся больше.

Завершив на этой бодрой ноте беседу, дворник бросил метлу и ринулся за угол. Я сел в машину и поехал в торговый центр. Интересно, почему крысы в массовом порядке начали эвакуацию? Естественно, ни в какой конец света я не верю хотя бы по той причине, что в Австралии сейчас уже наступило утро следующего дня. Однако сколько в подвале нечисти! По спине пробежал озноб. Я не истерическая барышня, при виде грызуна в обморок с воплем падать не стану, но чувство гадливости испытал в полной мере. Хорошо еще, что крысы не рискуют взбираться по этажам, а то ведь съезжать из квартиры придется. Думаю, жильцы элитного дома и не предполагают, какие соседи еще ютятся рядом.

Я доехал до сверкающего огнями магазина, поставил машину на парковке и пошел ко входу. В голову неожиданно пришла странная мысль. Вдруг крысы благороднее человека? Ну сами посудите, пасюков неисчислимое количество, они легко могли бы выжить людей из их обители. Человек лишь мнит себя царем природы, на самом деле он ее раб, не может справиться даже с невинными тараканами. Что, если грызуны на самом деле благородны и умны? Разрешают нам мирно обитать в квартирах, не нападают на людей из расположения к ним?

Стряхнув с себя задумчивость, я вошел в отдел с вывеской «Одежда на любой вкус» и сказал маявшейся от безделья продавщице:

— Мне нужна юбка.

Вообще говоря, я полагал, что девушка вытаращит глаза и начнет сыпать дурацкими восклицаниями типа: «Вау?», «Зачем?», но юная особа лениво поинтересовалась:

— Размер?

— Как у меня. Понимаете, — почему-то принялся я лгать, — хочу сделать сестре подарок, она в провинции живет, там девушке с высоким ростом трудно подобрать одежду, вот я и решил отправить ей посылку. Видите список?

Прочитав перечень, продавщица мигом сообразила,

что к ней нежданно-негаданно почти ночью прибрел выгодный покупатель, и мгновенно стала милой и сладкой, словно сахарный пряник.

Не прошло и пяти минут, как я был препровожден с ворохом тряпок в примерочную кабинку.

— Меряйте, не стесняйтесь, — щебетала девчонка, — если вы с сестрой одного размера, очень хорошо. Ну как, подходят юбки?

— Вроде ничего, — пропыхтел я, чувствуя себя полнейшим кретином, — кое-как влез в нее.

— Можно глянуть?

— Пожалуйста.

Девушка просунула голову между занавесками.

— Ниче! — одобрила она. — Вы по залу пройдитесь.

— Зачем?

— Чтоб понять, не мешает ли вам чего.

Я вышел в залитое ярким светом пространство, слава богу, вечером тут не было никого из посетителей.

— Шагайте, — велела девушка, — и как?

— Вроде нормально, — промямлил я, путаясь в подоле, — только холодно, сквозняком от пола тянет.

— Лето скоро, а им и не пахнет! — произнесла она в ответ.

Я поежился, при чем тут погода, мы же не на улице находимся, а в помещении, просто кондиционер работает на полную мощность.

— Берете? — уточнила продавщица. — Все?

— Заворачивайте.

Обрадованная молодица ловко уложила пакеты в красивую сумочку из пластика и воскликнула:

— Носите на здоровье!

Поняв, что ни удивления, ни смеха, ни какой-либо негативной реакции мой визит не вызвал, я переместился в соседний отсек, где торговали обувью. Около выставленных туфель бродили две девушки, их, если верить бейджикам, звали Надя и Юля.

Я вновь озвучил версию про сестру.

— Какой у нее размер? — засуетились девчонки.

— В зависимости от фирмы и ширины колодки, —

не подумавши ляпнул я, — когда сорок три беру, когда сорок четыре, впрочем, иногда мне и сорок второй впору.

Не успел я сие произнести, как тут же разозлился. Ну разве бывают «Золушки» с такими лапами?

— Надьк, глянь в «Рикардос», — невозмутимо велела Юля, — там сабо стояли. Вам на каблуке?

— Нет, нет, — замахал я руками, — что-нибудь удобное, сестра уже не юная особа.

— Многие и в гроб без шпилек не лягут, — философски ответила Надя, — с большими размерами беда, их мгновенно расхватывают. Сейчас у нас есть белые и черные сабо, кроссовки и босоножки, но у последних пятнадцатисантиметровая шпилька.

Я уставился на обувь, не в силах принять решения. Босоножки отпадают сразу, может, взять кроссовки? С другой стороны, у меня есть спортивная обувь, но, учитывая, что юбка доходит мне лишь до середины лодыжки, кеды никак не годятся.

— Хотите совет? — наклонила голову Надя. — Берите черные сабо. Цвет удачный, подо все идет, и если они чуть малы окажутся, то не страшно, ничего не натрут, пятки-то нет.

— Ладно, — кивнул я и повеселел: основные закупки сделаны быстро, осталась косметика и парик.

Глава 20

В парфюмерном отделе на кассе маялся молодой человек с аккуратно подведенными глазами, слишком ярким румянцем и крашеными блондинистыми волосами, в ухе у него сверкал крохотный бриллиантик.

— Здравствуйте, здравствуйте, — вскочил красавчик со стула при виде покупателя, — что хотите?

Юноша выглядел смешно, размалеванное лицо не прибавляло ему мужественности, а манера сильно «акать» и растягивать гласные больше подошла бы шестнадцатилетней капризнице, чем парню, которому около тридцати.

Но мне надо всего лишь купить косметику, надеюсь, торговец знает толк в своем деле. Я кашлянул и опять озвучил историю про сестру-провинциалку. На сей раз никогда не существовавшая родственница мечтала стать красавицей.

— Понял, понял, говорите марку и вид товара, — запрыгал продавец.

Я глянул на бейджик, украшавший его впалую грудь.

— Видите ли, Юрий, я в этом деле полнейший профан и полностью полагаюсь на вас.

Юра рванулся к стендам.

— Сестра? Лето, осень, зима, весна?

— Вы о чем?

— Тип внешности у вашей сестры какой?

— Обычный.

— Брюнетка, блондинка?

— Ну... очень на меня похожа, мы близнецы.

— Значит, осень.

— Намекаете на возраст? — я сделал стойку.

— Ой, ну что вы! — заломил руки Юра. — Просто косметологи так делят типы внешности! Зима — это нордическая блондинка с голубыми, прозрачно-холодными, словно льдинки, глазами...

— Понятно, — кивнул я, — осень так осень, спорить не стану, в общем, дайте мне, что там используют дамы, и расстанемся друзьями. Что у вас есть? Пудра, губная помада, тушь для ресниц, и все!

Юра подскочил за прилавком.

— Что вы такое говорите?! Нельзя столь безответственно подходить к выбору косметики! Начнем с фирмы — какую предпочитает ваша сестра?

— Любую.

— Но их много, — Юра резво начал перечислять производителей элитной косметики.

— Ей без разницы, — живо отреагировал я. Потом, вспомнив разговор с провизоршей, спросил: — Лучше что-нибудь российское, наверное, дешевле обойдется!

На лице парня появилось откровенное презрение к скаредному покупателю.

— Мы торгуем только мировыми марками, — гордо заявил он, — барахла не держим, спуститесь в переход под проспектом, там ларьки стоят.

— Они небось закрыты.

— Верно.

— Ладно, давайте ваше, но не самое дорогое, — сдался я.

Юра порысил к стендам.

— Итак, — воскликнул он, — сначала база!

— Что?

— Крем под макияж, его наносят на лицо до косметики.

— Это обязательно?

— Конечно, иначе дальнейшие слои лягут неровно, морщины проступят.

— Ладно, — кивнул я.

Юра швырнул на прилавок белую коробочку и затарахтел без умолку:

— Теперь тональный крем, затем жирные румяна, корректор синяков...

— Моя сестра не дерется! — быстро сказал я. — Она воспитанная дама.

— Хи-хи! Круги под глазами-то надо замазать?

— Верно, — осекся я.

— Теперь тушь для ресниц, вот две на выбор, одна увеличивает объем, другая их удлиняет, да еще машинка для подкрутки, она у вашей сестры есть?

— Нет, — ошеломленный количеством необходимого, проронил я.

Юра вытащил странную железную конструкцию и понесся дальше.

— Рассыпчатая пудра, сухие румяна, тени для век трех цветов.

— Одного не хватит?

— Нет, конечно, вот сюда, на край, потемнее кладут, сверху белые, в углу чуть розоватые. Ой, не перебивайте, а то я чего-нибудь забуду. Карандашик для губ, две помадки, поярче посередине, по бокам темнее, блеск! Да, блеск на середину!

— Чего? — я совсем потерял ориентацию во времени и пространстве.

— Губ, естественно, — вытаращился Юра, — еще спонжики!

Я онемел и тоже выпучил глаза.

— Спонжик — это губка для накладывания макияжа, — снисходительно объяснил продавец. — Кисточки...

— А они к чему?

— Так пудру наносить!

— Этим, как его, сапонжиком или самонжиком, обойтись нельзя?

— Господи, — всплеснул руками Юра, — откуда вы такой дремучий выпали? Спонжик для, грубо говоря, кремообразной структуры, кисть используют при работе с рассыпчатым материалом. Ладно, вот вам два наборчика. Едем дальше: сливки, гель, масло...

Я затряс головой:

— Кремов не надо!

Юра прикусил нижнюю губу, потом спросил:

— Чем же ваша сестра макияж снимет?

— Водой.

— Он не смоется!

— Почему?

— Производители хотят, чтобы, даже рыдая, женщина не потеряла красоты. Нужно убирать краску специальной субстанцией! Для глаз она одна, для губ другая, для щек третья, — пояснил Юра.

Я вцепился в край прилавка, глубокая жалость к женщинам охватила меня. Если несчастные должны намазать на себя все ЭТО, то во сколько им надо встать утром, чтобы успеть на работу? Хвала создателю, он разрешил мне появиться на свет мужчиной. Нет, более никогда не стану жаловаться на необходимость ежедневного бритья: право, такая ерунда — вжик-вжик, и готово. А у несчастных дам спонжики, кисточки, базы, румяна, блеск, тушь, помада...

— Так берете? — вывел меня из прострации голос продавца.

Я окинул взглядом Монблан косметики, кивнул и вдруг сообразил: в одиночку мне ни за что не сделать себе макияж.

— Юра, — решился я, — видите ли... э... я слегка покривил душой... эти покупки для меня.

— Замечательно, — кивнул совершенно не удивленный парень.

— Понимаете, у нас на работе корпоративная вечеринка, карнавал! Я хочу нарядиться женщиной, ну, чтобы меня не узнали.

— Прикольно.

— Но, увы, сам я не смогу загримироваться.

— Ноу проблем, — воскликнул услужливый парнишка, — вы завтра, перед мероприятием, приходите сюда. Так вас замажу, что мужики приставать начнут.

— Но волосы...

— Есть парички, не волнуйтесь, только услуга платная.

— Конечно, — обрадовался я столь замечательному решению проблемы. — Можно заявлюсь к вам в мужском обличье, а уйду дамой?

— Стопудово, — потер ладони стилист.

Узнав о моей договоренности с Юрой, Нора милостиво кивнула:

— Неплохая идея, а сейчас давай мерить одежду.

— Но зачем!

— Ваня, не спорь, лучше заранее подготовиться, — воскликнула хозяйка, — ну-ка, ну-ка, что ты тут принес? Ага, натягивай синюю юбку и серый пуловер.

Я покорно пошел в свою комнату, переоделся и вернулся в кабинет.

— Ваня! — с укоризной воскликнула Нора. — А туфли?

Пришлось влезать в сабо, до сих пор я не носил обувь без пятки и почувствовал себя не слишком комфортно.

Элеонора внимательно оглядела меня.

— В принципе, ничего, — протянула она, — простенько, неброско, не привлекает внимания... Но что-то не так! Некий штришок отсутствует! Не могу понять... Грудь! Ваня! Ты же плоский, как доска.

— Было бы странно, если б у меня вырос в одночасье пышный бюст, — улыбнулся я и поежился, отчего-то в квартире стало холодно.

— Но у женщин есть грудь!

— Не у всех, — напомнил я, — кое-кому не досталось шикарных форм.

— Замолчи, — рявкнула Нора, — речь идет не о баллонах размером с арбуз, а о скромных половых признаках... Да-с... э... э... Лена!!!

— Чего? — всунулась в комнату домработница.

— У тебя есть лифчик?

— Чего? — Ленка оторопело повторила вопрос.

— Бюстгальтер имеешь?

— Ага.

— Неси!

Ленка разинула рот.

— Зачем?

— Надо, давай, живей!

Домработница поморгала и уточнила:

— Вам белый или розовый?

Нора хмыкнула.

— Ваня, какой цвет исподнего предпочитаешь?

— Все равно, — безнадежно ответил я, не испытывая восторга от затеянного хозяйкой маскарада.

— Тащи любой, — ажитированно воскликнула Нора, — да прихвати два полиэтиленовых пакета и рулон ваты.

— Зачем? — насторожилась Ленка.

— Послушай, — ласково запела Нора, — кто у кого поломойкой работает? Я у тебя?

— Нет, — протянула Ленка.

— Вот и отлично, — закивала Элеонора, — а потому изволь выполнять приказ.

— Просто мне интересно, — обиженно загундосила Ленка, — ну за фигом вам мой бюстик понадобился, если у самой в шкафу прорва белья лежит: и с кружевами, и на прозрачных лямочках, и цветное с прошивками, и шелковое.

Я с любопытством глянул на Нору — надо же, она, оказывается, кокетка!

Хозяйка кашлянула и вдруг сказала:

— У меня кость тонкая, обхват грудной клетки семьдесят пять сантиметров, такое белье Ване мало, а твое впору будет.

— Лифчик нужен Ивану Палычу? — взвизгнула Ленка. — Ох, ёкэлэмэнэ! Никак он трансформатором стать решил?

— Ты имеешь в виду трансвестита? — спросил я. — Мужчину, который прикидывается женщиной? Трансформатор — это такая штука, связанная с электричеством, мне ни при каких условиях в него не превратиться.

— Все вам хиханьки да хаханьки, — задудела Ленка и, на удивление быстро смотавшись к себе, принесла чудовищное изделие из белого атласа.

Через десять минут я обрел бюст.

— Ну и как? — поинтересовалась Нора. — Удобно?

— Жмет, — пожаловался я, — дышать тяжело.

— Привыкнешь, бюстгальтер должен плотно сидеть, скажи спасибо, что дамы сейчас не носят корсетов, — ухмыльнулась Нора.

Потом она снова призадумалась.

— Ну что мне не нравится? Грудь есть, пуловер сидит нормально, юбка тоже, сабо, правда, уродские, но многие их любят, значит, и ноги... Ноги! Ваня! Это что?!

Я уставился на свои нижние конечности, частично торчавшие из-под юбки.

— Сами только что воскликнули: ноги! Конечно, не самые красивые, но вполне ничего!

— Они волосатые!!!

— Ну... да!

— Немедленно ступай в ванную и уничтожь растительность. Ни одна женщина не посмеет с подобными лапами высунуться на улицу, тебя сразу по копытам вычислят! Открой шкафчик, там увидишь эпилятор! Ну, не стой!

Снявши голову, по волосам не плачут! Смысл сей пословицы я хорошо понял, бредя в ванную. Раз уж согласился на идиотскую затею с переодеванием, придется идти до конца.

Эпилятор был похож на бритву. Не ожидая никакого подвоха, я включил аппарат, опустил его на ногу...

Разрешите я отвлекусь? Очень прошу, если вам в голову взбрела мысль уничтожить волосяной покров на теле, никогда — слышите, никогда! — не прикасайтесь к эпилятору!

Маленькие зубчики схватили мою ногу, словно злобный терьер тряпку, железные рогульки дернулись, я заорал от неожиданности и боли! И предположить не мог, что сие адское приспособление не срезает, а с корнем выщипывает волосы! Право, поверьте, ощущение было столь сильное, что слов не хватает описать его.

— Что случилось? — заколотилась в дверь Ленка. — Иван Палыч, вам плохо?

— Очень хорошо, — простонал я, чувствуя, как по щекам сами собой катятся слезы, — мне просто отлично, наслаждаюсь банной процедурой. Сделай одолжение, прекрати ломать дверь.

— Чтой-то вы там делаете? — не успокаивалась Лена.

— Не твое дело, — рявкнул я, забыв о хорошем воспитании и необходимости всегда вежливо беседовать с обслуживающим персоналом.

— Просто интересно, — заныла Ленка. — И ваще, вас Николетта требует, прямо изоралась вся в телефон. Ау, Иван Палыч, трубочку возьмите!

Я быстро вытер лицо бумажной салфеткой и хотел было привычно ответить: «Сейчас», — но неожиданно рявкнул во всю глотку:

— Скажи маменьке, что Ваня умер!

Наверное, общение с эпилятором оказало на меня слишком сильное воздействие.

— Че, прямо так и ответить? — не успокаивалась Ленка.

— Да, — простонал я, разглядывая небольшой безволосый участок ноги, кожа на котором приобрела бордовый оттенок.

— Так я уже сообщила: в ванной Иван Палыч! — зудела Ленка. —Николетта как заорет: «Гоните его оттуда немедленно, пинком!» Вот я и пришла.

Я схватил станок для бритья и баллон с гелем. Нет уж, буду действовать испытанным, дедовским способом, новомодные штучки явно не для меня.

— И чего делать? — ныла Ленка. — Коли человек помер, ему в ванной делать нечего.

Я потряс аэрозоль и, сам не пойму почему, ляпнул:

— Сообщи маменьке, что я утонул!

— Утоп?

— Точно, — подтвердил я, — плавал в унитазе стилем баттерфляй и пошел ко дну.

В коридоре воцарилась тишина, я посильней отвернул кран с водой, в конце концов, имею я право совершать интимные процедуры в спокойствии!

Юра оказался мастером экстра-класса, он не только ловко наложил макияж, но и подобрал мне замечательный парик. Я глянул на себя в зеркало и щелкнул языком: посеребренное стекло отразило вполне симпатичную блондинку, ну, может, с чуть крупноватыми чертами лица.

— Суперски вышло, — обрадовался стилист. — Сейчас еще только ногти наклею вам, вот эти, пластиковые, их легко снять, растворитель с собой дам.

— Отлично, — улыбнулся я и поежился.

— Вам холодно?

— Есть немного, по ногам постоянно дует.

Юра посмотрел вниз.

— Вы сабо на босу ногу надели.

— Не на носок же!

— Женщины носят колготки! Вам без чулочков свежо, хотите подберу нужные?

— Так обойдусь! — испугался я. — Только колготок мне не хватает. Нет уж, увольте, лучше буду мерзнуть.

— Замечательно, замечательно, — бормотал Юра, прилаживая на концы моих пальцев ярко-красные куски пластмассы, — вас теперь и родная мать не узнает!

Я улыбнулся — представляю, как бы отреагировала маменька, узнав, что Ваня превратился в Таню. Нет уж, только сейчас я понял, насколько хорошо быть мужчиной и какие титанические усилия делают женщины, чтобы выглядеть прилично. Интересно, зачем они так себя мучают?

Глава 21

Маша Башлыкова вышла из офиса ровно в восемнадцать часов, она повертела головой в разные стороны, потом встала на обочине и замахала рукой. Мигом около нее притормозила ржавая, еле живая от старости «копейка», стройная фигурка нырнула внутрь дышащего на ладан авто, я немедленно пристроился сзади.

На мое счастье, бомбист оказался не наглым водителем, ехал он спокойно, из ряда в ряд не метался, и мы вполне мирно добрались до одного из спальных районов столицы. В конце концов «копейка» замерла около неприметной блочной башни. Маша, очевидно, ни минуты не думавшая о том, что за ней может следить чужой любопытный глаз, ни разу не оглянувшись, юркнула в подъезд. Я подождал пару секунд и тоже прошел в парадное, не имевшее домофона. Башлыкова в этот момент входила в лифт.

— Женщина, — крикнула она, — вас подождать?

— Спасибо, — пытаясь превратить свой баритон в сопрано, ответил я, — почту взять хочу.

Двери лифта захлопнулись, раздалось громыхание, кабина начала путь вверх. Чуть не потеряв дурацкие сабо, я ринулся к шахте и уставился на указатель этажей. На табло светилась цифра «9». Я нажал кнопку, прикатил второй, маленький лифт.

На лестничной клетке было всего две квартиры, это странно, обычно в таких домах их на этажах больше. Одна дверь была шикарная, прикрытая панелью из натурального дерева, другая обшарпанная, обитая рваным дерматином, из-за нее слышались нервные голоса, в квартире о чем-то спорили. Буквально сразу я понял, что это Маша и какой-то мужчина.

— Я ничего не понимаю! — говорила Башлыкова.

— Я тоже.

— Правда?

— Конечно.

— Он все время спрашивает про Костю. Почему он так беспокоится?

— Понятия не имею!

— Не хочешь мне объяснить?

— Ну что ты!

— Ты... ты... обманщик!

— Не нервничай, все обойдется.

— Хорошо тебе, а он снова в клинике, не хочешь навестить его?

— Нет.

— Ты трус! Боишься увидеть больного.

— Верно.

— Не хочешь портить себе нервы.

— Ага.

— Ты не мужчина!

— Согласен!

За дверью воцарилась тишина. Очевидно, Маша, решившая во что бы то ни стало заставить собеседника плясать под свою дудку, выбрала неверную тактику. Девица предполагала, что парень возмутится, услыхав обвинение в трусости, и закричит: «Что? Я боюсь? Вовсе нет! Сейчас докажу свою храбрость!» Но тот спокойно признался в трусости и тем самым выбил у Маши из рук оружие. Кстати, подобную тактику применял мой отец, когда мать налетала на него с очередным скандалом.

— Ты мужлан, — вопила маменька, — неотесанный чурбан, не умеющий себя вести.

— Верно, — отзывался отец, — ты права!

— Не желаешь принимать гостей!

— Совершенно справедливо.

— Чудовище!

— Не отрицаю, у меня плохой характер.

— С тобой невозможно жить!

— Дорогая, абсолютно с тобой согласен, очень хорошо понимаю, что мужчине с моими задатками не следовало соединять себя узами брака.

Скандал предполагает, так сказать, парное участие. Та сторона, которая нападает, размахивая шашкой над головой, ожидает сопротивления. Если б маменька услышала от мужа хоть раз слово «нет», она бы еще больше разъярилась и пожар ссоры вспыхнул бы до небес, но каким образом продолжать ругаться с человеком, который демонстрирует полнейшую солидарность с вами? От души советую применять такую тактику с людьми, желающими затеять перепалку.

Главное, не дать маху и не начать в какой-то момент возражать. Причем, поверьте, подобный метод применим всюду и со всеми, он годится для беседы с начальником, родителями, свекровью, детьми, нужно только не-

которое время держать себя в рамках, и вместо недельно-
го выяснения отношений с битьем посуды вы обойдетесь
получасовым «концертом».

— Ладно, — ожила Маша, — мне нужны деньги.
— Зачем?
— Не понимаешь?
— Нет.
— Дай в долг.
— У меня нет.
— Неправда.
— Ей-богу, нет ни копейки.
— Ах ты... — понеслась в ответ нецензурная брань.
Башлыкова обладала солидным запасом ненорма-
тивной лексики. Несколько минут она, не повторяясь,
сыпала загогулистыми оборотами, потом устала и замол-
чала.
— Лучше иди домой, — вдруг тихо сказал парень, —
денег не дам.
— Мне нужно. Очень.
— При чем тут я? И вообще, не забывай... Костя умер.
Кто его туда пристроил?
Послышался шум, в замке заворочался ключ, я вздрог-
нул, в два прыжка оказался у лестницы и сбежал на один
пролет вниз. Сверху процокали каблучки, потом, громы-
хая, приехал лифт, заскрипели двери, и кабина покатила
вниз.
Я вытащил телефон и соединился с Норой.
— Костя? — воскликнула хозяйка, услыхав о подслу-
шанной беседе. — Умер? Мы на правильном пути! Маша
только что говорила с Рогатым. Там, в квартире, Игорь.
— Вы уверены? — я решил слегка охладить пыл хозяйки.
— Абсолютно. Больше некому. Значит, парочка в курсе беды, произошедшей с сыном Араповой, понимаешь,
о чем сие свидетельствует?
— Пока нет.
— Ваня! Они знают о похищении! Немедленно иди в
квартиру и потряси Рогатого.

— Думаю, он не станет со мной беседовать. Каким образом мне добиться его расположения?

— А уж это, Ваня, твоя работа, — заорала Элеонора, — мне совершенно все равно, что ты сделаешь, чтобы добиться цели: изобьешь его, дашь денег, напугаешь... Мне фиолетово! Ферштейн?[1]

— Угу, — ответил я и пошел назад.

Игорь открыл дверь мгновенно. Рогатый оказался не слишком высокого роста, излишне полным, даже рыхлым юношей с сонным выражением на одутловатом лице.

— Здравствуйте, — вежливо сказал он, — если вы по поводу платы за парковку, то я уже отнес квитанцию в домоуправление.

Я помотал головой и, вовремя вспомнив, что являюсь женщиной, поднял голос на два тона выше.

— Нет, нет, у меня другая проблема.

— И че еще случилось?

— Можно войти?

Игорь вежливо посторонился.

— Пожалуйста.

— Разрешите присесть? Стоять тяжело.

— Пройдите на кухню, — разрешил Рогатый.

Вот оно, преимущество женского пола, мужчину бы Игорь не впустил в жилище, а от дамы, даже такой высокой и статной, как я, он не ожидает подвоха. В мозгу любого парня сидит крепко-накрепко вбитый постулат: бабы — дуры, я легко справлюсь с любой.

— Так в чем дело? — повторил Рогатый. — Вы из правления? Я задолженность погасил, могу книжку по оплате показать.

Решив не выпадать из образа, я положил ногу на ногу, кокетливо поправил прядь искусственных волос и завел беседу.

— У вас только что была Маша Башлыкова, не надо отрицать сей факт!

Игорь моргнул.

---

[1] **Ферштейн** (*испорченный немецкий*) — понимаешь?

— Ну!

— Похоже, вы с ней повздорили, вот я и хочу...

Рогатый оперся руками о стол и прошипел:

— А-а-а! Значит, я вижу саму хозяйку! Какая честь! Но у вас ничего не выйдет! Сказал нет, значит, нет. А насчет денег... Вы людей дурите, а я вас вокруг пальца обвел! По-моему, это справедливо. Бедный Костя, он вам поверил, и что из этого вышло? Не боитесь, госпожа Арапова, что кто-нибудь рот раскроет? Или надеетесь, что некому будет болтать?

Я вздрогнул.

— Госпожа Арапова?! Вы знаете, где она?

Игорь хмыкнул.

— Конечно!

— Немедленно говори адрес, — заорал я, забыв о всех предосторожностях.

Рогатый засмеялся.

— Да ладно выдрючиваться! Я вас обманул, не ожидали, что более хитрый человек на пути попадется, а зря! Рассчитывали на собственный ум и ошиблись. Я не Костя и разведал кое-что. За это, госпожа Арапова, в тюрьму легко попасть!

— Постой, — сообразил наконец я, — ты считаешь меня Мариной Араповой?

— А то нет, — засмеялся Игорь. — Сначала ваша Башлыкова примчалась; когда же она отлуп получила, хозяйку вызвала.

Пару секунд я сидел молча, Рогатый великолепно знает Арапову, он много лет дружил с ее сыном и никогда бы не принял меня за Марину.

— Как тебя зовут? — резко спросил я.

— А то вы не знаете!

— И все же, представься.

Хозяин скорчил гримасу.

— Умереть не встать. Ладно, могу назваться. Алексей Грибков, ну что, легче стало?

— Откуда ты знаешь о смерти Кости? — задал я следующий вопрос.

Грибков хлопнул себя руками по бедрам.

— Цирк в огнях! Мы же вместе нанимались.

— Куда?

— Для участия в акции.

— Какой?

Алексей плюхнулся на маленький, стоящий у стены диванчик.

— Хватит из себя дуру ломать, — взвизгнул он, — думаете, я не догадался, что вы хозяйка? Значит, так, платите деньги — и я буду молчать. Нет — продам информацию о вас в газеты, сейчас за такое хорошо платят!

— Я не Арапова!

— А кто? — закривлялся Алексей. — Папа римский? Простите, ваше святейшество, не признал вас без короны.

Я достал из дурацкой сумчонки удостоверение и бросил на стол.

— Смотри.

Алексей внимательно изучил документ и заржал, словно довольная жизнью лошадь.

— Ой, не могу, тут же мужик на фотке.

— Это я.

— Умереть не встать.

— Разрешите представиться: Иван Павлович Подушкин.

Грибков согнулся пополам, я снял парик. Алексей притих, потом неожиданно сказал:

— Слышь, юбку задери.

— Ты с ума сошел!

— Значит, врешь!

— Если разрешите, лучше я сниму пуловер, белье и обнажусь до пояса.

Грибков вытаращил глаза. Впрочем, его зенки чуть было не вывалились из орбит, когда я предстал перед ним частично без верхней одежды.

— Ваще, блин, — пробормотал он.

Я, с огромным трудом застегнув лифчик, снова влез в свитер и спросил:

— Сколько ты хочешь за рассказ о Косте?

Начался торг, очень напоминающий диалог на восточном базаре, в конце концов мне удалось сбить цену, и Алексей приступил к рассказу. Я осторожно включил в кармане диктофон. Очень хорошо, что некоторые люди готовы выбалтывать информацию за деньги, с такими легко иметь дело, если, конечно, у тебя есть туго набитый кошелек!

Сколько Алеша себя помнит, столько он маялся завистью. В раннем детстве малыш буквально столбенел при виде чужих игрушек, ему до дрожи хотелось железную дорогу, коллекцию машинок, набор пистолетов. Но мама, Карина Николаевна, одна воспитывала сына, главной заботой ее было накормить и одеть парнишку, поэтому особых забав у него не имелось. Став постарше, Алеша захотел модно одеваться, но приходилось донашивать чужие тряпки, которые служившая у богатых людей Карина Николаевна приносила домой. Алеша взрослел, росли и его желания, теперь ему страстно хотелось иметь автомобиль и отдельную квартиру. По ночам, зарывшись лицом в подушку, Грибков просил у бога:

— Господи, ну что тебе стоит? Помоги получить хоть какую-нибудь конуру. Мне же хочется приятелей позвать, девушку пригласить, а некуда, толкаемся с матерью в одной комнате!

Ох, не зря умные люди предупреждают:

— Не выклянчивай ничего у всевышнего, результат может оказаться совсем не тот, на который ты рассчитываешь.

Но Алеша упорно молил о помощи и получил ее. Карина Николаевна попала под машину, утром, как всегда, побежала на работу, вечером позвонили из милиции и огорошили Грибкова ужасным сообщением:

— Ваша мать погибла.

Алексей таки обрел то, о чем так страстно мечтал: личную, безраздельно принадлежащую только ему жилплощадь, но какой ценой!

После похорон матери перед Алексеем встали во всей красе такие вопросы, над которыми он ранее даже не задумывался. Грибков презирал мать за неумение заработать, за то, что она не вышла, как все умные бабы, за богатого, за тихий, нескандальный характер. Несколько раз Карину Николаевну обманывали хозяева, не давали обещанных денег. Она приходила домой, плакала, потом вытирала слезы и говорила:

— Ничего, я еще заработаю.

— Нельзя же быть такой мямлей, — возмущался Алеша, — вернись, устрой им скандал, побей стекла, поцарапай машину.

— Нет, нет, — пугалась Карина Николаевна, — я так не умею, пусть их господь накажет.

Алеша вздыхал: ясное дело, мать дура! Но сейчас, после внезапной смерти Карины Николаевны, выяснилось: хоть она и была идиоткой, не способной постоять за себя, но сына худо-бедно содержала. У Алеши была одежда, пусть не модная, однако добротная, и он никогда не думал о таких «мелочах», как продукты, стиральный порошок, мыло... Внезапно оказалось, что за квартиру, свет, газ и телефон нужно платить деньги, и немалые, а еще в комнату залетает пыль, раковина пачкается, а суп и картошка не варятся сами собой.

Пришлось Алеше срочно искать выход из создавшегося положения. С трудом дождавшись диплома, он устроился работать в один из салонов — Грибков был парикмахером, вернее, пытался им стать. Никаких практических навыков он не имел, клиентуру только еще предстояло набрать.

В конце концов жизнь стала налаживаться и без мамы. Около салона весьма удачно располагалось кафе так называемой быстрой еды, и юный цирюльник стал жертвой фаст-фуда — завтракал, обедал и ужинал булками с котлетами, пирожками, пельменями. Результат не замедлил сказаться, за год юноша превратился в некое подобие поросенка, лишние килограммы отложились на спине, груди, боках, животе... И эта неприятность случилась с Грибковым из-за того, что у него не было денег.

Многие люди, оказавшись без средств, не станут лопать гамбургеры. В продаже есть вполне дешевые и полезные овощи, крупы, обезжиренные молочные продукты. Но Грибков упорно наедался слишком калорийной пищей и вздыхал:

— Эх, бедность проклятая, из-за нее я так плохо выгляжу.

Отчего-то Алексею казалось, что деньги мигом решат все его проблемы, получит он грузовик долларов и враз станет стройным, красивым, веселым, обаятельным, привлекательным...

Прошло несколько лет, Грибков выбился в мастера, устроился в престижный салон-студию Маркела Листового, стал еще толще и начал получать вполне приличные деньги. Но разве можно было сравнить его заработок с доходами Билла Гейтса? Да, Алеша сумел приобрести машину, но дешевую, подержанную иномарку, а не новенький «Мерседес», о котором ему грезилось по ночам. И вообще, денег снова не хватало, хотя Грибков честно пытался их заработать, ездил к клиенткам на дом и работал по две смены.

Глава 22

Три месяца назад к Леше подошел Костя Рамкин, стилист, тоже работавший в салоне.

— Слышь, Леха, — тихо сказал он, — тебе три тысячи баксов нужны?

Грибков уронил ножницы.

— Значит, нужны, — констатировал Костя.

— Кто же от таких денег откажется, — отмер Леша.

— Тогда пошли, поговорим, — предложил Рамкин и повел Грибкова в кафе.

Заказав капуччино и благородно заявив: «Угощенье за мой счет», Костя поинтересовался:

— Ты врачей боишься?

— Ну... стоматологов, — ответил Алеша, пока не поняв, о чем идет речь.

Костя улыбнулся.

— Зубы тут ни при чем. Есть некая фирма «Гема», она сейчас продвигает на рынок новые лекарства, одно от ожирения, другое от морщин. Если согласишься участвовать в рекламе, тебе заплатят три штуки.

— По квартирам ходить и листовки раздавать? — спросил Алеша.

Костя покачал головой:

— Нет. Сначала снимут ролик про тебя, какой ты толстый, а затем другую ленту сделают, где Грибков худой и стройный. От тебя понадобится чистая ерунда: сказать заготовленный текст, что-нибудь типа: все пейте эти таблетки, они здорово помогают, я весил сто килограммов, а теперь всего шестьдесят. Ну пройдешься перед камерой в плавках... Очень даже здорово получается: и похудеешь, и денег огребешь.

— Как это похудею? — опять потерял нить разговора Алеша.

— Да я же только объяснил, — рассердился Костя. — Сначала тебя снимут с твоим весом, а потом красивого и стройного.

— Мне что, эти таблетки придется пить?

— Нет.

— А как же тогда я похудею? Или компьютером изображение исправят?

— Технических ухищрений применять нельзя, — терпеливо растолковывал Костя, — в контракте есть еще один пункт: встреча с журналистами. Ролики будут по телику гонять, а потом мы писакам покажемся.

— Мы — это кто?

— Я еще.

— Ты и так Кощей Бессмертный.

— Со мной другое.

— И что?

— Видишь, рубцы на щеках?

— Ну?

— Это следы от прыщей, очень некрасиво.

— Да у половины людей такие.

— Верно, но мне их уберут, под общим наркозом операцию сделают, шлифовка называется. А я потом буду говорить, что придуманное в «Геме» средство пил. Усек?

— Ага, — закивал Алеша, — с тобой ясно, но со мной как будет?

— Липосакцию проведут, жир через трубочки отсосут, красавчиком станешь, между прочим, за бесплатно, и еще баксов отсыпят. Шикарное предложение.

— Это больно, наверное, — вздрогнул Алеша.

— Да что ты, — начал уговаривать парикмахера стилист, — общий наркоз же, во сне все проделают, очнешься суперзвездой.

— Стремно.

— Ты о баксах подумай!

Алеша в задумчивости начал ковырять пальцем столешницу.

— А как ты нашел фирму? — наконец спросил он.

Костя улыбнулся:

— Алину знаешь? Ходит к нам в салон, модель вроде как.

Алексей кивнул:

— Видел, силикон она в себя зашила, теперь с буферами четвертого размера гуляет!

Стилист допил невкусный кофе, вытащил кошелек и сказал:

— Она в «Геме» крем для увеличения груди рекламировала: дескать, мазалась, мазалась, вот сиськи и выросли!

— Чушь, — фыркнул Грибков, — ни один разумный человек такому не поверит.

— Разумный и впрямь усомнится, — подтвердил Костя, — только мазь для баб сделана, телик на всю страну вещает. Сидит какая-нибудь Таня в городке на краю цивилизации и думает, что у нее из-за отсутствия сисек непруха в жизни, а тут на экране ролик с Алиной. И что данная Таня наблюдает: было у девки еще хуже, чем у меня, а потом вон какое богатство отросло, и бегом в аптеку, за лекарством. В общем, ты пораскинь мозгами и о нашем разговоре особо не трепись, потому что контракт подразумевает нераспространение информации.

Леша промучился до утра, в конце концов жадность пересилила страх, и он согласился. Костя целиком и полностью одобрил приятеля, Рамкину предстояло первым идти на операцию, и он сказал Грибкову:

— Через неделю вернусь, давай, не дрожи.

Алеша похлопал Рамкина по плечу и помчался по магазинам. Полученный от Маши Башлыковой аванс он решил потратить на шмотки.

Где, в какой клинике и кто делал Косте операцию, Алексей не знал. Стилист обещал позвонить во вторник и сказать, как все прошло. Но в понедельник, придя на работу, Грибков был встречен воплем коллег:

— Костя умер.

У Алексея подкосились ноги.

— Почему? Он же здоров был!

— Дурак, страшный дурак, — заплакала администратор Юлечка. — Хотел лицо отшлифовать, дали ему наркоз, и все, он помер.

— Почему? — тупо повторял Алеша.

— Тромб оторвался и закупорил сосуд, — пояснила более спокойная маникюрша Катя, — случается порой такое. Лично я никогда ни на какие косметические операции не решусь, только если угроза жизни настанет, под скальпель лягу.

Алексей стоял, словно громом пораженный, он мигом принял решение более не появляться в офисе «Гемы», большое спасибо, на липосакцию он не пойдет, не желает очутиться на пятьдесят лет раньше положенного срока в могиле.

Какое-то время Грибкова не тревожили, но потом телефон начал разрываться от звонков Башлыковой. В конце концов Маша заявилась к парикмахеру домой и категорично заявила:

— Тебя ждет врач.

Алеша столь же решительно ответил:

— Никогда.

— Мы договорились!

— С Костей вы тоже подписали контракт, и где он?

— Ты получил аванс?

— Верно.

— Отдавай деньги, — обозлилась Башлыкова, — и держи рот на замке.

— Аванс никогда не возвращают, — отбил мяч Леша.

— Думаешь, обвел нас вокруг пальца? — взвизгнула Башлыкова. — У нас служба безопасности имеется, вылитые звери, и не таких, как ты, ломали!

— Я письмо составил, — не дрогнул Алеша, — если со мной чего случится, его живо в газетах опубликуют. Еще неизвестно, кто кого бояться должен! Скажите спасибо, что я бабки за молчание не требую!

Маша выругалась и ушла. Наступило затишье. Грибков решил, что в «Геме» списали потраченную сумму, но сегодня Башлыкова вновь возникла на пороге с той же беседой и, опять не добившись успеха, удалилась.

— Я думал, вы хозяйка, — завершил рассказ Грибков, — Арапова.

— Откуда ты знаешь ее фамилию? — навострил я уши.

Алексей поправил красиво уложенные волосы.

— Навел о «Геме» кое-какие справочки, узнал много интересного. Начнут они меня травить — живо дерьмо на них вылью. Эх, они и не представляют, чего я нарыл.

— Что? — быстро спросил я.

— Информация продается, — сказал вымогатель.

— Сколько?

— Десять тысяч.

Я вынул кошелек и отсчитал купюры.

— Это чего? — усмехнулся Алексей.

— Рубли.

— Кому они нужны! Десять тысяч долларов.

— Ты с ума сошел! Представляешь, какие это деньги?

— Очень даже хорошо представляю — мне на ремонт хватит, а для вашей корпорации это копейки.

Я снова вынул удостоверение.

— Агентство «Ниро» принадлежит частному лицу и работает по просьбе клиентов. Мы не бедствуем, но и не являемся монополией типа «Газпрома».

Грибов взял пачку легкого, ментолового курева, внимательно поперебирал тоненькие, белые сигареты, выудил одну, чиркнул зажигалкой и заявил:

— Не надо мне ля-ля! Агентство «Ниро»! За идиота меня держите?

— Что вы, конечно, нет.

— Вот и не следует сейчас врать!

— Я сказал чистую правду! Предпочитаю никогда не лгать!

Алексей выбросил в окно недокуренную сигарету.

— Ага, кроме тех случаев, когда переодеваетесь в бабу.

Я набрал побольше воздуха в легкие и хотел пуститься в объяснения, но тут Грибков неожиданно спросил:

— Знаете, почему я начал вам все вываливать про «Гему»?

— Ну... думаю, из-за денег, — осторожно, боясь обидеть Алешу, ответил я.

— Верно, материальный стимул главный. Я сразу,

как увидел вас, понял: это из «Моси», отреагировали на мое сообщение.

— «Моси»? Это что?

Парикмахер засмеялся.

— Да ладно вам комедию ломать. «Мось» — конкурент «Гемы», делает кучу лекарств, и от ожирения, в частности, тоже. Я звонил вам и обещал сообщить про заклятых друзей из «Гемы» много интересного. Поверьте, мухлеж с рекламой — это еще цветочки! Там такое имеется! Удивляет лишь одно, отчего Арапова до сих пор жива, ей давно следовало быть на кладбище! Кое-кто на ее семью большой зуб точит. В общем, хватит изображать из себя шпиона. Я обращался в «Мось» и предложил информацию, там подумали и решили провести разведку боем, вас прислали, в бабском обличье. Чума! Но меня трудно обмануть.

Я молчал, напоминать Алексею о том, что еще недавно он принял меня за Марину Арапову, не стоит.

— Десять тысяч баксов — и факты ваши! — спокойно договорил Грибков. — Ахнете, когда узнаете, о чем речь идет: конец «Геме» придет.

— И где гарантия, что вы не лжете?

— Несите деньги, не пожалеете.

— Давайте по частям.

— Нет!

— Извините, подобные суммы я не ношу с собой.

— Не беда, завтра привезете.

— Ладно, начинайте рассказ.

Грибов захохотал.

— Нашел дурака. Утром деньги — вечером стулья, надо черпать жизненный опыт у классиков литературы.

— Но мне нужно сегодня услышать от вас все!

Алексей глянул на часы.

— Ноу проблем, катите к начальству, доложите о моих условиях и возвращайтесь назад. Я собирался весь вечер сидеть дома. Ко мне клиентка сейчас приедет, у нее краска, стрижка с укладкой, на три часа работы, успеете смотаться.

Я поднялся и сказал:

— Хорошо, будь по-вашему, но мой начальник очень

расчетливый человек, он никогда не раскошеливается просто так. Придется намекнуть ему, о чем пойдет речь. Что вы узнали? Налоговые махинации? Погибший по их вине Рамкин? Есть еще жертвы рекламного отдела? Можете назвать их список?

Алексей посмотрел в окно, потом потряс головой.

— Хорошо. Члены семьи Араповой замешаны в тяжком преступлении. Речь идет о... Остальное после получения денег. Можете так сказать своему начальнику: информация уникальна, используя ее, вы легко отобьете у «Гемы» клиентов. Больше ни слова!

Сев в машину, я моментально связался с Норой.

— Давай домой, — немедленно приняла решение хозяйка, — этот пакостник что-то знает. Не задерживайся. Кстати, тебя разыскивает Николетта, страшно злится, буквально рвет и мечет, в особенности ее бесит, что ты отключил мобильный.

— Вы же знаете, что во время беседы с тем или иным человеком я всегда отсоединяюсь от мира, — я невесть зачем стал оправдываться, — внезапный звонок может помешать разговору, но в машине я всегда включаю телефон.

Нора захихикала.

— Расскажи столь же подробно о своих привычках Николетте, если она, конечно, сподобится тебя выслушать! Ладно, поторопись. Где сейчас находишься?

Я сообщил адрес.

— Не так уж и далеко, — констатировала Нора. — Если поедешь по улице Крапивина, то окажешься...

— Простите, конечно, — невежливо перебил я хозяйку, — но эта магистраль односторонняя. Лучше я поверну на Макарова.

— Чушь, так дольше, — немедленно заспорила Элеонора, — кати по Крапивина.

— Не могу!

— Ваня! Мне решительно надоело слышать от тебя по любому поводу: «Не могу». Выполняй приказ, выезжай на Крапивина! — проорала Нора и отсоединилась.

Я аккуратно поставил телефон в специально купленный на днях пластиковый стакан. Элеонора, конечно, уникальная женщина, но у нее, как у всякой дамы, случаются припадки немотивированной вредности и вздорности. Улица Крапивина односторонняя, я не могу колесить против движения: во-первых, это запрещено правилами, во-вторых, очень опасно, нельзя же рисковать своей жизнью из-за чужого каприза. Ладно, хозяйка меня не видит, поэтому я спокойно выберу тот путь, который считаю нужным.

Руки повернули руль, машина послушно поехала налево, оказалась на длинной, просторной магистрали и беспрепятственно полетела к центру.

Мобильный завибрировал в стакане, я взял аппарат.

— Великолепно знаю, что ты, несмотря на мои указания, скачешь по Макарова! — рявкнула Нора.

Я невольно оглянулся по сторонам: да уж, будь всегда начеку, «Большой брат» следит за тобой.

— Незачем молчать, — злилась хозяйка, — кто разрешил тебе игнорировать мои приказы? Сейчас попадешь в пробку!

— Тут свободно.

— Нет, полно машин.

— Только несколько штук.

— Ваня, быстрей! Время не ждет! Следовало ехать по Крапивина.

— Там одностороннее движение, — механически повторил я.

— Задом бы пятился и добрался, — привела последний аргумент хозяйка и отсоединилась.

Я только покачал головой. Двигаться задним ходом по проспекту! Любые комментарии по сему поводу излишни. Но, наверное, нужно поторопиться. Если явлюсь пред светлые очи Элеоноры позже чем через полчаса, хозяйка долгие годы будет напоминать мне при каждом удобном случае:

— Опять приедешь поздно, как в тот день, когда решил своевольничать.

Внезапно на дороге возник размахивающий полосатым жезлом гаишник, я покорно притормозил и опустил боковое стекло. Вот так всегда, когда спешишь — непременно попадешь в неприятность.

— Нарушаем, — укоризненно заявил парень в форме, — ваши права.

Я протянул ему документы и поинтересовался:

— А что я сделал?

— На красный свет проехали, там светофор.

— Извините, погрузился в свои мысли и не увидел сигнала.

— Нечего на дороге думать, — протянул представитель правоохранительных органов, — так и без головы недолго остаться. Давайте права.

— Они у вас в руках.

— Женщина, — нахмурился милиционер, — сегодня не первое апреля, документики-то на мужчину!

И тут только до меня дошло, что я сижу за рулем в обличье милой, слегка крупноватой блондинки.

— Это я.

— Кто? — совсем посерьезнел парень.

— Иван Павлович Подушкин.

— Выйдите из машины.

— Зачем?

— Сказано, вываливайся.

Понимая, что гаишник сейчас начнет применять ко мне репрессивные меры, я одной рукой стащил парик, а второй протянул стражу дороги удостоверение сотрудника агентства «Ниро».

— Ты, что ли, из своих? — сбавил тон молодец.

Я уже не раз замечал, что абсолютное большинство людей, бросив взгляд на бордовую книжечку, мигом причисляет меня к сотрудникам МВД, редкая личность обращает внимание на небольшие буковки, сообщающие, что господин Подушкин — сотрудник частного сыскного агентства. Гаишник тоже оказался не из числа наблюдательных. Как правило, я быстро указываю людям на ошибку, но сейчас просто кивнул.

Сержант козырнул.

— Извините, — сказал он, — номера у вас не наши.

Я сделал загадочное лицо.

— Ну, сами понимаете...

— До свиданья.

— Счастливо, — улыбнулся я, нахлобучил парик, повернул ключ в зажигании и услышал: цик-цик-цик.

«Жигули», только что исправно тащившие хозяина, решили умереть.

Я вышел на дорогу, пнул ногой колесо и повернулся к милиционеру.

— Вы в моторах понимаете?

— Не-а, — по-детски ответил тот и добавил: — Я только третий день один стою, меня на работу недавно взяли. Вы торопитесь, да?

— Очень, — нервно ответил я.

— Мне тут еще долго париться, — сказал гаишник, — оставляйте тачку, идите на метро — вон вход, в двух шагах отсюда. Быстрее доберетесь под землей, центр весь перекрыт.

— Почему? — удивился я.

— Демонстрация там, пенсионеры бузят, — охотно пояснил юноша, — недовольны чем-то. Так что лучше вам на метро. Вызовете ремонтную службу, они машину заберут, я за ней присмотрю.

И что было делать? Поблагодарив гаишника, я поспешил к метро, чувствуя, как прохладный ветер забирается под широкую юбку.

Глава 23

Несмотря на вечер, в подъехавшем к платформе поезде было такое количество народа, что я решил подождать другую электричку. Но и во втором, и в третьем, и в четвертом составе люди набились битком. Поэтому пришлось втискиваться в переполненный вагон. Уцепившись рукой за поручень, я попытался вздремнуть, но внезапно ощутил тычок. Открыв глаза, я посмотрел по сторонам — меня пихнули слева. Там стояли растрепанная, толстая тетка с громадной сумкой и милый, чистенький дедушка, приятно пахнущий хорошим одеколоном. Поняв, что баба задела меня своей торбой, я снова смежил веки, нет никакого смысла гневно восклицать: «Немедленно прекратите толкаться, уберите подальше сумку».

Куда тетке деть багаж? Вокруг людей как огурцов в бочке, баба же не нарочно пнула меня — вагон качается, вот она и не сумела сохранить равновесие.

Не успел я погрузиться в легкую дремоту, как вновь ощутил толчок. Сообразив, что тетка теперь будет бить меня постоянно, я решил отойти в сторону.

Повторяя бесконечно: «Извините, пожалуйста», — я переместился в середину вагона, уцепился за никелированную железку, закрыл глаза и... почувствовал чужую руку на своей, как бы помягче выразиться, филейной части. На этот раз меня довольно крепко ущипнули. Мое изумление достигло предела; ладно, пинок сумкой был случаен, но щипок! И потом, неужели толстая баба последовала за мной?

Я изучил новых соседей, теперь возле меня покачивалась старушка в необъятной шерстяной кофте, женщина в красном платке и... дедушка, тот же, что и раньше, чистенький, благоухающий парфюмом. Не понимая, что происходит, я уставился на божьего одувана, тот вдруг скабрезно ухмыльнулся, и в то же мгновение я почувствовал новый щипок. От изумления я потерял дар речи. Вот оно что! Благообразный седовласый дед на самом деле отвратительный сластолюбец, нагло пристающий к девушкам. Естественно, я слышал о подобных забавах, но сам никогда ими не занимался, нормальному мужчине нет необходимости удовлетворять свои желания подобным образом.

Дедок засопел, придвинулся ко мне вплотную и начал краснеть. Я наклонился и шепнул в его волосатое ухо:

— Прекратите сейчас же!

Старикашка закатил глаза, но не отодвинулся.

— Отойдите в сторону, — продолжал я.

Дед растянул в улыбке тонкогубый рот и тоже очень тихо сказал:

— Мне нравятся такие девочки, лошадистые. Кисонька, стой тихо, я куплю тебе конфет!

— Пошел вон, старый идиот! — заорал я так, что весь вагон повернулся в нашу сторону.

— Вот молодежь пошла, — запричитала старушка, —

места никогда не уступят! Да еще на пожилых людей орут, как подорванные на мине!

— Сами развалились, а пенсионеры стоят! — подхватила женщина в красном платке.

— Да я в их возрасте! — запричитала старушка.

Сидящая передо мной девушка, симпатичная брюнетка, положила на колени книгу и стала с сочувствием наблюдать за скандалом.

Старичок сморщился и схватился за сердце.

— Ветерана обидели, — взвыла бабуля, — вот эта колокольня гадость какую-то пожилому человеку сделала, смотрите, его прямо убило!

Дедушка затрясся, закивал головой, вид у него стал самый разнесчастно-обиженный.

— Господа, — попытался оправдаться я, — этот тип сексуальный маньяк, приставал ко мне, щипал за... в общем, неважно за что! Только поэтому...

— Вот негодяйка, — перебила меня женщина в коричневой юбке, — да разве старый человек на такое способен?!

Брюнетка встала и оказалась почти одного роста со мной.

— Выходишь? — дружелюбно сказала она. — Если не твоя станция, то все равно рекомендую убраться отсюда. Пошли.

Поезд вылетел на ярко освещенную станцию, и тут сластолюбивый дедок взвыл во весь голос:

— ...!

Потом он, продолжая громко ругаться, почему-то поднял левую ногу. Не понимая, что случилось с противным старикашкой, я притормозил, но брюнетка сильной рукой ухватила меня за плечо и выволокла на перрон.

— Дура ты, — с чувством сказала она, — в первый раз, что ли, тебя за задницу схватили?

— Да, — честно ответил я.

— Тебе повезло, — усмехнулась девушка, — меня так с тринадцати лет тискать пытаются, козлы. Ладно, даю тебе урок отбивальных наук. Слушай внимательно. Как правило, к нам пристают не молодые, симпатичные перцы — у таких девок полно, им бы со своими разобраться, на посторонних ни сил, ни времени нет. Приклеиваются дядечки-старички, за сорок им стукнуло, жена обрыдла, давно на нее не стоит, вот они и ищут развлечений в метро. Орать и звать на помощь бесполезно, никто даже ухом не поведет, или на их сторону станут. Ну вот как сейчас с дедком — по виду чистое несчастье, а лапы скользкие, слюни по губам текут. Выход один — бить их!

— Драться?

Моя новая знакомая скорчила гримаску.

— Исподтишка. Лучше всего каблуком.

— Это как? — невольно заинтересовался я.

Брюнетка опустила взор.

— Ну, с твоими чапками шансов нет, смотри, что носить надо.

С этими словами она вытянула хорошенькую ножку, обутую в элегантную лодочку на длинной, угрожающе острой шпильке.

— Ежели хамло руками шевелит, — продолжала она, — не визжи, не возмущайся, просто встань ему на ногу, а потом посильней воткни в лапу мерзавца каблук. Видела, как дед завертелся? Безупречно срабатывает, безотказный метод. Есть, впрочем, еще один способ — булавка. Всегда имей ее при себе, изловчись и кольни сволочугу. Если повезет, попадешь ему в то место, которое он о тебя чешет. Поняла?

— Ага, — кивнул я, ошарашенный информацией.

— А еще лучше, — добавила брюнетка, — если сумеешь, купи машину. Хоть в пробке, да одна! Метро — это война! За вход, за место, за спокойную поездку. Ну, чао тебе, и помни, жизнь жестока: либо мы их, либо они нас!

Завершив урок, девушка, гордо вскинув голову, зацокала каблуками в сторону эскалатора. Я подождал, пока она скроется из виду, и пошел следом, совершенно ошеломленный беседой. Может, Нора права, когда сердито восклицает:

— Ваня, ты напоминаешь хрустальную вазу, укутанную в вату, оглянись вокруг, ты не знаешь жизни.

Оказывается, молодым женщинам в вагонах небезопасно, и благообразный дедок вполне способен оказаться мерзавцем. Нет, я не настолько наивен, чтобы считать всех пожилых людей ангелами, и была в моей жизни одна история, о которой совершенно не хочется вспоминать[1], но тем не менее я полагаю, что большинство пенсионеров все же заслуживает уважения, и всякий раз изумляюсь, столкнувшись с негодяем, убеленным сединами.

Нора встретила меня на пороге, держа в руках пачку зеленых купюр, перехваченную розовой резинкой.

— Вот, езжай назад! — нервно воскликнула она.

— Разрешите хоть умыться! — взмолился я. — Больше не способен находиться в дамском обличье. Кроме того, у меня опять сломалась машина, а путешествие в метро сплошной стресс, моральный Чернобыль.

— Ты, Ваня, нежный бутон, — вздохнула Элеонора, — ладно, перевоплощайся в мужчину.

Я пошел в ванную. Нора не спускается в подземку и даже не предполагает, какие неприятности поджидают приличную девушку в метро. Хотя она не всегда была богата. Интересно, хозяйка обувала шпильки или носила с собой булавку? Впрочем, хорошо зная Элеонору, я думаю, что она имела в сумочке гранатомет. Нора предпочтет уничтожить обидчика с шумом и грохотом, подковерная борьба — забава не для нее.

В очередной раз порадовавшись тому, что родился на свет мужчиной, я спустился во двор, держа в руках ключи от автомобиля хозяйки. Когда шофер Шурик болеет или находится в отпуске, в мои обязанности входит возить Нору, но сам пользоваться шикарным «мерином» я не люблю, поэтому сейчас как мог пытался отказаться от чести раскатывать на дорогой иномарке. Но спорить с Норой — все равно что заставлять носорога выучить поэму Пушкина. Хоть на мыло изойди, а ни одной строфы

---

[1] Сюжет, о котором сейчас думает Иван Павлович, описан в книге Д. Донцовой «Букет прекрасных дам», вышедшей в издательстве «Эксмо».

не услышишь. Элеонора патологически упряма, поэтому пришлось идти в подземный гараж.

Возле дома Алексея я оказался совсем поздно, Москва стояла в пробках. Припарковать машину во дворе не удалось, весь тротуар был заставлен автомобилями, а посреди дороги громоздился микроавтобус с надписью «Скорая помощь». Кому-то из жильцов блочной башни стало плохо.

Поколебавшись мгновение, я оставил машину со стороны фасада, на проспекте, и снова вернулся во двор, хотел распахнуть дверь подъезда, но тут она открылась сама. Двое мужчин в спортивных костюмах, явно не медики, а соседи, призванные по помощь, несли носилки; рядом, держа в высоко поднятой руке пластиковый пакет с жидкостью, торопилась молоденькая медсестра. Я невольно бросил взгляд на того, кто лежал на носилках, и чуть не сел на ступеньки, увидя иссиня-бледное лицо Грибкова.

— Алексей! — невольно вырвалось у меня.

Пожилая полная докторша, шедшая за носилками, равнодушно поинтересовалась:

— Знаете больного?

— Да, это Алексей Грибков, парикмахер. Что с ним?

— Какой-то дрянью отравился, — меланхолично ответила врач, наблюдая, как мужчины, кряхтя, вталкивают носилки в чрево «Скорой», — сейчас много гадости продают, съел — и уехал за границу.

— Куда? — растерянно спросил я.

— За грань добра и зла, — философски ответила эскулапша. — Вы его родственник?

— Нет, — быстро сказал я, — но могу сопроводить Лешу в больницу.

— Не положено.

— Пожалуйста, разрешите.

— Не имею права, — не сдалась врач и полезла на переднее сиденье.

— Прошу вас, — заныл я, — дайте хоть словечко сказать.

— Не до разговоров.

— Я принес Леше деньги, вот, смотрите!

Докторша уставилась на пачку, я понял, что она впечатлилась зрелищем, и быстро добавил:

— Дайте я порадую его, скажу, что, когда он выздоровеет, получит долг назад.

— Полминуты имеете, — сообщила докторша.

Я ринулся к носилкам.

— Леша, очнись!

На лице парня не отразилось ничего.

— Я деньги привез.

Никакой реакции.

— Открой глаза!

— Не старайтесь, — протянула медсестра, — он не слышит вас, лучше побыстрей до клиники добраться. Доллары, конечно, хорошо, но на них новую жизнь не купить.

— Отойдите в сторону, — обернулась доктор.

— Куда его везут? — цеплялся я за микроавтобус.

— В Склиф, — отозвалась медсестра, — если довезем, конечно.

На этой бодрой фразе «рафик» стартовал и исчез за поворотом, я остался на дороге, сжимая в руках пачку зеленых купюр.

— А вы ему кто? — прозвучало за спиной.

Я обернулся и увидел женщину, одетую в кокетливый розовый халат с бесчисленными оборочками. Похоже, даме хорошо за сорок, но она пытается сойти за тридцатилетнюю, и обручального кольца нет, хотя в нынешнее время отсутствие брачного символа ни о чем не говорит.

— Ну-у-у, — протянул я, не сразу сообразив, как лучше представиться.

— Клиент? — сама предположила дама.

— Да, — обрадовался я, — мы договорились о встрече, я явился вовремя, и такой пердимонокль. Не знал, что Алексей пьющий, наверное, он нахлебался суррогата, выпил фальшивую водку. Увы, от этого страдают многие люди.

Незнакомка окинула меня взглядом, потом, слегка распахнув халатик, кокетливо сказала:

— Никогда не видела Лешу подшофе.

— Многие пьют втихую, дома, на улицу показываются исключительно в трезвом виде, — подхватил я никчемный разговор.

— Лешик не употреблял спиртное.

— Вы уверены?

Дамочка томно закатила глазки.

— Давайте познакомимся, я — Люлю, а вас как зовут?

Сообразив, что на пути попалась некая разновидность Николетты, только более простая и менее обеспеченная, я привычно улыбнулся и ответил:

— Иван Павлович Подушкин.

— Наверное, испугались, увидев Лешу на носилках?

— Не могу сказать, что обрадовался!

— Ага, и я столько пережила! Давайте, чтобы успокоиться, попьем чаю! Поднимайтесь ко мне.

— Право, неудобно вас стеснять.

— Какое стеснение!

— Ваш муж будет недоволен.

— Я живу одна, свободная женщина, поехали, поехали, — стала подталкивать меня к лифту Люлю, — заварю замечательный напиток, один из моих бывших мужей привез из Китая. Знаете, мужчины передо мной штабелями падают и, когда я их вон гоню, совсем не уходят. Меня Кара все спрашивала: «Люлечка, у тебя там нет лишнего завалященького мужчинки? Так тяжело одной!» Кара — это мама Леши, мы на одной площадке живем, дружили с ней, пока... ой, беда! Леша-то не в родительницу пошел! Та тихо сидела, мышкой, а Лешик! Сколько девок! Он в них просто путался! Я ему сколько раз говорила: «Остепенись». А он в ответ: «Знаешь, Люлю...» Лешик меня на «ты» звал, мы ведь с ним почти ровесники...

Я привычно проглотил усмешку. Право, Люлю и Николетту роднит еще и полнейшее отсутствие логики. Потерявшая свежесть прелестница секунду назад сообщила о близкой дружбе с Кариной Николаевной, а теперь говорит, что она одного возраста с ее сыном.

— ...ответил, — как ни в чем не бывало тарахтела Люлю: — «Пока богатую не найду — не успокоюсь!» И представьте себе! Он ее откопал!

— Кого? — встрепенулся я. — Кто?

Люлю впихнула меня в лифт, снова слегка распахнула халатик и, сладко улыбнувшись, затараторила:

— Леша! Обеспеченную девушку! Он ведь раньше частенько ко мне прибегал и просил: «Люлю, подкинь бабок до получки», а потом перестал...

Голос Люлю, вкрадчивый и томный, подействовал на меня, словно звук дудочки на крысу; завороженный болтовней кокетки, я шел за ней, словно зомби, и в конце концов очутился в большой, шикарно обставленной кухне.

Люлю захлопотала по хозяйству, рот ее ни на минуту не закрывался, впрочем, ловкие руки действовали с той же быстротой, а полы халатика иногда распахивались, обнажая вполне стройную ногу. Очевидно, Люлю усиленно занимается фитнесом.

Ставя на стол чашки, коробки с конфетами, блюдо с печеньем, хозяйка продолжала болтать, и очень скоро я узнал много совершенно ненужной мне информации, в основном посвященной жизни несчастной Карины Николаевны.

— Уж как она сына избаловала! — заламывала руки Люлю. — А он! Только денег хотел! Знаете, почему он в парикмахеры пошел? Решил, что там чаевые лопатой гребут! Уж кто ему подобное понарассказывал — не знаю, только Леша впоследствии сильно разочаровался. Конечно, деньги ему давали, но совсем не такие огромные. Он даже одно время хотел профессию менять, надумал киноактером стать! Вот кто хорошо имеет, так это кривляки. С другой стороны, за что? А? За что? Скорчить рожу перед камерой любой может. Леша даже на киностудию пошел. Куда там! Не взяли, конечно, они только своих берут! Знаете, почему Леша остался в салоне?

— Нет, — ответил я и украдкой глянул на часы.

Наверное, парня уже довезли до больницы, надо позвонить Норе и спросить, что делать дальше.

— ...и фамилия у нее была подходящая, — ворвался в ухо голос Люлю, — Лихова.

Глава 24

Я вздрогнул. По привычке, приобретенной за долгие годы общения с Николеттой, я временно отключил слух и пропустил часть рассказа. Но откуда я знаю фамилию «Лихова»?..

— Спору нет, девушка красивая, — тарахтела Люлю, отхлебывая приготовленный напиток самого гадкого вида, цвета и запаха.

Я терпеть не могу чай с ароматическими добавками, на мой взгляд, заварка должна быть крепкой, свежей и горячей. Не люблю компот, щедро сдобренный консервантами и красителями. Сейчас же Люлю предложила мне нечто фиолетово-красное, пахнущее карамелью и ванилью.

— Эта Анжела та еще пройда, — подпрыгивала на стуле хозяйка, — просто ведьма!

Анжела Лихова! Я вскочил на ноги и чуть не опрокинул колченогий столик, потом, забыв обо всех предосторожностях, закричал:

— Что связывало Грибкова с Лиховой? Она же последнее время жила с Константином Араповым!

Люлю с огромным удивлением посмотрела на меня.

— Но я только что рассказала все-все, в подробностях.

Я снова сел на неудобный стул, ну не признаваться же молодящейся дамочке в том, что предпочитаю не слушать женскую болтовню.

— Сделайте одолжение, повторите рассказ, — заискивающе попросил я.

Люлю не усмотрела ничего странного в поведении гостя и повторно изложила историю, но на этот раз я был предельно внимателен.

Алеша Грибков не собирался зарабатывать много денег, он мечтал их получать просто так. Парень считал себя неудачником с рождения. Другим повезло больше, они появились на свет в обеспеченных семьях, умные родители накопили средств и теперь баловали отпрысков, а у Леши была лишь нищая мама.

Многие люди начинали путь к богатству из нищеты.

Желание иметь деньги побуждало отлично учиться, делать карьеру, создавать собственный бизнес. Но Алеша не хотел крутиться, он страстно завидовал тем своим знакомым, которые могли подойти к отцу и попросить необходимую сумму.

В парикмахеры Грибков пошел из простых соображений: в салонах можно получить хорошие чаевые, ведь туда ходят обеспеченные женщины и дочери богатых людей.

Расчет оказался верен, в кресло к Алексею частенько садились красавицы, имеющие золотые кредитки, только они не обращали на него никакого внимания. Клиентки были милы, вели с мастером беседы, улыбались ему, но это все. Барышень, как правило, сопровождала охрана, и Алеша не мог сказать никому из них:

— Пойдем попьем кофе! — Или: — Давай провожу тебя до дома.

Девчонки ныряли в машины, водитель заводил мотор, и иномарки уносили их в шикарные дома, в иную жизнь, куда Алеше вход был заказан. Через год он понял свою ошибку: такие красотки никогда не обратят внимания на парикмахера, для них он разновидность прислуги, чуть выше шофера, но ниже личной горничной. Цирюльнику следует устремить свой взор на другую категорию клиенток, тоже вполне обеспеченных, но лично управлявшихся с автомобилем или даже приезжавших на метро.

Вот так в его жизни появилась Анжела Лихова, эффектная девушка без особых комплексов. Анжела, по мнению Алеши, великолепно устроилась в жизни. Ее родители разошлись, затем вступили в новые браки, и у отца, и у матери появились другие дети, значительно моложе старшей дочери, Анжела оказалась не нужной ни в одной, ни в другой семье. Родители чувствовали вину перед первой дочерью и изо всех сил старались загладить ее. Отец купил Лиховой квартиру, мать машину, оба давали ей денег, Анжела жила, ни в чем не нуждаясь, она училась на дизайнера, посещала лекции через пень-колоду, вставала после полудня, ложилась около трех утра, обожала танцевать и знала все московские клубы.

Столкнувшись с Лиховой, Люлю была шокирована.

Как-то раз, ночью, ее кошка принялась яростно мяукать у входной двери, Люлю глянула в глазок и онемела. Около квартиры Грибкова стояла голая девушка, ее одежда небрежной кучей валялась на полу, обнаженную красотку обнимал Алеша, наряженный в костюм и рубашку с галстуком. Надеюсь, вы догадались, чем занималась парочка!

Люлю замерла, не надо считать ее монашкой или ханжой, в ее жизни случались и до сих пор иногда бывают пикантные ситуации, но никогда она не позволяла себе ничего подобного на лестнице!

Глядя во все глаза на парочку, Люлю изумлялась: ну почему они не вошли в квартиру, где можно предаваться утехам безо всяких свидетелей?

И тут Анжела оторвалась от кавалера, посмотрела на дверь Люлю, усмехнулась, потом, совершенно не смущаясь, приблизилась к створке и... плюнула на глазок.

Люлю отшатнулась, наткнулась на пуфик и упала. Очевидно, произведенный ею грохот достиг ушей девицы, потому что Лихова захохотала и крикнула:

— Бесплатно не работаем! За представление дорого берем.

На следующий день Люлю, как назло, столкнулась с парочкой у лифта, бедняга была готова провалиться сквозь землю, но любовники вполне мирно, хором сказали:

— Добрый день.

— Здрасти, — прошептала Люлю и побежала вниз по лестнице, ждать лифта она не стала.

В общем, от Анжелы были одни неприятности. У Леши начали собираться веселые компании, музыка гремела за полночь, на лестничной клетке валялись окурки и пустые бутылки. В конце концов Люлю не выдержала и сказала Грибкову:

— Уберите за собой безобразие.

Тот было закивал, но в разговор мигом влезла Лихова.

— Вам надо — вы и мойте, — отбрила она соседку, — и ваще, тут уборщица имеется.

— Она сказала, что за такую зарплату не станет порядок наводить, — мирно ответила Люлю, — и потом, это же вы безобразничаете.

Анжела вытащила из сумочки красивый кошелек,

достала из него сто рублей, сунула купюру в одну из пустых банок, валявшихся на полу, и прочирикала:

— Скажите этой дуре, что в одной из упаковок ее ждет сюрприз. Когда уберет, тогда его и найдет. Да, и не вздумайте сами денежки стырить!

Люлю онемела. Анжела скрылась в квартире Грибкова, он взглянул на соседку.

— Извини, пожалуйста, мы, естественно, все вынесем. Анжелка иногда перегибает палку, но она это не со зла, устала просто!

— Чем же твоя красавица занимается? — полюбопытствовала Люлю. — Где работает или учится? В библиотеке учебники до изнеможения читает? Или за прилавком стоит?

Грибков сгонял домой, принес пластиковый мешок, веник и, сгребая мусор, рассказал Люлю о своей любовнице.

Соседка выслушала его и сказала:

— Думаю, ее родителям скоро надоест великовозрастную лентяйку кормить. Зря надеешься, что они станут всю жизнь тащить в зубах такое сокровище. Узнают, что доченька замуж собралась, и перекроют кран, тот же папочка скажет: «Все, зятек, теперь твоя забота женушкины капризы выполнять!»

Леша опустил веник.

— А кто о свадьбе говорит? Если честно, Анжелка мне надоедать стала, непредсказуемая совсем, такое иногда вытворяет!

— Почему же ты живешь с ней?

Алексей ухмыльнулся:

— Ну, пока хорошего больше, чем плохого, а там поглядим.

Спустя месяц после того разговора Люлю увидела Лешу во дворе с другой девушкой, тоже симпатичной блондинкой.

— Здравствуйте, — кивнула Люлю.

Грибков неожиданно занервничал, стал оглядываться, потом суетливо попытался прикрыть собой новую пассию. Люлю поняла, что сосед не собирается знакомить ее с девицей, и ушла. Не прошло и получаса после встречи, как Алеша позвонил в дверь к Люлю.

— Послушай, — заулыбался он, — давно хотел предложить, давай я тебе голову «сделаю». Бесплатно, конечно.

— Спасибо, милый, — улыбнулась дама, — не откажусь.

— Только ты, сделай одолжение, не рассказывай Анжелке.

— О чем? — прикинулась дурочкой Люлю. — Или ты что-то нехорошее сделал?

— Не говори ей о Нюсе, — пояснил Леша.

— Это кто такая? — продолжала ломаться Люлю. — Я незнакома с ней.

— Ты нас только что во дворе видела.

— А-а-а! Понятненько! Милая девочка, симпатичней Лиховой, хамства в лице нет, — констатировала Люлю. — Впрочем, хуже твоей Анжелы найти трудно.

Леша потер подбородок.

— Зря ты на Анжелку гонишь, она умная баба, только со съехавшей крышей. Вбила себе в голову, что мы непременно должны пожениться! Прямо беда! А у меня другие планы, вот Нюся!

— У нее небось отец богатый, — не упустила шанса ущипнуть парня Люлю, — одета хорошо, брюлики в ушах.

— У Нюси только мать, — сказал Леша.

— Тогда лучше с Анжелой оставайся, — посоветовала соседка, — та из двух морей ведром деньги черпает.

Грибков усмехнулся, потом, понизив голос, прошептал:

— Ну ее, Анжелку, с ней одни проблемы! Она с родичами поругалась, достала их по полной программе. И отец, и мать ее вон турнули, не хотят больше нахлебницу содержать, велели дочурке на работу устраиваться. Папахен заявил:

«Со службой тебе помогу, но денег больше просто так не дам».

А мамахен вообще заорала:

«Видеть тебя не желаю, выросла здоровенная оглобля, я в твое время диплом имела и родителей-пенсионеров содержала».

Вот теперь Лихова на мою шею и взгромоздилась и решила в загс меня вести, одним словом, чума! Как от нее отделаться, ума не приложу!

— Очень просто, — пожала плечами Люлю, — она тебе никто. Прямо ей скажи: «Прощай, дорогая, катись на легком катере к такой-то матери».

Алексей скривился:

— Нет, с ней так нельзя! Скандальная очень, всю квартиру мне разнесет, на работе бучу устроит.

— Ну и как ты поступишь? — заинтересовалась Люлю. — Неужели женишься?

Грибков замахал руками.

— Ни за какие пряники, погожу пока, может, сама уйдет. Поймет, что с меня шерсти не настричь, и к другому переметнется. Ты только, не дай бог, при ней о Нюсе не ляпни, Анжелка мне всю малину испортит, девчонке глаза повыцарапает. А Нюся особое дело! Ее мамка очень богатая, детьми не заморачивается, вся в бизнесе, бросила дочку, той скучно, а тут я! Нюсю спугнуть никак нельзя, она мне по всем статьям подходит: характер тихий, слова лишнего не промолвит, молчит по большей части, не хулиганит, не пьет, и у нее никого до меня не было, я первый! Вот это вариант!

Люлю выслушала Алексея и не выдержала:

— Думаю, мама такой девочки будет очень придирчива к жениху, изучит его под микроскопом!

Леша дернул шеей и решительно спросил:

— Чем же я плох?

— Ты голодранец! — заявила Люлю.

— Это временно, вот дадут мне денег на свой салон, и стану я хозяином дела, уважаемым, богатым человеком.

— Кто даст-то? — ухмыльнулась Люлю.

И тут Грибков с ликованием сообщил:

— Есть одна тетушка, денег у нее куры не клюют, совершенно железная бизнесвумен, ничто ее из седла не выбило, даже смерть мужа, только злее в работе стала. Но у всякой бабы есть больное место, у этой милашки — сыночек любимый. В общем, получу я скоро денежки, и не на блюдечке с голубой каемочкой, туда мало влезет, а в огромном тазу, — еще просить станет, чтобы я их взял.

— Размечтался, — попыталась спустить парня с небес на землю Люлю, — как же ты столько заработаешь?

— Элементарно, — вскинулся Алеша, — она ради сына на все готова! Ладно, так, ерунда, не слушай меня. И ведь что удивительно! Бизнесвумен мальчонке и в рот, и в жопу золото совала, на каждую его просьбу в ответ кричала: «Что еще пожелаешь, дорогой?» А результат?

— Ты о чем? — потеряла нить разговора Люлю.

— Да так, глупости несу, — отмахнулся Леша, — языком болтаю от скуки. Я бы такую маму на руках носил, а Костя своего счастья не прочуял! Ну ничего, все ему объясним.

Люлю только хлопала глазами, ей вдруг показалось, что корыстолюбивый, но не противный сосед замыслил какую-то гадость, поэтому она воскликнула:

— Лешик, ты осторожней, смотри, не вляпайся в историю. Уж не знаю, что у тебя на уме, только обеспеченный человек сухим из дерьма вылезет, а ты утонешь!

— Да не задумал я ничего плохого, — быстро возразил Алексей, — хочу на Нюсе жениться, ей-богу, обижать девчонку не стану, она по мне сохнет, грех не воспользоваться. Только ты, Люлю, если с Анжелкой столкнешься, ни словом ей не намекни. Лады? Не порть мне жизнь! Я пока с Лиховой завязать не могу, но и Нюсю упустить страшно, буду лавировать.

— Никогда я, Лешенька, тебе плохого не желала, — кивнула соседка, — сам разбирайся в девках, не мое дело тебя с ними ссорить.

Грибков повеселел и убежал к себе, а Люлю с тех пор, услыхав, что лифт приехал на этаж, кидалась к глазку. Ее грызло элементарное любопытство. Но ничего нового она не увидела. Иногда сосед приходил с Анжелой, иногда с Нюсей, никаких скандалов более не наблюдалось. Лихова отчего-то притихла. На лестничной клетке она теперь догола не раздевалась, мусор около лифта ее приятели не раскидывали, да и пропали они, друзья. То ли Анжела теперь ощущала неуверенность в себе, то ли и впрямь решила захомутать Лешу, но вела она себя безупречно. А уж от Нюси и подавно не было шума, эта девушка, тоненькая, хрупкая, проскальзывала в квартиру

Грибкова тихой мышкой и столь же осторожно покидала ее.

Потом ситуация в корне изменилась: Лихова перестала появляться вообще, но и Нюся исчезла. Любопытство Люлю достигло апогея, и она, не выдержав, один раз открыла дверь и, сделав вид, что выносит мусор, спросила:

— Чего один тоскуешь? Где же твои любови?

— Анжелка меня бросила, — радостно сообщил Леша, — нашла себе богатого.

— Вот и хорошо! — воскликнула Люлю. — Теперь тебе никто не помешает с той девочкой встречаться, как ее зовут, прости, забыла!

— Нюся.

— Точно!

— А она от меня тоже ушла! — не менее радостно объяснил Алеша. — Поиграла в любовь и бросила! Ей мать сказала: «Если без моего разрешения в загс пойдешь, сматывай удочки из дома, уезжай к мужу, ничего не получишь. А вот если меня послушаешь, то богатой останешься». Нюся подумала и выбрала второе.

— Надо же, какая рассудительная, — пробормотала Люлю, — ты, Лешик, не расстраивайся, какие твои годы, еще получишь и счастье, и деньги.

— Переживу как-нибудь, — весело ответил Леша, — на мой век телок хватит.

Рассказав мне эту историю, Люлю кокетливо поправила искусно выкрашенные волосы и резюмировала:

— Теперь любовь не та, что раньше, верно?

— Да, — на всякий случай кивнул я.

— Мы были другие, верные.

— Да.

— Романтичные.

— Точно.

— Нежные.

— Да.

Люлю встала, взяла мою чашку, выплеснула содержимое в раковину и, пробормотав: «Остыл совсем чай, лучше горяченького подолью», — подхватила чайник и слишком низко наклонилась над столом.

Халатик распахнулся, перед моим взором предстали увядающие перси, упакованные в кружевной бюстгальтер. Чай тоненькой струйкой лился в чашку, Люлю дала гостю возможность полюбоваться своей грудью всласть, потом картинно спохватилась:

— Ой, ну надо же, вот неудобный пеньюар какой, постоянно распахивается. Что же вы, Иван Павлович, не отвернулись?

Я постарался наклеить на лицо подходящую случаю улыбку, но получилось не слишком удачно. Люлю поставила чайник на подставку, села на стул, закинула ногу на ногу, полы халатика опять распахнулись...

Мне мгновенно вспомнился фильм с актрисой Шарон Стоун в главной роли. Чтобы спокойно добраться до двери, я решил сделать вид, что не замечаю эротических намеков, и, осторожно поднимаясь со стула, как ни в чем не бывало продолжал разговор:

— Значит, ни Анжелу, ни Нюсю вы больше не встречали?

Никакого смысла в моем вопросе не было, просто я надеялся за то время, что Люлю станет молоть языком, мирно добраться до выхода и ускользнуть от излишне игривой дамочки.

— Нюсю нет, — мгновенно затараторила, оправдывая мои ожидания, хозяйка, — да и другие девки пока сюда не шляются, видно...

Под стрекот дамочки я бочком-бочком трусил по коридору, жаждущая мужского внимания прелестница следовала за мной по пятам. Очевидно, Люлю принадлежала к весьма распространенной категории женщин, которые во время произнесения монолога не способны адекватно оценивать окружающую действительность.

Понимая, что почти обрел свободу, я уже схватился за ручку, и тут Люлю произнесла:

— А вот Анжела только что ушла!

Меня отшатнуло от двери.

— Вы ничего не путаете?

— На зрение пока не жалуюсь, — хихикнула Люлю.

— Можете назвать время? Когда Лихова покинула квартиру?

Люлю призадумалась.

— Сейчас попытаюсь. Значит, так! Сначала к Леше тетка пришла, высокая такая, рост почти как у тебя! Ой, простите, я «тыкнула» случайно.

— Ерунда, какие счеты между друзьями?! А что было дальше?

— Значит, мы теперь на «ты»? — Люлю придвинулась ко мне почти вплотную. — Осталось лишь на брудершафт выпить! С поцелуем! Пошли?

— Целоваться будем позже, — вкрадчиво протянул я, — давай еще секундочку поговорим. Значит, явилась блондинка...

— Отчего ты решил, что она светловолосая? — вдруг насторожилась собеседница.

«Оттого, что лично покупал парик», — чуть было не ляпнул я, но, слава богу, поймав идиотскую фразу на кончике языка, произнес:

— Понятия не имею.

— А ведь ты угадал. Белобрысая! Лошадь! Никакого шарма! Ноги как телеграфные столбы! Клиентка небось из новых, я ее ни разу не встречала. Когда она ушла спустя часа полтора, Анжела притопала, расфуфыренная такая... Видно, ключи у нее остались, связку вытащила, открыла дверь и внутрь шмыгнула.

— Она до сих пор там?

— Нет, упорхнула, а потом, смотрю, «Скорая» катит!

— Кто же ее вызвал?

Люлю распахнула халатик, стрельнула в меня глазами, демонстративно стянула полы и объяснила:

— Алеша! Сам справился.

— Откуда вы знаете? — не успокаивался я.

Люлю подняла вверх руку, рукав соскользнул вниз, обнажив слегка дряблое предплечье.

— Я подошла к двери, увидела врачей, ну и, конечно же, выскочила наружу, мне Алеша не чужой!

Я, прислонившись к стене, слушал. События, похоже, складывались так: сначала убежала Анжела, затем, довольно быстро, прикатила «Скорая». Люлю выскочила на лестницу, вместе с доктором вошла в квартиру и нашла Грибкова на полу, прямо у вешалки. Парень был без сознания, около него валялся телефон. Очевидно, почувствовав себя плохо, Леша сумел набрать «03», потом добрел до прихожей, отпер замок и упал без чувств.

Пока медсестра налаживала капельницу, врачиха зашла на кухню и, ткнув пальцем в остатки салата в пластиковой баночке, сказала:

— Вот! Так я и знала! Купят всякую дрянь! Ее хрен знает кто делал, и непонятно, какой она свежести. Нет, наедятся гадости, а потом травятся.

— Вы точно уверены, что к Алеше сегодня приходила Анжела?

— Ясное дело, она, — закивала Люлю, — волосы ее, фигура... хотя...

— Говорите, говорите!

— Так, пустяк, — игриво ответила Люлю, — мне что-то странным показалось, царапнуло, только вот что? Анжела выглядела обычно! Одежда — ее, хорошо курточку помню. Бейсболка, светлые пряди из-под шапочки свисали. Но что меня удивило, а? Иван Павлович! Как полагаете? Эй, вы куда? Чай не допили! А! Понятно! Вы в аптеку?

Я вскочил в подъехавший очень вовремя лифт и помахал рукой Люлю.

— До свиданья.

— Вы заставляете меня краснеть! — крикнула дама. — Вот так сразу — в аптеку! Жду назад с нетерпением.

Глава 25

Нора выслушала мой отчет и уставилась в окно.

— Что с твоей машиной? — неожиданно спросила она.

— На эвакуаторе во двор доставили, — ответил я. — Прежде чем домой подниматься, я решил еще раз завести мотор, а он заработал. Понять не могу, что происходит!

— «Понять не могу, что происходит», — передразнила меня Нора. — Ясно одно, что ничего не ясно. Ладно, завтра с утра возьмешь мой автомобиль.

— Зачем? «Жигули» на ходу.

Нора выдвинула ящик стола, вынула оттуда листок бумаги и протянула мне.

— Сядешь в мою машину, — повторила она, — и ровно в десять утра приедешь вот по этому адресу за Аней Араповой.

— Дочерью Марины?

— Да, она улетает в Великобританию на учебу, Марина устроила ее на конец весны и лето в колледж, специализированное заведение для иностранцев, желающих повысить уровень знания английского языка.

— Вы полагаете, что Ане следует покинуть Россию?

— Она вернется в конце августа.

— Но ее брат мертв, мать исчезла...

Нора резко сжала пальцы и сломала зажатый в них карандаш.

— Ваня, девушка об этих несчастьях понятия не имеет и спокойно приготовилась отбыть. Арапова регулярно отправляла дочь в Англию. В одно и то же место, ничего особо волнительного для Ани в ситуации нет.

Я заколебался, но потом все же задал вертевшийся на языке вопрос:

— А если мы найдем Марину?

— Что значит «если»? — возмутилась Нора. — Мы обязаны ее найти!

— Мертвой! Обнаружим тело, а не живую женщину, тогда как?

Нора нахмурилась.

— Ну, подобная ситуация пока не настала, и не следует приманивать несчастье, думая о нем! Учитывая неопределенность ситуации, я считаю, что Ане будет лучше в Англии, в закрытой для посторонних людей школе. Очень хочу ошибиться, но почему-то полагаю, что в Москве ее может подстерегать опасность. Значит, так! Ты отвезешь Аню в аэропорт, я, честно говоря, забыла о девочке, только сегодня сообразила, что она дома, и позвонила ей. Аня сказала, что улетает, а я предложила тебя в качестве сопровождающего до аэропорта. Девушка, правда, отнекивалась, говорила, что ее может отвезти домработница, но мне отчего-то хочется, ради собственного спокойствия...

— Очень правильное решение, — одобрил я.

— Потом поедешь к Лиховой и основательно порасспрашиваешь красотку, вытрясешь из нее все, что она слышала про делишки Грибкова, — задумчиво продолжала Нора, — ох, сдается мне, что эта Лихова много знает. Как полагаешь, кто сия богатая бизнесвумен, обожающая и бесконечно балующая сыночка?

— Арапова?

— На девяносто процентов да. Хотя... не знаю! Ходим мы с тобой, Ваня, словно кошки вокруг блюдца с горячей кашей, пахнет вкусно, а съесть нельзя, — элегически протянула хозяйка.

Ну, уж если проводить параллели с животным миром, то я кот, и вовсе не уверен, что кошки придут в восторг от каши, вроде они предпочитают мясо.

— В общем, есть у нас две перспективные версии, — продолжала Нора. — Первая: родственники погибшего стилиста Константина Рамкина решили отомстить Араповой и устроили спектакль с фальшивой Чечней. Вторая: похищение срежиссировал Грибков, решил получить от Марины деньги.

— Но, — попытался было возразить я, — мне кажется...

— Сама знаю, что оба предположения выглядят шатко, — перебила меня Нора, — но делать нечего, других мыслей пока нет. Следовательно, работаем одновременно в двух направлениях: сначала Лихова. Думаю, она пока не знает о том, что Грибкова положили в больницу, и испугается, услышав малоприятное известие. Ты, Ваня, должен это обстоятельство использовать на все сто процентов, нажимай на любые педали, хвали, пугай, только разговори Лихову. Я теперь ни секунды не верю ее показаниям о том, во сколько и как ушел от нее Костя, она Марине наврала! А после разговора с пакостницей дуй к Рамкину, я же пока займусь другими родственниками.

— Извините, — кашлянул я, — адрес Лиховой нам в свое время сообщила Арапова, а вот координаты стилиста неизвестны, Грибков не назвал ни улицу, ни дом!

— Зато он сказал тебе, что работает в студии Маркела

Листового, и Рамкин служит там же. Съездишь в салон и выяснишь все о покойном, — нервно воскликнула Нора. — Запомни, Ваня, безвыходных положений не бывает.

Утром, за пять минут до урочного часа, я подъехал к подъезду и позвонил в домофон.

— Кто там? — пропел звонкий голосок.

— Секретарь Элеоноры, Иван Павлович Подушкин.

— Уже бегу.

— Давайте я за багажом поднимусь.

— У меня его нет, — бойко ответила Аня, — сейчас спущусь.

Я вынул сигареты. Юная девушка решила путешествовать налегке? Вот уж совсем нетипичное для женщины поведение. Николетта, например, берет с собой в дорогу все, что можно вынести из квартиры, была б возможность, прихватила бы и любимую кровать с безобразно дорогим ортопедическим матрасом.

Дверь подъезда распахнулась, наружу выскочила худенькая девушка, скорей девочка, коротко стриженные волосы на ее голове стояли дыбом, словно перья у сердитого на жизнь воробышка, в руке она держала небольшую дорожную сумку.

— Вы Иван Павлович? — приветливо улыбнулась Аня.

— Да, мой ангел, садитесь, пожалуйста.

— Ой, какой красивый салон, — восхитилась Аня, устраиваясь на переднем сиденье, — только это, наверное, непрактично, покупать авто с креслами из белой кожи.

— Машина принадлежит Элеоноре, а она любит, чтобы ее окружали вещи светлых тонов, — пояснил я.

— Шикарная тачка.

— Думаю, у вас не хуже.

— Пока я не умею водить, — заулыбалась Аня, — еще только предстоит научиться.

Всю дорогу до Домодедова мы посвятили неспешной беседе о достоинствах и недостатках тех или иных моделей разнообразных иномарок. Аня произвела на меня самое лучшее впечатление. Конечно, вполне вероятно, что девушка, выросшая в весьма обеспеченной семье, была капризна, своевольна и непослушна, но со мной она вела себя безупречно, ни разу не выказала дурной характер, даже тогда, когда я сказал:

— Простите, бога ради, но придется заправить машину.

Услыхав подобную фразу, Николетта моментально принимается скандалить:

— Фу! Бензоколонка! Отвратительный запах, меня стошнит!

Аня же, спокойно кивнув, заявила:

— Вот и отлично, я выпью пока кофе, а то позавтракать не успела.

— Может, лучше в Домодедове поесть? — предложил я. — На заправке не слишком комфортно.

— Ерунда, — бодро воскликнула Аня, — сейчас везде машинки для эспрессо стоят, кофе, он и в Африке кофе.

— Думаю, что в Кении, где зреют зерна арабики, кофе однозначно лучше, чем в придорожном кафе на трассе в Подмосковье, — засмеялся я.

Анечка расхохоталась и убежала внутрь небольшого стеклянного павильончика, назад она вернулась, держа в руках симпатичного плюшевого медвежонка нереального светло-розового цвета.

— Правда прикольный? — спросила она, показывая покупку.

— Замечательная игрушка, — кивнул я.

— У меня недавно день рождения был, — весело сообщила Аня, — гости приходили, столько всего надарили! Славка, это один из моих приятелей, приволок точь-в-точь такого косолапого, только здоровенного, почти с меня ростом. Вот, теперь у того мишутки сынишка есть!

Глядя, как девушка радуется копеечной покупке, я испытал удивление: неужели Аня, дочь столь обеспеченной дамы, как Марина, совершенно неизбалованна? Тогда она совсем не похожа на брата, потому что все, кто знал Костю, в один голос твердили о его «распальцованности», эгоизме и капризности.

Прибыв в Домодедово, Аня привычно пошла в VIP-зал, но тут образовалась заминка, моей фамилии не было в списке тех, кто допущен в зону для избранных. Аня очаровательно улыбнулась суровому дядьке в форме, загораживающему своим тумбообразным телом вход в отделение для элиты.

— Сделайте одолжение, — нежно попросила она, — разрешите Ивану Павловичу проводить меня. Он покажет свои карманы, честное слово, мой спутник не террорист.

Лицо мужика неожиданно расплылось в улыбке.

— Ладно, — пробасил секьюрити, — сделаю исключение, только для вас.

— Спасибо, — пропела Аня, — очень, очень вам благодарна.

Я еще раз отметил тактичность младшей Араповой, она великолепно знает, что господин Подушкин является секретарем Элеоноры, то есть человеком зависимым. Аня с детства окружена няньками, мамками, шоферами и прочей прислугой, девушки с ее жизненным опытом, как правило, привыкли к тому, что некто безликий тащит за ними сумки или управляет шикарным автомобилем. По идее, сейчас Аня должна была заявить охраннику:

— Пропустите моего шофера! — Или: — Разрешите пройти в зал вместе с сопровождающим.

Ничего обидного в такой фразе нет, она просто демонстрирует реально существующую между нами пропасть. Но девушка очень деликатно назвала наемного работника по имени-отчеству, тем самым почти встав со мной на одну доску. Анечка не собиралась показывать секьюрити VIP-зала свою крутизну. И похоже, девушка настолько мила и обаятельна, что даже гориллоподобный охранник проникся к ней добрым чувством.

Следующей жертвой Аниного шарма стал сотрудник авиакомпании. Девушка подошла к стойке и, положив на нее билет, сказала:

— Если можно, дайте мне место возле окна.

— У вас бизнес-салон? — вежливо, но отстраненно, на русском языке, лишь с легким намеком на английский акцент, уточнил менеджер.

— Да, — широко улыбнулась девушка.

— Цель полета?

— Учеба.

— Какое количество средств имеете при себе? — задавал привычные вопросы служащий.

— Двадцать фунтов, — спокойно заявила Аня.

Брови спрашивающего поползли вверх.

— У меня кредитка, — добавила Арапова.

Она вытащила бумажник, раскрыла его и сунула под нос англичанину.

После того как мир пережил одиннадцатое сентября, абсолютное большинство представителей авиакомпаний допрашивает пассажиров, а потом начинает обыскивать их. Вас непременно попросят снять обувь, вытряхнуть содержимое сумочки и карманов в пластиковый тазик, затем проведут сквозь металлочувствительные ворота. Не зря опытные путешественники мрачно шутят:

— Чтобы сократить время на процедуру осмотра, следует прибывать в аэропорт голым, босым и с вещами, сложенными в авоську.

И не надо думать, что в VIP-зале с пассажирами обходятся менее строго. Но сотрудник авиакомпании, глянув на Аню, державшую в руке раскрытое портмоне, внезапно заулыбался и кивнул:

— Идите на посадку.

Аня наклонилась, собираясь снять хорошенькие, явно очень дорогие туфельки из крокодиловой кожи, но служащий аэропорта остановил ее:

— Не надо, ступайте, сумочку можете не вытряхивать, мы рады приветствовать вас на борту, счастливого полета.

Проводив ласковым взором Аню, менеджер повернулся к следующей пассажирке, одетой в шикарный костюм, и очень вежливо, но категорично сказал:

— Снимайте обувь.

Я невольно улыбнулся. Ласковый теленок двух коровушек сосет — давно придуманная и совершенно справедливая пословица. Уж не знаю, спасет ли мир красота, но обаяние и вежливость очень облегчают жизнь человека.

Анечка обернулась и помахала мне рукой.

— Прощайте, Иван Павлович, спасибо за помощь.

— Удачного приземления.

— Какой сувенир привезти вам из Англии?

— Право, не думайте об этом.

Аня снова улыбнулась, прижала к себе одной рукой розового мишку, другой подхватила небольшую сумку и пошла вперед, но потом остановилась и обернулась.

— Иван Павлович, я пришлю вам трубку из музея на Бейкер-стрит. Она вам очень пойдет, вы настоящий Шерлок Холмс!

Еще раз помахав рукой, Анечка исчезла внутри гофрированного «шланга», ведущего к самолету. Я пошел к машине, почти влюбленный в дочку Араповой. Какое светлое, веселое существо! Что случится с девушкой, когда она узнает страшную правду о смерти брата и пропаже матери? Похоже, до сих пор у Ани не было никаких стрессовых ситуаций. Впрочем, у нее умер отец. Но Герасим скончался несколько лет тому назад, девочка, наверное, была еще слишком мала, чтобы адекватно оценить потерю. Я был намного старше, когда стоял у гроба папы, и то довольно длительное время не мог понять, что же произошло. Отец не придет больше домой, не сядет в кабинете, не станет петь в ванной? Понадобилось несколько месяцев, чтобы осознать: смерть — это навсегда, ничего поправить уже нельзя.

Грустный, я пошел к парковке. Надеюсь, у Ани все сложится не так уж плохо. Нора обязательно найдет Марину, Арапова окажется жива. Я постараюсь изо всех сил, теперь, когда увидел Анечку, понял: мы во что бы то ни стало размотаем клубок. Господь не может столь жестоко наказать светлого, чистого ребенка, отняв у Ани брата, он сохранит ей мать.

Глава 26

Я уже говорил, что не люблю раскатывать по городу на Норином лимузине, поэтому сразу вернулся домой. «Мерина» лучше поставить в гараж, а самому переместиться в «Жигули», надеюсь, они перестанут капризничать и начнут исправно служить хозяину.

Втиснув нестандартно длинную, сделанную по спецзаказу иномарку на нужную площадку возле нашего дома, я вылез из-за руля и тут же наткнулся на Евгения, Юлю и Люсеньку.

— Здорово, Ваня! — заорал сосед.

Юлечка сдержанно кивнула и нырнула в сверкающую машину.

— Куда вы всем семейством направляетесь? — улыбнулся я.

Евгений махнул рукой, а Люсенька быстро затараторила:

— Маме едем шубку покупать, белую, самую красивую, сейчас она дешевле стоит, чем зимой.

— Замечательно, — одобрил я.

Евгений крякнул:

— Да уж!

— Нашли черепаху? — Я решил сменить не слишком приятную для соседа тему и снова попал впросак.

— Нет, — закричала Люсенька, — Че исчезла, наверное, померла. Ой, бедненькая, нам ее так жалко! Правда, па?

— Хватит болтать, полезай в машину, — довольно сердито приказал отец, потом повернулся ко мне и продолжил: — Прямо в ушах от нее звенит, целый день стрекочет!

— Вот-вот, — подала из автомобиля голос Юлечка, — теперь, надеюсь, ты поймешь, каково мне приходится! Ты-то сутками на работе отдыхаешь, а я по хозяйству изматываюсь.

— Да заткнитесь вы обе, — рявкнул Евгений, — дайте с нормальным человеком парой слов переброситься. Слышь, Вань, неладно в нашем доме.

— Что случилось? — насторожился я.

Евгений округлил глаза.

— Тараканы из моей квартиры убежали.

— Так это же хорошо, — усмехнулся я, — хотя, честно говоря, не понимаю, отчего человек ненавидит вполне безобидных насекомых, они не кусаются, не жалят, не жужжат.

Сосед передернулся.

— Не знаю, меня прямо крючило всего, когда прусака видел. И чего только не делали: морильщика вызывали, ловушки расставляли, карандашом специальным чиркали, гелем под раковиной мазали, а эффекта ноль. И тут — все испарились.

— Думаю, в этом случае надо просто радоваться.

Евгений почесал в затылке.

— Еще дворник наболтал, будто крысы из подвала удрапали.

— Тоже неплохо.

— Эх, Ваня, не понимаешь ты! Беда у нас!

— Какая?

— Ни грызуны, ни прусаки просто так не катапультируются, — решительно заявил сосед. — Вот вчера по телику фильм показывали, «Страх в городке», не смотрел?

— Не довелось.

— Там в одном местечке под зданием дыра образовалась, — на полном серьезе завел Евгений, — разлом земной коры, прямо насквозь прошило, и в это отверстие инопланетная нечисть поперла, жуткая, всех людей пережрала, пока ее главный герой не убил. Такая зеленая, круглая, отвратительная дрянь, голова на длинной шее... брр! Так вот, в том доме тоже вначале мыши удрали, затем тараканы! Чувствуешь?

Я практически не смотрю телевизор, но иногда все же от тоски и безделья переключаю каналы. Пару раз натыкался на триллеры и каждый раз испытывал здоровое удивление: ну неужели кого-нибудь и впрямь пугают монстры, всякие кустарники, убивающие ветвями, куклы, душащие владельцев? Подобное ведь невозможно и скорей смешно, чем страшно. Ужас меня охватывает лишь от фильмов Хичкока; в инопланетных чудищ, гигантских червей, выползающих из сливных отверстий кухонных раковин, и Фредди Крюгера я поверить не могу, мешает присутствие здравого смысла. Честно говоря, я всегда удивлялся: ну кто воспринимает такие ленты всерьез? И вот теперь знаю ответ на вопрос: мой сосед Евгений.

— Может, пока не поздно, квартиру поменять? — протянул Женя.

— Опсихел, да? — ожила Юля. — Ну ваще прям!

— С чего бы тараканам уходить? — не успокаивался мужчина. — Их, говорят, даже ядерная война не возьмет.

— Папочка, папочка, — стрекотала Люсенька, — хочешь, объясню, отчего противные таракашки смылись?

Отец снисходительно посмотрел на дочь.

— Ну, говори, чего придумала.

— Это не я, это мамочка сказала!

— Замолчи, Люська, — быстро велела Юля.

— Нет уж, пусть говорит, — мигом оживился муж. — И что там твоя мама нашуршала?

— К нам вчера тетя Катя приходила, — завела Люся и тут же ойкнула: — Ой, мама, не щипись!

— Не трожь ребенка, — прошипел Женя. — Говори, мое золотце! Значитца, вчера, пока меня не было, к нам, несмотря на то, что я категорично запретил не пускать в дом эту змею, заявилась Катька?

— Ага, — тут же сдала мать Люсенька, — она на кухне чай пила, потом пожаловалась, что ее тараканы одолели, и... ой, мамуля, не пинайся!

— Так какую глупость ляпнула твоя мать? — начал наливаться краской Евгений.

— А она сказала: «Ты пригласи к себе мою свекровь, у нее дома ремонт начался, старуха к нам жить прибыла, злобина вонючая, вечно всем недовольна. Но есть и от гадюки толк! Не успела к нам въехать, как тараканы ушли, небось плюнула старуха ядовитой слюной на кухне — и прусаки перемерли. Так что могу тебе эту язву в аренду за недорого сдать». Пап, а у бабушки правда яд во рту? Да? Скажи! Ну па-а-ап! Отве-е-еть!

Евгений превратился в гигантскую свеклу.

— Врет она, — пискнула из машины Юля, — вернее, не врет, а путает. Это Катька про свою свекровь говорила, ты же знаешь, я твою маму обожаю, она мне лучшая подружка!

Женя набрал полную грудь воздуха, я сообразил, что он сейчас набросится на супругу с кулаками, и решил отвлечь его внимание от Юли.

— Ой, кажется, я «мерс» поцарапал!

Евгений встряхнулся, словно вылезшая из воды собака.

— Где?

— Да тут, — я ткнул пальцем в идеально сверкающее и, слава богу, нигде не покоробленное крыло «мерина».

Маневр удался; забыв о супруге, Евгений наклонился над иномаркой.

— Где? — повторил он.

— Вот здесь!

— Это просто грязь, — с облегчением вздохнул сосед.

— Слава богу, — с фальшивой радостью воскликнул я, — а то моей зарплаты на ремонт не хватит. Ладно, поеду по делам.

— Ваня, — неожиданно тихо сказал сосед, — сам знаешь, я никогда ни с кем не ругаюсь, потому что интеллигентный человек.

Я улыбнулся и кивнул, не понимая, куда клонит Евгений.

— По поводу пидарасов заморочек не имею, — продолжал Женя, — разговариваю с ними нормально, могу и чаем угостить, особой посуды заводить не стану, вымоем потом сервиз с содой — вот и вся печаль. Главное, чтоб ко мне не приставали, верно?

— В принципе, да, — удивленно ответил я.

— Ты хороший парень, и не мое дело зырить, с кем ты спишь. Как сосед ты меня вполне устраиваешь.

— Вы о чем? — изумился я.

Евгений кашлянул.

— Но ведь не все в нашем доме такие хорошие. Вот, например, Родионов из пятнадцатой квартиры, видел его?

— Анатолия Сергеевича? Конечно.

— Знаешь, кто он?

— Богатый бизнесмен.

Женя облокотился на иномарку.

— Ну все мы сейчас на плаву, я о другом спрашивал: ты в курсе, кем кент был в добизнесменской жизни?

— Нет.

Евгений почесал левое ухо.

— Бандитом. Отсидел чирик, потом вышел, вырыл сундук с награбленным и забизнесменствовал.

— Ну, если детально изучить историю ста самых богатых семейств мира, то в любой найдется некий прадедушка, промышлявший Соловьем-разбойником на проезжей дороге, — улыбнулся я.

— Да не о том речь, — гаркнул Женя, — ты поосторожней, не демонстрируй так свои пристрастия, Сергеевич натуральный псих, войдет с тобой в лифт, глянет на руки и пристрелит. У них, у уголовничков, с пидарасом рядом стоять западло. Уж не обижайся, Ваня, я тебя просто предупредить хочу. Ты пальцы, того, в общем, не надо!

Закончив свою странную речь, Женя влез в автомобиль и быстро выехал из гаража. Я ошеломленно посмотрел ему вслед, потом перевел взгляд на свои руки и издал совершенно несвойственный мне вопль:

— Вау!

Было от чего потерять самообладание! Мои ногти оказались покрыты ярко-красным лаком. Через секунду я понял, что произошло. Для большего сходства с дамой вдохновенный торговец косметикой Юра, кроме макияжа, сделал мне и маникюр, наклеил искусственные когти, пообещав при этом, что они легко отойдут, если их протереть специальной жидкостью. Вроде он даже сунул в пакет бутылочку.

После весьма удачно сыгранного «спектакля» я переоделся в свою одежду, снял парик, смыл макияж, а про ногти забыл. Норин лимузин я всегда вожу в перчатках, поэтому Аня ничего не заметила, хотя, покидая машину на стоянке, я бросил «варежки» в салоне, но Анечка, наверное, не смотрела на мои руки. Впрочем, хорошо воспитанная девочка промолчала бы в любом случае. Вот бред!

Я кинулся к лифту, сейчас же отыщу пузырек и попытаюсь отклеить когти.

На счастье, Нора заперлась в кабинете, поэтому мне удалось незамеченным пройти в свою комнату и начать поиски средства. Через полчаса я констатировал: флакончик исчез, впрочем, может, Юра попросту забыл дать мне его с собой?

Решив, что красные ногти не самая худшая неприятность, которая со мной случалась, я осторожно, стараясь не производить лишнего шума, покинул квартиру. Путь лежал в торговый центр. Сейчас Юра даст мне необходимый раствор, и мои пальцы обретут первозданный вид.

Но приветливого юноши за прилавком не оказалось, вместо него там скучала хмурая, сильно размалеванная девчонка.

— Пожалуйста, позовите Юру, — попросил я.

— А его нету.

— Обедать пошел?

— Не-а.

— Простите, когда Юрий вернется?

— Через две недели, он отпуск взял, — сердито пояснила девчушка, — подался в Египет, а другие за него должны без выходных пахать!

Я решил не отчаиваться и спросил:

— Можно купить растворитель?

— Тут косметика, а не скобяная лавка, — презрительно сказала продавщица.

Мне захотелось объяснить неприветливой особе, что в скобяной лавке торгуют не бытовой химией, а гвоздями, шпингалетами и другими железками, но я решил не поучать дурочку, а просто потребовать необходимое.

— Вероятно, я употребил неправильный термин, — поправился я, — хочу искусственные ногти снять.

— Гель или акрил? — не удивилась собеседница.

— Понятия не имею.

— Где их взяли-то?

— У вас.

— Такой дрянью мы не торгуем, в магазине представлены суперские бренды, — с выражением полнейшего презрения на мордочке заявила продавщица.

— Мне Юра наклеил пластинки.

— Вот пусть и снимает.

— Но он вернется не скоро.

— И че?

— Не могу же с такими ногтями разгуливать.

— Почему бы нет? Прикольно.

— Дайте мне средство для удаления маникюра!

— Не держим подобных вещей!

— А где его можно взять?

— Без понятия.

Наверное, мое лицо выражало отчаяние, потому что девчонка решила сменить гнев на милость.

— Вы идите в салон, — вдруг вполне человеческим голосом сказала она,— там мастер либо спилит ногти, либо отклеит.

Я поблагодарил девушку за хороший совет, вернулся к машине, быстро натянул на руки перчатки и поехал к Лиховой.

Нет худа без добра, сейчас попытаюсь вытрясти из Анжелы все известные ей подробности, а потом отправлюсь в парикмахерскую, вернее, в студию Маркела Листового, где работает Грибков. У меня теперь есть отличный повод для общения с его сотрудниками — нужно удалить приклеенные ногти. Надеюсь, маникюршей служит симпатичная, болтливая особа, которая любит во время работы лясы точить.

Дверь в квартиру Лиховой оказалась открытой, я вошел в маленькую прихожую, услышал гул голосов из комнаты, увидел забитую одеждой вешалку и с огромным разочарованием понял: у Анжелы полно гостей, в ее доме какой-то праздник, может, день рождения.

Еще раз вспомнив о том, что уныние — смертный грех, я решил не сдаваться и пойти к Анжеле. Скорей всего, хозяйка слегка выпила. Может, мне удастся с ней уединиться? Женщина подшофе легко развяжет язык. Хотя сначала лучше спуститься вниз, у подъезда я видел ларек с цветами.

Пришедшая в голову идея показалась мне удачной, я быстро смотался на улицу, приобрел несколько кроваво-красных роз на длинных стеблях, вернулся назад, вновь беспрепятственно проник в прихожую и наткнулся там на женщину лет пятидесяти, одетую в черный брючный костюм.

Увидав меня, дама отчего-то зажала рот рукой.

— Добрый день, — вежливо сказал я.

Но незнакомка не ответила, она захохотала и ушла в комнату. Наверное, Анжела начала отмечать праздник с раннего утра, и сейчас гости достигли той стадии, за которой начинается бесконтрольное пение, а потом выяснение отношений: «Ты меня уважаешь?»

На смену пьяной тетке в коридор вышла девушка по виду чуть старше Лиховой.

— Вы кто? — сурово поинтересовалась она. — Чего с цветами приперлись? Вот уж глупость так глупость! Похороны завтра.

Я выронил букет.

— Похороны? Чьи?

В прихожую выскочила еще одна девица.

— Лена, — тихо сказала она, — Галине Петровне плохо.

Лена вздрогнула.

— Иду. Слышь, Светка, разберись с этим!

Светлана посмотрела в мою сторону.

— Здрассти.

— Добрый день, — пробормотал я.

— Ну уж и совсем не добрый.

— Простите, кажется, я не вовремя.

— Ага, — кивнула Света, — вы вообще кто?

— Знакомый Анжелы Лиховой, она дома?

— Нет, — замотала растрепанной головой Света и представилась: — Я ее сводная сестра, как и Лена. Моя мама вышла замуж за папу Анжелы, а отец Ленки женился на Галине Петровне, маме Лиховой. Надеюсь, я понятно объяснила?

— В принципе, да, — ответил я, — извините, я уже ухожу. Зайду к Анжеле через несколько дней.

Светлана повертела указательным пальцем у виска.

— Вы не врубились, да? Анжелка померла!

Глава 27

Я наступил на выпавшие из рук розы.

— Как умерла? Она же совсем молодая!

Светлана вытащила сигареты.

— Вы курите? Пойдемте со мной!

Мы переместились на лестницу, девушка затянулась и грустно сказала:

— Конечно, лет ей немного было, но все же достаточно, чтобы хоть изредка мозгами пользоваться. Отравилась она.

— Чем?

— Покупным салатом, — пояснила Светлана, — тут недалеко супермаркет есть, называется «Удачный вечер», вот там небось и приобрела дрянь с майонезом. Галине Петровне она позвонила вчера днем, в районе трех, еле-еле в трубку прошептала: «Мама, мне плохо...» Галина Петровна к ней сначала ехать не хотела, села телик смотреть, но потом отчего-то забеспокоилась и поехала, только Анжела уже без сознания валялась. Теперь вот Галина Петровна себя поедом ест, все кричит: «Надо было сразу нестись, может, и спасли бы». Только Анжелка сама виновата.

— В чем? — поинтересовался я.

Светлана тяжело вздохнула.

— О мертвых плохо не говорят, да об Анжелке хороших слов не найти. Она над родителями буквально издевалась, мстила им за то, что они разошлись. И ведь Галина Петровна с Андреем Михайловичем разбежались, когда доченька уже взрослой была. Нет, все равно она их доставала, постоянно ныла и говорила: «Лишили меня нормальной жизни, теперь я чувствую психологический дискомфорт». А больше всего ее бесило, что у отца с матерью новые семьи и что у них мы с Ленкой есть. Андрея Михайловича, своего отца, моего отчима, она просто затерроризировала, он мне боялся шоколадку купить, не дай бог родная доченька узнает! У нее знаете какая метода была? Если мне или Ленке носовой платок купят, то Анжеле шубу из соболя принести обязаны, потому что она всеми обиженная, бедная, разнесчастная, мы с Ленкой у нее родителей отняли. Придет к нам домой и давай стенать:

«О-о-о! У Светочки шикарная комната! А у меня обои рваные! О-о-о! У Светочки шикарный компьютер, а у меня старая машина. О-о-о! У Светки шикарные джинсы, а у меня дерьмо».

Бедный Андрей Михайлович кошелек в зубы — и на рысях к «сиротке»: «На тебе, доченька, евроремонт, супер-пуперкомп, дизайнерские штанишки и денежек сверху. Несчастная моя, обиженная!»

Анжелочка рожу скривит и к маме, а там по новой заведет:

«О-о-о, у Лены шикарные «Жигули», а я на метро езжу, о-о-о, у Лены шикарное кольцо, а у меня...»

Ну и так далее. Правда, здорово?

Я молча кивнул.

— Еще она ни учиться, ни работать не хотела, — добавила Света, — а денег ей много было надо. В общем, однажды Андрей Михайлович не выдержал, наорал на дочурку и выставил ее вон, правда, сказал:

«Квартплату и электричество оплачивать по-прежнему буду я, считай это спонсорской помощью, но в руки тебе более ни копейки не дам, они у тебя дырявые, сколько ни получишь, все мимо протекает, а я не миллионер, другие дети еще в семье есть». Это он на меня намекал, только зря так высказался! Анжелка знаете чего удумала?

— Нет.

— Отомстить папе решила, разместила в газете объявление, указав наш адрес: «Сдам квартиру приличным людям, вместо платы нужно следить за оставленной собакой породы болонка». Что тут началось!

— Представляю, — пробормотал я.

— Андрей Михайлович чуть инфаркт не заработал, он позвонил Галине Петровне и приказал ей: «Не смей Анжелке помогать, дочь настоящей сволочью выросла».

— И мать послушалась?

— Сначала нет, — вздохнула Света, — женское сердце мягче мужского, и потом, все-таки доченька дорогая! Только Анжелка сообразила, что мать теперь единственный источник, и давай ее допекать. Позвонит около полуночи и заноет: «Ох, желудок болит, умираю, язва от страданий открылась! Нет сил выйти в магазин, кушать хочу, купи мне продукты!»

Галина Петровна бегом за харчами, привезет, а у дочери компания гуляет, им закуски не хватило. А уж сколько раз она ее обманывала. «Мама, дай денег, зубы нужно залечить». И чего? Несколько тысяч долларов на клыки выманила, потом неожиданно выяснилось: ни к какому стоматологу она и не собиралась ходить. И так во всем. И чего Анжелка добилась? Мама тоже в конце концов сказала:

«Не обращайся ко мне никогда. Давать буду ежемесячно пятьсот долларов на еду, но больше ни-ни».

— Хорошая сумма, — отметил я.

— Но только не для Анжелки, — скривилась Света, — та за один раз эти деньги могла в магазине оставить. Понимаете теперь, отчего Галина Петровна вчера сразу к дочурке не покатила? Думала, та новую каверзу придумала. Сейчас вот плачет безостановочно.

Светлана замолчала и вытащила сигареты.

— Скажите, — спросил я, — вы дружили с Лиховой?

— Она нас с Ленкой ненавидела, считала сволочами, которые ее маму с папой себе присвоили, — грустно ответила девушка.

— Значит, в гости друг к другу вы не ходили?

— Анжела к отцу заглядывала раньше.

— Откровенных разговоров не вели?

— Ой, нам бы и в голову такое не пришло, — воскликнула Света, — только на ее дни рождения мы с Ленкой к ней приезжали и потом как оплеванные уходили, Анжела столько гадостей на нас выплескивала, я только ради Андрея Михайловича ее и терпела.

— Может, вспомните, как звали ее ближайших подруг?

Света подперла щеку кулаком.

— У Анжелки вообще практически никого не было, она людей дурным характером отпугивала, все ей надо было по-своему сделать, мне Андрей Михайлович велел ее записную книжку взять и народ на похороны созвать. Вы не поверите, кому ни позвоню, все кричат:

«Лихова? Прощайте, мы заняты».

А одна женщина так вообще конкретно высказалась:

«Померла? Туда ей и дорога, будет знать, как прямо со свадьбы чужих женихов уводить».

— Неужели никто не согласился прийти на предстоящие похороны?

— Только Рита, — сказала Света, — фамилия ее Семина, вот она пообещала быть, правда, с оговоркой: «Если с работы отпустят, то обязательно!»

— Наверное, Рита и есть лучшая подруга Лиховой, — пробормотал я.

— Сильно сомневаюсь, что Анжела с кем-то дружила, — мрачно подхватила Света, — небось она просто человек воспитанный, не сумела прямо «нет» сказать, и потом, многие считают, что смерть примиряет, — даже если вчера собачились, сегодня на могилу букет принесут.

— Вам не трудно дать мне номер телефона Риты?

Светлана вытащила из кармана мобильный.

— Пишите.

Не успел я занести в свой контактный список нужные цифры, как дверь квартиры Лиховой распахнулась, на лестницу выглянул бледный небритый мужчина.

— Света, — позвал он, — иди помоги Лене.

Моя собеседница вскочила и ринулась на зов, про меня она начисто забыла.

Я постоял пару мгновений у лифта, потом спустился вниз, вышел на улицу и набрал только что узнанный номер.

— Здравствуйте, — раздался веселый голос, — вы кто?

— Иван Павлович Подушкин, — быстро ответил я, радуясь, что девушка дома, — я хотел...

— Я Рита Семина, — перебило меня нежное сопрано, — но сейчас с вами говорит автоответчик. Увы, не могу подойти к телефону, потому что очень-очень занята. Оставьте свои координаты, обязательно вам перезвоню.

Однако Рита выдумщица, записала обескураживающее людей приветствие. Хотя, может, ей надоело, что позвонившие не представляются, а сразу бросают трубку? Я заметил, что очень многие стараются не общаться с автоматическим секретарем.

Доложив Норе о неожиданной кончине Лиховой, я поехал в салон, где еще недавно работали Грибков и Рамкин. Если бы люди знали, сколь легко отравиться едой, они бы поостереглись покупать салаты в ларьках. Впрочем, может, «деликатес» и произвели с соблюдением технологии, только потом коробки везли на машине, бросили на прилавок без холодильника... и еще не ясно, здоров ли продавец, предложивший вам пластиковую упаковку. Раньше, насколько мне известно, сотрудники в продмагах обязаны были иметь санитарную книжку, им приходилось регулярно посещать врача, сдавать анализы. Сейчас же необходимый документ легко купить, сам видел в газете объявление на эту тему. Вот и получается: по документам продавец совершенно здоров, а в реальности имеет гепатит, кишечную палочку, дизентерию, туберкулез. И кто проверяет гастарбайтеров, наводнивших Москву? Нет, теперь, если придется ездить в метро, ни за что не сниму перчаток и перестану ходить в рестораны!

«Жигули» притормозили у парикмахерской. Внезапно я очнулся от мыслей... и усмехнулся. Однако, Иван Павлович, ты, друг мой, совсем обезумел. Этак можно начать от всего шарахаться. Нельзя покупать книги, продукты, вещи, не следует питаться в общественных местах, пользоваться городским транспортом, категорически противопоказано даже высовываться на улицу, впрочем, и дома небезопасно. Я, например, не знаю, из какой области привезен кирпич, пошедший на строительство здания, вдруг его сделали из глины, добытой в карьере, куда сваливали химические отходы. А мебель? Вполне вероятно, что дерево, из которого она сделана, росло в районе свалки ядерных отходов... Нет, так очень легко дойти до маразма. Надо соблюдать только элементарные меры предосторожности, типа мытья рук. Впрочем, готовые салаты я все же покупать не стану. Вон Анжела купила для себя, и что из этого вышло? Хуже некуда! Умереть в расцвете сил только из-за собственной лени! Неужели трудно было самой накрошить продуктов в миску! Наверное, это она принесла Леше угощенье, вместе ели, и оба заболели. Грибкову стало плохо раньше, а Анжелу прихватило уже дома.

Увидев мои красные ногти, девушка на рецепшен отнюдь не удивилась.

— Маникюр сделать хотите? — осведомилась она.

— Желаю снять наклеенные пластинки.

— Сейчас Олесю позову, — кивнула администратор.

Не прошло и секунды, как передо мной возникла хорошенькая шатенка.

— Что за страшная проблема? — заулыбалась она. — Дайте-ка погляжу. Вау! Кто вам это уродство присобачил? Садитесь сюда, ну и ну! Больше никогда не ходите к тому мастеру! Надо же, какие безответственные девки встречаются! Маникюр не сделала, хрень налепила! Теперь спиливать придется. Работы тут часа на полтора, быстрей никак не получится.

— Ногти мне приклеил мужчина.

Олеся подскочила на табуретке.

— Офигеть! Впервые слышу про то, чтобы маникюр делал мужчина.

— Юра стилист, пластинки он мне для завершения сценического образа наклеил, — объяснил я.

— Стилист! — заворчала Олеся, ловко орудуя пилкой. — Их сейчас как ворон нестреляных развелось. Каждый себя звездой мнит, я им не доверяю. Решила тут разок перед праздником макияж у профессионала сделать, села в кресло и говорю: «Мне идет светлый тон», — а стилист даже фразу закончить не дал, рявкнул: «Сидите, девушка, тихо, я победитель международных конкурсов». Ну я и расслабилась, глаза закрыла, потом открываю! Мама родная! Морда цвета переспелого банана, глаза черным намазюканы, румянец кирпичный, губы в пол-лица. Естественно, я крик подняла, а этот стилист скривился весь и говорит: «Я вас так вижу, мне такой макияж нравится». Ну не кретин ли? Нет чтобы угодить клиенту, получить деньги и молчать в тряпочку!

— Ну не все такие, — возразил я, — у вас работает Константин Рамкин, мне его как одного из лучших специалистов рекомендовали.

Олеся опустила пилку.

— Костик тут больше не работает.

— Вот жалость, что он уволился! — прикинулся я ничего не знающим человеком.

Девушка быстро взглянула в сторону рецепшен и, понизив голос, сказала:

— Вы только не охайте громко, нам запретили клиентам правду говорить. Костик умер.

— Неужели? — почти шепотом спросил я. — Что же случилось? Он же совсем молодой!

Олеся округлила глаза.

— Ну не такой он и юный, только дурак был. Погодите секундочку, сейчас все расскажу.

Я не успел кивнуть, как Олеся громко заявила:

— Арина, мы с клиентом в тот зал перейдем, где педикюр делают, ему не нравится у окна сидеть.

— Конечно, конечно, — закивала администратор, — мне самой не слишком комфортно у витрины, вся улица смотрит.

Олеся мгновенно собрала инструменты, и мы переместились в небольшое, совершенно пустое помещение.

— Ну вот, — удовлетворенно отметила Олеся, — тут хоть поговорить спокойно можно, без Аринкиных ушей. Знаете, за что ей зарплату хозяйка повышает?

— Нет, — поддержал я беседу.

— Арина подслушивает наши разговоры, а потом начальнице пересказывает.

— Ну что такое страшное вы разболтать можете?

Олеся усиленно заработала пилкой.

— Ну, нам почти все запрещено. О своей семье, проблемах с мужем, неприятностях с детьми клиентам говорить нельзя, кокетничать и обсуждать других мастеров не положено. Упаси бог сказать правду про средства, которыми пользуются в салоне.

— Они плохие?

— Да уж не лучшие. Хозяйка подешевле покупает, а выдает за суперские.

— Я думал, владелец салона мужчина, Маркел Листовой.

Олеся захихикала.

— Нет, это просто так, от балды имя с фамилией взяты, жаба нами рулит, звать ее Клавдией Васильевной Задовой. Ну кто ж в салон под названием «У Клавки Задовой» пойдет? Смехота! Только, если я кому правду про Клаву растреплю, меня выпрут. И уж, ясное дело, про эпидемию молчать надо!

— Какую? — испугался я. — В парикмахерской инфекция?

— Это я так, преувеличила, — призналась Олеся, усиленно соскребая с моих ногтей наклеенные пластинки. — Сначала Костька помер, да он дурак, на операцию лег, хотел рубцы от прыщей сошлифовать, а сердце наркоза не выдержало, ну, он и отъехал на тот свет. А сегодня утром из больницы позвонили и сказали: «Грибкова скоро хоронить придется».

Я чуть не сломал маникюрный столик, потому что от неожиданности подскочил и стукнул коленями о тонкую доску из пластика.

— Алексей скончался?!

— Вы его знали? Жив пока, но точно помрет!

— Э... э... я пару раз стригся у него. Что с ним случилось?

— Отравился, — равнодушно пояснила Олеся, — вот чем, нам не сказали, думаю, консервами, сплошь и рядом такое случается. Ботулизм. У меня одна клиентка химик, такое рассказывает!!! Нет, у нас в салоне точно эпидемия, ща еще кто-нибудь помрет.

— Не дай бог, — покачал я головой, — впрочем, такой поворот событий все же маловероятен. Рамкин погиб из-за больного сердца, Грибков отравился. Они же не болели чумой или оспой! И может, Алексей еще выздоровеет, надо надеяться на лучшее.

— Стопудово помрет, а с ними еще кто-нибудь — где два гроба, там ждут третий, — заявила Олеся. — Мне бабушка всегда говорила: «Смерть звонит трижды».

— Вам не жалко ни Костю, ни Лешу?

— Они с нами не дружили, — поморщилась Олеся, — такие фу-ты ну-ты! Алешка из себя хрен знает что корчил. С мастерами нос задирал, сквозь зубы слова цедил, всем видом демонстрировал: вы чмо, а я москвич. Ой, подумаешь, прыщ на носу! Мы ему слишком простые были, никогда до нас не снисходил, царя натурально корчил. Если у кого день рождения, ни в жизни не останется шампанского выпить, даже не поздравит! Зато перед клиентками на колени падал, думал, никто не понимает, что ему охота на богатенькой жениться. Но везде ему облом был! Крутые девчонки на парикмахера не поглядят. Пришлось Алешке с Анжелкой водиться!

Знакомое имя заставило меня насторожиться.

— С кем?

— С Анжелой Лиховой, — затараторила Олеся, — она к нам голову делать ходит, правда, давно не заглядывала. Ко мне Лихова не садилась, врала, что качество моей работы ей не по душе. Только на самом деле денег у нее на одну прическу было, нет бы честно признаться: маникюр я сама делаю! И чаевых она никогда не оставляла. Они с Лешкой очень друг другу подходили, оба жадные и с понтами. Вот Костик, тот проще был, хотя тоже с наворотами, зато Ритка совсем обычная.

— Ритка?

— Семина, наш мастер. Повернитесь налево, видите, у окна девушка стоит, в темно-синем халате, брюнетка с хвостиком.

— Да, — растерянно ответил я.

— Это Ритка, она с Костиком жила, — затарахтела Олеся, не замечая моего ошарашенного вида, — ничего парикмахер, тихая, спокойная, не вредная, но тоже с нами мало общалась, очень уж молчаливая, слова из нее не вытянешь, с такой неинтересно. Вообще-то ее Анжелка привела, вроде как протекцию ей составила, да, видно, не даром, потом укладываться у Ритки практически бесплатно стала.

Из пухлогубого ротика Олеси снова полился поток слов, я ощутил прилив морской болезни, постарался справиться с тошнотой и начал еще внимательнее слушать маникюршу. В конце концов, отбросив в сторону словесный мусор, я сумел вычленить суть.

Анжела ходила в салон давно, когда-то она посещала его вместе с мамой, но Галина Петровна поменяла парикмахерскую, а ее доченька осталась.

Потом случилось так, что сразу пять парикмахерш собрались в декрет. Хозяйка ударилась в панику, впору было закрывать салон, но Клава быстро взяла себя в руки и сообщила цирюльникам:

— Ищите для нас новых сотрудников, пока их нет, оставшиеся будут пахать без выходных.

Это услышала Лихова и привела в салон Риту Семину, представила ту своей подругой, дала девушке отличную рекомендацию.

Семина оказалась грамотным специалистом, она быстро прижилась в коллективе, а потом у нее началась любовь с Рамкиным.

Олеся вытерла мои руки салфеткой и поинтересовалась:

— Ну как?

— Замечательно, — на этот раз совершенно искренне воскликнул я, — ногти как новые. Скажите, Олеся, Семина хорошо стрижет?

— Классно, — ответила очень довольная щедрыми чаевыми Олеся.

— Вроде она сейчас свободна, спросите у Риты, не может ли она меня слегка подровнять?

— Айн момент, — крикнула Олеся и рванулась к товарке.

Не прошло и пяти минут, как дело уладилось наилучшим образом. Мне торжественно вымыли голову и усадили в кресло, появилась Рита.

— Здравствуйте, — прошелестела она, — как стричься хотите?

— На ваше усмотрение, — улыбнулся я.

Семина кивнула и защелкала ножницами, пару раз я пытался завести разговор, но тщетно, девушка отделывалась кивком или коротким «да, да, вы правы». Рита была абсолютно не похожа на погремушку Олесю.

Глава 28

За все время работы Семина ни разу не задала мне вопроса, лишь в самом конце, подавая зеркало, настороженно произнесла:

— Посмотрите сзади, вас устраивает?

Волосы выглядели как всегда, но я изобразил невероятный восторг.

— Потрясающе, до сих пор еще никому не удавалось сделать из меня такого красавца.

Слабое подобие улыбки скользнуло по бледным губам Риты.

— Спасибо.

— Вот, держите.

— Зачем так много? И потом, деньги у нас принимают на рецепшен.

— Это чаевые.

— Столько?!! Я не возьму! — решительно отрезала Семина.

— Но вы так старались!

— Всякая работа имеет цену, — не сдалась Рита, — вы же не станете покупать карандаш за миллион рублей.

— Ну, если им работал великий Пикассо, — засмеялся я, — то он и дороже потянет. Вы славно потрудились, не обижайтесь, я от чистого сердца даю.

— Спасибо, — кивнула Рита и взяла одну из купюр, — этого с лихвой хватит.

— Ладно, — согласился я, — будь по-вашему. Когда вы заканчиваете работу?

— Салон закрывается в десять.

— Вы на машине?

— На метро.

— Давайте подброшу вас до дома.

— Спасибо, — твердо ответила Рита, — я привыкла пользоваться подземкой.

— Мне не трудно.

— Благодарю.

— Значит, в двадцать два у дверей?

— Нет.

— Не подумайте ничего плохого, просто я хочу оказать вам услугу, — настаивал я, — тем более что нам по пути, я живу буквально напротив вашего дома.

В глазах Риты вспыхнул огонек.

— Откуда вы знаете мой адрес? — неожиданно оживилась она.

Я посмотрел на легкий румянец, который озарил щеки девушки, и соврал:

— Право, это неважно. Знаю, и все тут, впрочем,

мне известно не только где вы живете, но и то, что Лихова скончалась, а Грибков одной ногой в могиле. Рита, мне необходимо срочно с вами поговорить.

Семина молча уставилась в окно.

— Вы слышите меня? — Я начал выходить из себя.

— Да.

— Грибков затеял какую-то аферу?

Семина по-прежнему не произносила ни слова.

— Они с Лиховой задумали нечто плохое? — изощрялся в догадках я.

Вновь никакой реакции.

— Я не исключаю, что они хотели втянуть в это дело и вас с Рамкиным.

Рита продолжала изображать из себя статую.

— Да поймите, все очень серьезно! — попытался я воззвать к разуму Семиной. — Что вам известно о судьбе Кости?

Парикмахерша поежилась.

— Костик умер в результате неправильно сделанного наркоза, это была трагическая случайность.

— Я не о Рамкине сейчас речь веду, а об Арапове, его тоже звали Константином.

— Почему «звали»? — одними губами спросила Рита, потом, мгновенно спохватившись, добавила: — Кто такой Арапов? Никогда не слышала эту фамилию.

— Вы дружили с Лиховой?

— Да. Мы в одно училище ходили.

— И не слышали про Арапова?

— Нет, — вяло отбивалась Рита.

Я потерял самообладание, похоже, Семина считает меня дураком!

— Анжела жила с Константином Араповым...

— Что-то не так? — спросила Арина с рецепшен, быстрым шагом направляясь к нам. — У вас проблемы? Рита плохо постригла вас? Только скажите, она будет переделывать за свой счет!

— Дело в другом, — начал я и поймал взгляд Риты.

В глазах девушки застыло отчаяние, приправленное страхом.

— Что произошло? — наседала Арина. — Имейте в

виду, мы всегда на стороне клиента; мастера, обидевшего вас, немедленно уволят.

— Наоборот, — замахал я руками, — великолепная работа, чудесная! Я хотел поощрить девушку, дал ей чаевые, а она отказывается, говорит, сумма слишком велика, неудобно ей.

Арина зыркнула на Риту.

— Возьми купюры и не выдрючивайся! Человек от чистого сердца благодарит.

Семина покорно протянула руку, я положил ей на ладошку ассигнации.

— Позвольте проводить вас, — с ужимками обезьянки засуетилась Арина.

Больше всего мне хотелось сказать ей: «Отстаньте! Нам с Ритой лучше побыть наедине».

Но это делать было нельзя, пришлось под конвоем Арины дойти до стойки, расплатиться и направиться к выходу.

«Ну ничего, — думал я, хватаясь за здоровенную ручку из латуни, — посмотрим, что Рита запоет вечером, непременно дождусь ее после работы».

Вдруг я ощутил легкое прикосновение и обернулся, рядом стояла Семина.

— Простите, — очень громко заявила она, — когда вы давали мне чаевые, среди купюр затесалась бумажка с телефоном, может, он вам нужен?

Я взял клочок и выбрался на улицу, не следует читать записку в непосредственной близости от Арины, похоже, сия девица не только языкаста, но и глазаста.

На всякий случай я развернул листочек, сидя в своей машине. На нем оказалась всего одна фраза, наспех нацарапанная карандашом: «22.30, метро «Китай-город», выход к церкви. Если опоздаете — подожду до 23.00».

Я бросил взгляд на часы, завел мотор, времени вполне достаточно, чтобы, даже учитывая пробки, добраться до места свидания.

Семина появилась точно в указанное время, правда, я сначала не узнал ее, без форменной одежды девушка стала еще меньше и тоньше, на вид Рите теперь с трудом можно было дать шестнадцать лет.

— Вы кто? — с места в карьер спросила она.

— Давайте поедем в одно кафе, — предложил я, — не разговаривать же нам в толпе, право, неудобно.

— Не надо, — быстро сказала Рита.

— Ладно, — согласился я, — можно отправиться ко мне.

— Ой, никогда.

— Что, я так похож на сексуального маньяка?

Семина потупилась.

— Нет.

— Хорошо, едем к вам, говорите адрес.

— Ни в коем случае, — почти с ужасом воскликнула девушка, не заметив моей оплошности.

Совсем недавно я утверждал, что великолепно знаю о Рите все.

Я попытался привести дурочку в чувство.

— Ангел мой, я не нападаю на девушек, не прокусываю им шею клыками и не пью чужую кровь. Я абсолютно порядочен, и вы — простите, конечно, — не вызываете у меня никаких низменных страстей. Я частный детектив, вот документ. Читайте внимательно, в нем все указано: имя, фамилия, должность, номер лицензии.

Дрожащая рука схватила бордовую книжечку.

— Вовсе ни о чем таком я и не думала, — вдруг стала оправдываться Рита, — в кафе дорого, у меня денег нет.

— Господи, счет оплачивает кавалер!

— Ко мне домой нельзя, потому что в комнате парализованная мама, инсульт с ней случился, третий год без движения, — разоткровенничалась Семина, — все деньги на сиделку и памперсы уходят. Нам даже поговорить негде, на кухне мой диван разложен, я там живу.

— И как поступить?

Рита дернула плечиком.

— Давайте в вашей машине посидим, вот тут, на площади.

— За чашечкой кофе комфортней, — ласково сказал я, — а по поводу счета не волнуйтесь, соглашайтесь! Вы же видели документы, понимаете теперь, что мой интерес к вам вызван лишь профессиональным любопытством. Кстати, вы нелогичны. Моя машина тонирована, крепко запирается изнутри, ничто не помешает обидеть вас даже в случае парковки на людной площади. Ну же, решайтесь, нельзя же быть такой глупышкой!

Рита сдвинула тоненькие красивые брови.

— Вовсе я не дура!

— Конечно, нет.

— Где кафе?

— В двух минутах езды.

— Ладно, — кивнула Семина, — ваша правда, мне кофе хочется, и разговаривать лучше в спокойном месте.

Устроившись за столиком, я некоторое время потратил на уговоры, предлагал Рите сначала мясо, потом рыбу, затем сладкое, но девушка качала головой:

— Нет, мне только латте.

В конце концов я сдался, заказал ей кофе, а себе чай и тарелку с пирожными. Когда аппетитные эклеры, буше и картошки окажутся на столе, Рита не устоит перед соблазном, а съев сладкое, станет более спокойной и не такой колючей.

Вначале все шло по моему сценарию. Когда официант поставил блюдо, Рита мечтательно протянула:

— Какие корзиночки!

— Со взбитыми сливками, — словно змей-искуситель, сказал я.

Девушка взяла пирожное и мгновенно проглотила его, я обрадовался и решил исподволь завести разговор.

— Насколько я знаю, вы дружили с Анжелой.

Рука Риты, тянувшаяся к буше, повисла в воздухе.

— Дружили? Ох, боюсь, трудно точно определить тип наших отношений.

— Вы в парикмахерской сказали, будто ходили с Анжелой в одно училище, — напомнил я.

Рита осторожно положила пирожное на десертную тарелочку.

— Почему вы интересуетесь Лиховой?

— Вы знаете, что она умерла? — задал я свой вопрос.

Семина кивнула.

— Мне звонила ее сводная сестра, звала на похороны.

— Пойдете?

— Конечно, — вздохнула Рита, — если человек умер, живые обязаны его простить и проводить в последний путь.

— Анжела вас сильно обидела?

— Неохота вспоминать, — мрачно ответила парикмахерша, — всякое было, и плохое, и хорошее. Раньше мы дружили, потом перестали, обычное дело.

— Лихова жила с Грибковым?

— Вроде да.

— А потом переметнулась к Константину Арапову?

Рита сделала вид, что не слышит мой совершенно конкретный вопрос, она взяла пирожное и принялась с преувеличенным аппетитом есть его.

— Анжела закрутила роман с Араповым? — не отступал я. — Только очень прошу вас, Рита, не надо снова говорить, будто вы не знаете сына богатой бизнесвумен.

— Ну... он ходит к нам, — протянула Семина, — у Грибкова стрижется, маникюр у Раи делает, хороший клиент, веселый такой, придет, улыбается, всем доволен, чаевые оставляет щедрые. И сестра его у нас обслуживается. Только Костя давно не заглядывал, занят, наверное, а Анечка на днях приходила, ей на учебу в Англию улетать, вот и приводила себя в порядок. Села ко мне в кресло и говорит:

«Ты, Ритуся, меня поярче покрась, в Лондоне парикмахерские дорогие, жаль деньги тратить, сделай так, чтобы минимум на три месяца хватило, потом, конечно, придется к англичанам идти».

Араповы — приятная семья, у нас в салоне много богатых клиентов, некоторые такие распальцованные! Но ни Костя, ни Аня щек не надувают, и мама у них милая.

Выпалив это, Семина взялась за высокий бокал с латте.

— Значит, Анжела решила прибрать Константина к рукам! — воскликнул я.

— Не знаю.

— Риточка, — сохраняя внешне спартанское спокойствие, протянул я, — вы можете попасть в беду. Впрочем, наверное, и сами хорошо понимаете размер навис-

шей над вами опасности, иначе по какой причине решили встретиться со мной?

Парикмахерша оторвала безмятежный взгляд от латте.

— Уж извините, — внезапно улыбнулась она, — но
вы показались мне упертым. Отчего-то я подумала: такой не оставит в покое, подстережет после работы, у салона, а мы обычно большой компанией до метро идем.
Арина увидит и мигом вывод сделает: клиент на Семину
запал, нажалуется хозяйке, та мне втык устроит, еще и
вон выставит, наше начальство дико скандалов боится.
Знаете, как бывает, муж девчонке глазки строит, а жена
в салон явится и стекла перебьет.

А еще, не дай бог, ко мне домой притопаете, маму
больную напугаете. Вот я и решила: лучше уж поговорим
в укромном местечке, мне же меньше головной боли.
Только прямо скажите, чего вы хотите?

Неожиданная вербальная активность тихони сначала меня удивила, но потом я понял: Рита напугана, сейчас она старательно прячет страх под не присущей ей
разговорчивостью.

— Случилось что-нибудь? — продолжала девушка.

Я на секунду заколебался, интуиция велела мне честно изложить Семиной факты, в расчете на то, что
скромная, милая девушка знает некие детали, держит в
руках ключик к загадочной истории, может даже, наверное, назвать место, где находится Марина. Но Элеонора
велела мне не раскрывать тайны. И как поступить? Посоветоваться с хозяйкой сейчас невозможно. Хотя я могу выйти якобы в туалет.

— Простите, — заулыбался я, — хочу руки помыть.

Рита кивнула.

Чуть ли не бегом я достиг туалетной комнаты и попытался соединиться с хозяйкой.

— Алле, — ответила Ленка.

— Позови Элеонору.

— Она уехала.

— Куда?

— Разве ж она мне докладает, — забубнила домработница, — облилась дрянью вонючей и умотала, сижу
теперь, чихаю.

Не став слушать нытье Лены, я отсоединился и живо набрал номер мобильного.

— Аппарат абонента недоступен или находится вне зоны действия сети.

Но меня так просто не вышибить из седла, Нора всегда ездит с шофером Шуриком, а у того имеется сотовый. На этот раз я достиг успеха.

— Слушаю, — отозвался водитель.

— Вы где?

— Так на работе, Иван Палыч.

— Ясное дело, куда подевалась Нора?

— В дом пошла.

— Какой?

— Серый, с колоннами.

— К кому?

— Мне не сказала, — туманно пояснил Шурик, — выйдет, непременно сообщу о вашем звонке.

Я сунул трубку в карман и поспешил назад. Шурик предан Норе безмерно, он никогда никому не скажет, куда пошла хозяйка, режь его, строгай на бекон — будет молчать, сцепив крепкие зубы.

— Так что случилось? — воскликнула Рита, вертя в пальцах крохотную ложечку.

И я решился подчиниться голосу интуиции.

— Рита, вы умеете держать язык за зубами?

Семина кивнула.

— Я не слишком болтлива.

— Я понял это, когда стригся у вас.

— Надеюсь, вы не обиделись? Мне трудно работать и молоть языком!

— Нисколько. Очень хорошо, что вы не похожи на Олесю.

— Да уж! У той язык без костей, — довольно сердито отметила Семина, — знает все об окружающих, и, как правило, неточно.

— В семье Араповых случилось большое несчастье.

— Ой!

— Костю похитили бандиты, потребовали от матери выкуп, Марина согласилась, отдала деньги и... пропала.

— Ой, ой, ой, — зашептала Рита, делаясь белее сливок, потом подняла наполнившиеся слезами глаза, — значит, они сделали это... все-таки решились... ну, сволочи... Анжела! Господи! Костя! Это он всех убил! Боялся, что правда станет известна! Может, он и меня... того? Хотя мой Костя Арапову сказал, что я не в курсе, сам-то он... ой, мама!

По лицу Риты потекли слезы. Я вскочил, подошел к стулу, на котором скрючилась девушка, обнял ее за плечи и быстро сказал:

— Спокойно, не надо лишней сырости.

Парикмахерша затряслась, словно выброшенный на улицу котенок.

— Главное, не впадать в истерику, — пытался я привести девушку в чувство, — хочу помочь вам.

— Это невозможно, — пролепетала Рита.

— Безвыходных ситуаций не бывает, — решил я приободрить собеседницу.

Внезапно Семина резко оттолкнула меня.

— Глупый оптимизм человека, у которого в жизни ни разу не случалось беды. Лично я все время нахожусь в ужасном положении, мама висит между жизнью и смертью, Костя умер. И как вы предполагаете разгребать такие обстоятельства?

— Одна голова хорошо, а две лучше, — тихо сказал я, — давайте вместе поищем выход.

— Лично я всегда считала по-другому, — отрезала Рита, — одна голова хорошо, а вторая пошла на фиг.

— Человек стадное животное, ему свойственно обращаться за помощью к друзьям.

Рита схватила со стола салфетку, быстро вытерла лицо и с полной безнадежностью в голосе ответила:

— Единственный мужчина, которому я доверяла, как себе, умер.

Я снова обнял ее за плечи.

— Нельзя носить в душе горе, лучше поделиться им, считайте меня священником или сейфом, который никогда никому не откроет своего содержимого.

Рита замерла, потом вдруг согласно кивнула.

— Хорошо, хоть и не понимаю почему, но верю вам, вдруг вы мне поможете?

— Во всяком случае, очень постараюсь, — пообещал я, — но мне для этого надо знать, что произошло.

— Ладно, — решительно заявила Рита, — слушайте, но придется мне начать издалека.

Глава 29

Рита Семина с детства мечтала стать парикмахером, поэтому никаких проблем с выбором профессии у нее не было. Закончив школу, Риточка поступила в замечательное учебное заведение: колледж стилистов, дизайнеров и парикмахеров. К сожалению, обучали там за немалую плату, но Вера Николаевна, мама Семиной, решительно сказала:

— Ничего, я выдержу, не так уж и долго тратиться придется, всего два года, зато потом ты попадешь на отличное место, начнешь много зарабатывать, я службу брошу, сяду тебе на шею!

Дочь обняла мать и воскликнула:

— Конечно, буду тебя баловать, кормить, одевать, поить!

Вера Николаевна засмеялась:

— Ну все же, надеюсь, это произойдет не скоро, до дряхлости мне далеко, и, даже превратившись в старушку, я сумею детей математике обучать. Опытные педагоги всегда в цене, не волнуйся, прорвемся.

Проучившись первые три месяца, Рита поняла, что студенты четко делятся на две группы. Первую составляли молодые люди из среднеобеспеченных семей. В колледж они пришли, осознанно сделав выбор, хотели овладеть понравившейся профессией, устроиться в приличное место, хорошо зарабатывать. Другая категория учащихся была приведена родителями, денежными мешками, решившими заставить своих отпрысков заниматься хоть чем-нибудь. Пусть лучше на дизайнера учатся, лишь бы не бегали безостановочно по клубам, не употребляли стимуляторы и энергетические напитки. Естественно, богатенькие Буратино могли отдать своих «Митрофанов» в любой вуз, хоть в тот же МГУ, денег на репетиторов и взятки в семьях хватало. Только ведь выгонят чадушек после первой сессии, мало поступить, надо еще и заниматься наукой, а из колледжа никого не вытуривали, некоторые девушки «учились» вместо двух семь лет и в результате получали совершенно ненужный им диплом.

Рита принадлежала к первой половине, перед ней стояла стратегическая задача получить профессию и начать зарабатывать, поэтому Семина прилежно посещала лекции и практические занятия.

Как-то раз к ней подошла однокурсница Анжела Лихова и, перекатывая во рту жвачку, сказала:

— Слышь, дай конспект списать!

Лихова учебой не заморачивалась, являлась на занятия к третьей паре и откровенно, безо всякого стеснения, зевала на глазах у преподавателей. Сокурсники Анжелу не слишком любили, она была заносчива, груба, обожала хвастаться обновками и всячески подчеркивала: я богата, а вы чмо.

Но Семина не была вредной, поэтому она спокойно протянула лентяйке тетрадь:

— На.

— У-у-у, сколько, — занудила Анжела, перелистывая страницы, — это что, целиком перекатывать?!

— Ну не так уж и много, — ответила Рита.

— Ага, хорошо тебе говорить, — надулась Лихова, — готовенькое имеешь!

Семина вытаращила глаза и хотела сказать, что это «готовенькое» тщательно конспектировала на лекциях сама, но тут вдруг Лихова воскликнула:

— А че вот тут почерки разные?

— Я двумя руками писала, — улыбнулась Рита.

— Как это?

— Правая устала, вот и взяла ручку в левую.

— Вау! Прикольно.

— Я в детстве на катке упала, — пояснила Семина, — и кисть сломала, пришлось учиться здоровой писать, чтобы от класса не отстать.

Анжела стала накручивать на палец прядь волос.

— Послушай, — заявила она, — перепиши мне конспект левой рукой. Препод не врубится, он же наши почерки не знает.

Семина сначала растерялась от такой наглости, а потом рявкнула:

— Некогда мне, сама постарайся, да имей в виду, я всего на два дня тетрадь дать могу.

— Ну пли-из, — заныла Лихова.

— Ты что, офигела?

— Ну помоги мне.

— Сказано же, не могу.

— Я болела.

— И что из этого?

— Поэтому лекции пропустила.

— Объясни это в учебной части.

— Справки от врача у меня нет.

— Отстань.

— Вредина!

— Но почему я должна за тебя пахать?

— Так не даром же! Вот, гляди.

Лихова вытащила из пакета коробку, раскрыла ее, Рита невольно вздохнула, внутри были очень красивые, модные, дорогие туфли.

— Папахен подарил, — пояснила Анжела, — во дурак!

— Почему?

— Размер не мой. Ты какой носишь?

— Тридцать седьмой.

— Подойдут, меряй.

Семина хотела сказать, что ей не нужна обувь, но руки сами схватили изумительные туфли из натуральной кожи. Анжела оказалась права, лодочки пришлись впору.

— Отлично, — заявила Лихова, — перепишешь лекции, получишь тапки! Даром! Я продать их хотела, но тебе так отдам, за конспект. У меня обуви как грязи, папахен еще припрет. Во идиот, никак размер запомнить не может, урод!

Рита провела бессонную ночь и получила обновку. После этого случая Анжела стала частенько эксплуатировать Семину: то велит сделать за себя курсовую, то доклад написать. Расплачивалась Лихова всегда одинаково:

носила шмотки, новые, с бирками, очевидно, родители не жалели на наглую доченьку денег.

Потом Анжела разоткровенничалась, рассказала, как ловко вертит «бросившими» ее предками.

— Папахен бабла отвалит, — смеялась она, — я к мамахен иду. Та тоже расщедрится, правда, последнее время они шмутярой отделываются, но и ей применение найти можно.

Чем откровенней становилась Лихова, тем меньше она нравилась Рите. Семина была очень довольна, когда, получив диплом, ушла на работу. Лихова осталась в колледже, несмотря на бесконечную помощь Риты, Анжеле не удалось вовремя завершить курс наук.

Месяца через три на Риту начали сыпаться несчастья. Сначала заболела мама, да так тяжело, что дочке пришлось, бросив все, дежурить в больнице, иначе Вера Николаевна могла не выжить.

В конце концов Рита вырвала мать из когтей смерти, но в каком виде: безгласную, неподвижную, практически не реагирующую на действительность.

Не успела Семина привезти маму домой, как случилась новая беда: девушку уволили с работы.

— Нам нужны старательные сотрудники, — заявила управляющая, — а у тебя сплошные отпуска за свой счет.

— Извините, у меня мама больна, — попыталась оправдаться Рита.

— Будешь теперь около нее спокойно сидеть, — мерзко ухмыльнулась директриса, — а у нас не богадельня.

Вот когда Рита поняла, почем фунт лиха! Деньги испарились мгновенно, исчезли, словно кусок льда при пожаре. Маме требовались дорогие лекарства, памперсы, хорошее питание, и Семина начала продавать вещи. В конце концов положение стало безнадежным. Веру Николаевну нельзя было оставить одну, а чтобы зарабатывать деньги, Рите требовалось выйти на службу, значит, для матери нужно найти сиделку, но за услуги платят, а чтобы получать деньги... начинай сначала.

В какой-то момент на девушку навалилась такая черная тоска, что она всерьез стала задумываться о самоубийстве. Если прыгнуть с пятнадцатого этажа, проблемы разом кончатся! Удерживала ее от непоправимого поступка только мысль о беспомощной маме.

В тот момент, когда Рита окончательно пала духом, ей позвонила Лихова и спросила:

— Ты где работаешь?

Семиной ужасно не захотелось говорить однокурснице правду, и она соврала:

— В салоне.

— Говори адрес.

— Зачем тебе? Это обычная парикмахерская.

— У меня ща временные трудности, — захихикала Анжела, — предки повоспитывать решили, дотации лишили. Думаю, ты должна меня бесплатно постричь и покрасить.

— Еще чего! — обозлилась Семина.

— Экая ты неблагодарная.

— Я?

— Ты, именно ты.

— За что же мне тебе обязанной быть?

— Сколько шмоток даром от меня получила!

— Я их отработала!

— Вовсе нет, я на нищету тебе давала, неужели считаешь написание конспектов работой? — с искренним удивлением заявила Анжела.

И тут Рите стало так горько, что и не передать словами, она зарыдала и швырнула трубку.

Через час раздался звонок в дверь, и на пороге появилась, как всегда, веселая Лихова.

— Ты и дома можешь меня постричь, — заявила она.

У Риты от подобного нахальства перехватило горло, а Анжела как ни в чем не бывало сморщила носик.

— Фу, чем у тебя воняет! Как в туалете! Квартиру надо хоть изредка мыть, грязнуля!

Кровь бросилась Рите в голову, дрожащими руками она распахнула дверь в комнату Веры Николаевны и прошептала:

— Вот любуйся! Это моя мама.

— Господи! — подскочила Лихова. — Чем от нее несет? Немедленно отправь ее в больницу, открой окна, задохнуться можно! Тут жить нельзя! Отвратительно!

Семина, рассчитывающая хоть на каплю сочувствия, заплакала и на пике истерики выложила Лиховой все: про инсульт, безработицу, немилосердно дорогие лекарства и мгновенно пачкающиеся памперсы.

Анжела поковыряла носком элегантной туфли паркет, развернулась и... ушла. Рита утерла слезы и отправилась кормить маму, она страшно рассердилась на себя за проявленную слабость: нашла кому жаловаться! Анжеле!

Около одиннадцати вечера Лихова неожиданно вернулась, она протянула хлопающей от удивления глазами Рите несколько больших пакетов.

— На, держи, — надменно сказала бывшая однокурсница.

— Это что? — изумилась Рита.

— Памперсы, — презрительно пояснила Лихова, — в подарок, бесплатно.

Меньше всего Семиной хотелось брать что-либо из рук Анжелы, но крайняя бедность, как правило, учит быть смиренным.

— Спасибо, — прошептала Рита, — ты меня здорово выручила.

И тут Анжела удивила ее до отключки, она внезапно улыбнулась открыто, дружески, без обычно присущих ей ехидства и наглости, и потом воскликнула:

— Люди должны помогать друг другу.

Семина вытаращила глаза, а Лихова раскрыла сумочку, выудила оттуда очень дорогую, самую навороченную модель мобильного телефона, украшенную стразами, и велела:

— Записывай номерок.

— Зачем? — окончательно растерялась Рита.

— Место тебе, дуре, нашла, — пояснила Анжела, — да не в вошебойке, на вокзале, а в элитном салоне. Клиентов у них — лом! Стрижка больше ста баксов стоит, мастера, если, конечно, постараются, получают огромадные чаевые. Иди завтра к хозяйке, тебя берут.

Дрожащими пальцами Риточка схватилась за ручку и тут же уронила ее.

— Нет, — простонала она.

— Что «нет»? — обозлилась Лихова. — В каком смысле «нет»? Только две минуты назад ты рыдала, жаловалась на отсутствие работы...

— Маму оставить не с кем, — заплакала Семина, — за ней нужен постоянный уход.

Анжела испустила протяжный вздох.

— Господи! У тебя одни неразрешенные проблемы! Смешно! Надо лишь покрутить мозгами, и все будет пучком. Чего рыдать? Я вот включила фантазию и мигом нашла выход. Сиделка нужна? Пиши еще один номер. Прямо сейчас звони, она завтра в шесть утра примчится. Звать Нинкой, учится в институте, ей деньги требуются, на стипуху не прожить, будет к тебе по очереди с подружками бегать, возьмут копейки, потому что диплома медсестры не имеют... Памперсы поменять, накормить да укол сделать особого ума не надо. Ну, чего рот разинула? Вот дура! Хорошо, я сама ее вызову!

Рита, окаменев от радости и удивления, молча наблюдала, как Анжела ловко разруливает только что казавшуюся совершенно безвыходной ситуацию. Пару часов назад Семина всерьез подумывала о самоубийстве, а вот теперь жизнь заиграла праздничным фейерверком. Лихова легко, играючи устроила все: работу, памперсы, сиделку.

Через неделю после того, как Рита вышла на работу, в салон заявилась Лихова и сказала ей:

— Ну вот, теперь я обслуживаюсь у тебя бесплатно.

Парикмахерша заволновалась.

— Анжелочка, я готова для тебя сделать все, что угодно, но администратор тщательно следит за нами.

— Экая ты неблагодарная, — укорила Лихова, — недолго хорошее помнишь!

Рита прикусила губу и попыталась найти выход.

— Приезжай ко мне домой.

— Фу! Это очень далеко.

— Давай я к тебе приеду.

— Нет, мне нравится в салоне, — отрезала Анжела и плюхнулась в кресло, — волосы нужно покрасить, постричь, уложить, а уж как все это проделать бесплатно, твоя забота.

Семина замялась, была лишь одна возможность обслуживать Лихову, самой оплачивать услуги, оказывамые ей, но ведь это дорого! Рита оказалась в очень неприятной ситуации: с одной стороны, ей не хотелось выглядеть неблагодарной, с другой — Анжела станет теперь через день бегать на укладку.

В конце концов Рита пробормотала:

— У меня сейчас клиентка, работы еще на полтора часа.

— Ладно, — легко согласилась Анжела, — пойду пока кофе попью.

Глядя, как бывшая однокурсница выходит из салона, Рита испытала, мягко говоря, дискомфорт. Она соврала Лиховой, никакой работы у нее не было, только проблема не решена, она лишь отложена на время, Анжела скоро вернется.

С камнем на душе Семина пошла в подсобку и пригорюнилась.

— Отчего грустишь? — спросил вошедший следом за Ритой стилист Костя Рамкин.

Симпатичный юноша с не очень красивым лицом понравился Рите в первый день ее появления в салоне, поэтому она вздохнула и честно изложила ему свою историю. Стилист улыбнулся:

— Эка печаль. Нам разрешают обслуживать родственников, правда, не более одного человека. Материалы оплачиваются, а труд специалиста — нет. То есть ты бесплатно работаешь с клиентом, он ничего не дает за стрижку, укладку, ему говорят лишь цену краски, лака, шампуня... Поняла? Назови Лихову... ну, допустим... двоюродной сестрой.

Обрадованная Рита понеслась на рецепшен, вернувшаяся Анжела села в кресло и довольно протянула:

— Говорила же, всегда найдется выход, а ты вечно ноешь, вместо того чтобы думать.

Вечером, перед самым закрытием салона, Рамкин подошел к Семиной и поинтересовался:

— Ну как? Прокатило?

— Спасибо тебе, — с чувством воскликнула Рита, — я деньги только за материал отдала!

Костя улыбнулся:

— Пожалуйста, хочешь, научу, каким образом сэкономить на краске и шампуне?

— Очень!

— Ты свободна или тебя ждет кто?

— Только мама дома.

— Давай в кино сходим? — предложил Рамкин. — Если тебя, конечно, мой внешний вид не отталкивает.

— По-моему, ты очень симпатичный, — выпалила Рита, — сразу мне понравился.

Костя покраснел.

— Вот накоплю денег и сделаю шлифовку кожи.

— Ничего не видно.

— Да ладно, я сам знаю!

— А у меня «уши» на ногах, — вдруг ляпнула Рита, — похудеть надо.

— Да ты тростиночка.

— Нет, смотри, вот он, жировой запас.

— Так это хорошо, — с самой серьезной миной заявил Рамкин, — настанет голод — не умрешь!

Рита расхохоталась, Костя тоже заулыбался. Вот так у них начался роман, получалось, что Семина вновь должна быть благодарна Лиховой. Не пожелай Анжела сэкономить на прическе, парикмахерша бы и не разговорилась со стилистом.

В общем, жизнь Риты наладилась. Студентки-медички аккуратно присматривали за Верой Николаевной, в салоне у Семиной мигом образовалось много клиентов, зарплата росла, чаевые радовали, а еще Риточка была влюблена и любима. Костя имел самые серьезные намерения. Он жил один, о родственниках лишь сухо сообщил: «Их нет». Парализованная Вера Николаевна не испугала Рамкина. Придя первый раз к Рите, он не наморщил нос, не стал выяснять, отчего в квартире стоит тяжелый запах, не вздрогнул, увидав неподвижное тело, а просто сказал:

— Может, нам специальную кровать купить? Вроде тех, что в больницах стоят, станешь ручку крутить — изголовье приподнимется, меньше сил потребуется, чтобы Веру Николаевну ворочать.

Коротенькое словечко «нам» прозвучало как предложение руки и сердца, Рита расплакалась от счастья, она была готова теперь стричь, красить и укладывать волосы Анжелы каждый день.

Глава 30

Сказав друг другу нужные слова, Рита и Костя решили жить вместе, а вот поход в загс они пока отложили. Свадьба — затратное мероприятие, следует купить платье невесте, костюм жениху, кольца, позвать коллег по работе и друзей...

В конце концов набежит весьма приличная сумма, а влюбленные решили копить деньги на квартиру, у них должна быть спальня, а у Веры Николаевны своя комната. Поэтому каждую честно заработанную копеечку пара откладывала в чулок, ребята даже перестали бегать в кино и перекусывать в кафе, но они не ощущали себя несчастными, наоборот, за спиной словно выросли крылья, а любимым развлечением их стал просмотр специальных журналов, на страницах которых печатали объявления агентства недвижимости. Очень часто там имелись и планы квартир. Вечером Рита и Костя, взяв карандаш, начинали мечтать.

Вот если купить эту квартиру, тогда комната с балконом будет их спальней, кровать поставят в углу...

Спустя полгода Рита заметила, что Костя стал каким-то нервным, дерганым. Он мог даже накричать на нее. Семина решила, что жених просто устал, и предложила:

— Давай поедем отдохнуть.

— Куда? — вяло спросил Рамкин. — Веру Николаевну нельзя бросать.

— В Турцию, — воодушевленно воскликнула Рита.

— С ума сошла! Это же дорого!

— Вовсе нет, — засуетилась Семина, — я уже навела справки, можно за небольшие деньги съездить!

— Откуда они у нас?

— Из заначки возьмем!

Костя притих, потом вдруг заорал с такой силой, что у Риты заложило уши:

— Дура!

— Что я сделала не так? — растерялась девушка.

— Не понимаешь?

— Нет.

И тут всегда ласковый, нежный Костя схватил ее за плечи, потряс, как нашкодившего котенка, швырнул на диван и перешел на визг:

— Я из сил выбиваюсь, на квартиру зарабатываю, а ты деньги транжирить собираешься!

Рита сначала заплакала, но потом ей стало обидно до такой степени, что слезы высохли.

— Между прочим, я тоже пашу, как каторжная! — воскликнула она.

Вполне справедливая фраза окончательно выбила Рамкина из колеи.

— Что ты знаешь, идиотка, — зашипел он, — я на такое почти согласился!

— На что? — насторожилась Семина.

Внезапно Костя успокоился, злое выражение исчезло с его лица.

— Прости, наверное, я измотался.

— Нет уж, рассказывай. Ты от меня что-то скрываешь?

Костя отнекивался, как мог, но в конце концов ему пришлось ввести Риту в курс дела. Услыхав рассказ жениха, Семина онемела, ей могло прийти в голову что угодно, но только не это!

С ними работал Алексей Грибков, друг Рамкина и самый лучший мастер в салоне, ясное дело, клиентов у него было море. К нему повадился стричься Костя Арапов, беззаботный мальчик-мажор, сын богатой бизнесвумен, ничего не жалевшей для сына. Константин Арапов так часто менял машины, что Рита устала отслеживать, на какой тачке он сегодня подкатил к парикмахерской. Он, похоже, совершенно не считал денег, спокойно оставлял на чай сто долларов. Другие клиенты никогда не были столь щедры, но, с другой стороны, они зарабатывали себе на жизнь сами и очень хорошо знали, что монеты не растут на золотом дереве. А вот Арапову деньги доставались безо всяких усилий, он брал их из тумбочки.

Грибков страшно гордился своими близкими отношениями с Араповым. Частенько, придя на работу, Алеша начинал демонстративно зевать и делал это до тех пор, пока кто-нибудь из сотрудников салона с легкой ехидцей не осведомлялся:

— Чем ночью-то занимался?

— С Араповым по клубам ходили, — начинал громко вещать Алеша, — до шести утра прошлялись, он-то потом домой поехал, а я, несчастный, сюда.

Далее следовал подробный отчет о развлечениях с перечислением очень модных и вследствие этого очень дорогих злачных мест.

Рита, слушая Грибкова, старательно следила за выражением лица, не дай бог на нем появится презрительная гримаса. Алешу Семина еле выносила, а Арапов не вызывал у нее уважения. Да, он приветливый, не заносчивый парень, но все его богатство от предприимчивой мамы. Жаль, что Рамкин тоже принадлежит к компании, роли в которой были распределены так: Костя Арапов — богатый царь, щедрый покровитель, Алеша умный, хитрый паж при правителе, а Рамкин принеси-подай-пошел-вон, ему надо радоваться и кланяться Арапову с Грибковым за то, что приняли его в свой круг. На равных присутствовала в компании и Анжела, она сначала спала с Алексеем, потом безо всякого стыда переметнулась к Арапову. Рита лишь диву давалась, глядя на друзей. Алексей не стал ссориться с богатым приятелем, сделал вид, будто не заметил маневра любовницы. Впрочем, ни одна из девиц не задерживалась у Арапова надолго, и Семина решила, что Анжелка спустя дней тридцать-сорок вернется к Грибкову, но отношения Лиховой и Арапова оказались на удивление стабильными.

В группе имелся еще один юноша со смешной фамилией Рогатый, по имени Игорь, друг детства Арапова. Он нравился Рите еще меньше, чем Грибков. Игорь был странным: то сидел угрюмый в углу, то начинал безудержно веселиться. Один раз Семина стала свидетельницей абсолютно дикой выходки: Рогатый ни с того ни с сего вдруг набросился на бедно одетого мужчину, покупавшего сигареты. С воплем: «Я узнал тебя!» — Игорь сбил ничего не понимающего человека с ног и начал топтать его.

Дело могло закончиться плохо, потому что мимо, как назло, проходил патруль. Ситуацию купировал Арапов, он привычно вынул кошелек и одарил всех: ментов и перепуганного дядьку. Потом Константин засунул обмякшего Рогатого в свою машину и развел руками:

— Уж простите, ребята, гуляйте без нас.

Грибков моментально уехал домой, Анжела увязалась за Алексеем, а Рита спросила у Рамкина:

— Рогатый шизоид?

— Да нет, — отмахнулся тот.

— Он ненормальный.

— Ну... с какой стороны посмотреть.

— Да с любой гляди, хорошим не покажется, — констатировала Рита.

Жених слегка поколебался, потом сказал:

— Только виду не подавай, что правду знаешь! Арапов и Рогатый ее скрывают, но я в курсе!

— Ну? — заинтересовалась Рита. — Говори.

— Игорь наркоман.

— Вау!

— Вернее, был им.

— Да ну?

— Точно, но сумел бросить, ему Арапов помог. Знаешь, что у его матери за бизнес?

— Торговля.

— Ага, лекарствами, а еще она их производит, — просвещал Рамкин невесту, — лаборатории имеет, научный центр. Игоряха же с высшим образованием, сумел диплом получить, хоть на втором курсе на героин подсел. Марина ничего о пристрастиях Рогатого не знала и взяла его к себе на работу, только Игорек все хуже делался, пришлось Косте матери правду рассказать, а у той связей полно, и она как раз одно лекарство разрабатывала, грубо говоря, от наркотической зависимости. Опробовать его на людях не имели права, но Арапова взяла препарат и дала Игорю. Рогатый сам хотел соскочить с иглы, вот и поставил на себе эксперимент.

— Помогло?

— Как видишь, — скривился Рамкин, — шприц он забыл, но таблетки плохо подействовали на нервную систему, теперь у Игоряхи припадки случаются, накатывает на него злоба, прямо как цунами, справиться с напастью он не может и способен в такую минуту хрен знает что натворить. Потом опомнится, головой трясет и спрашивает у нас: «Чего я нафигачил-то? Поверьте, ребята, не хотел».

Вот из таких странных людей состояла компания, куда Рамкин постарался ввести Риту, но она не пришлась ко двору. Костя Арапов вежливо улыбался, но был дистантен, Рогатый здоровался с Ритой и мигом забывал о ней, Анжела задирала нос, а Грибков усиленно делал вид, что плохо знаком с коллегой по работе. Семина живо смекнула: ее не торопятся считать своей, и стала избегать «командных» походов, Рамкин, видя подобное положение вещей, тоже слегка отстранился от прежних приятелей, но совсем отойти от них не мог.

Арапов был одним из лучших посетителей салона, другом Грибкова, Алеша же пристроил в свое время на работу Рамкина. В общем, стилист хотел и друзей не обидеть, и невесте угодить. В конце концов был найден компромисс. Субботу Рамкин целиком посвящал Рите, а в воскресенье таскался с прежней компанией, денег на развлечения он не тратил, за всех щедрой рукой платил Арапов. Но сколько веревочке ни виться, а кончик покажется.

Вскоре пришло время расплачиваться за съеденные яства, выпитое вино и веселье. Костя придумал невероятную аферу и потребовал от друзей помощи. Для начала он позвал Алешу, Рамкина, Игоря, Анжелу и рассказал им правду: Марина не очень хорошо относится к сыну.

— Ты чего! — воскликнул Грибков. — Имеешь денег выше крыши!

— Маман копейки мне отстегивает, — вздохнул Арапов.

— Только что в ресторане тысячу баксов оставил, — не успокаивался Алексей.

— Это ерунда! — хмыкнул Арапов. — Знаете, что принадлежит моей матери? Ну слушайте! Квартира в центре, дом в Подмосковье, фирма, торгующая таблетками, куча всяких ларьков, научный центр, апартаменты в Майами... Я уже не говорю о всяких мелочах типа картин, антикварной мебели, посуды и драгоценностей. Только не следует думать, что мамахен сама все заработала! Капитал нажил мой отец, Герасим Арапов. Кстати, ему помогла его мать — Нина Антоновна, моя бабушка. Вы в курсе, кем был мой дед?

— Нет, — хором ответили приятели.

Костик засмеялся.

— Кто при Советах ум имел, тот и после революции в девяносто первом году хорошо устроился! Дедушка директорствовал на заводе, военном; предприятие располагалось в Подмосковье — целый город, теперь заброшенный. Так вот, дед собирал старинные книги, умер он, правда, давно, но Нина Антоновна коллекцию не разбазарила и своему сыну, то бишь моему отцу, передала. А он уж книги продал и бизнес начал.

— Фигня, — заявил Рогатый, — никто за потрепанные томики больше двух рублей не даст!

— Дурак ты, — оборвал Игоря Арапов, — там раритеты были, например, первое издание Диккенса! За него отец десятки тысяч выручил, и не рублей. Я к чему это рассказал: папе его мать помогла, он на ее бабки раскрутился. Отец помер — на Маринку без труда богатство свалилось. А когда я попросил: «Мать, хочу свое дело открыть», — она мне ответила: «Ничем помочь не могу, капитал в обороте, свободных средств у меня нет».

— Не похоже на нее, — снова не к месту влез Игорь, — она всегда тебе навстречу идет, машины покупает, любые суммы дает!

— Но не больше пятнадцати тысяч баксов в месяц! — заорал Костя. — Жлобина!

Повисла тишина, потом Грибков пробормотал:

— Офигеть можно! Тебе этого мало?

— Конечно!

— Ну и деньжищи, — вздохнул Рамкин, — мне за них хрен знает сколько пахать надо.

Анжела застыла с открытым ртом, а Грибков с легкой обидой воскликнул:

— Ты никогда и словом не обмолвился, СКОЛЬКО имеешь!

Арапов снисходительно оглядел притихших приятелей.

— Вы нормальных денег не видели! Конечно, пятнадцать кусков на развлечения и шмотки хватает, но мне надоело без дела болтаться, хочу свой бизнес открыть, только маменькино пособие в этом не поможет!

И тут ожила Лихова.

— Мне бы ваши проблемы, господин учитель! Анекдот знаете? Сидит десятиклассник Иванов на уроке литры и думает о своем: «Чего делать? Машка из восьмого от меня беременна, Ленка из девятого тоже, им надо денег на аборты дать, только где их взять, вчера последние в казино проиграл, даже на «чек»[1] не хватает, ломает всего, крутит, тошнит, не надо было вчера водяру с пивом мешать». И тут учитель его за плечо цап: «Эй, Иванов, хватит в облаках витать, немедленно отвечай на вопрос: «Почему Анна Каренина под поезд прыгнула?» Иванов глянул на препода и говорит: «Эх, мне бы ваши проблемы, господин учитель!»

— Ты попроще, — буркнул Грибков, — чего анекдоты рассказываешь? Хочешь дело говорить — ради бога!

— Неужели ему мать на бизнес не даст? — усмехнулась Анжела. — Надо только попросить получше.

— Сука она, — рявкнул Арапов, — сама все за так поимела, папахену моему бабка деньги добыть помогла, а мне маманя ответила: «Хочешь клуб открыть? Ерунда, прогоришь. Займись лучше семейным бизнесом».

— А ты что? — тихо спросил Рамкин.

— Объяснил нормально: хочу открыть клуб, ну прикольно мне этим заниматься, а таблетками влом торговать. Я ведь много денег не просил, всего три миллиона.

— Это же почти сто тысяч баксов, — присвистнул Грибков.

---

[1] «Ч е к» — доза героина.

— Мне доллары нужны, — завизжал Арапов, — три лимона!

Снова повисла тишина.

— А Маринка — стерва, — не успокаивался любящий сыночек, — опсихела совсем, заявила в ответ: «Вот умру, вы с Анечкой поделите наследство, и пускайте его по ветру, я уже этой печальной картины не увижу!» В общем, так, знаю, вам всем тоже бабки нужны. Алеха хочет свой салон открыть, Игорек планы всякие строит, Рамкин, чего молчишь? На квартиру копишь?

— Да, — проронил потрясенный услышанным стилист.

— Значит, так, — подвел итог Арапов, — я еще не все вам открыл. У мамахен тугая копеечка имеется, в загранке спрятана, карточка есть. Там деньжищ! Всем хватит: и мне, и вам, надо лишь кредитку получить да пин-код с паролем узнать. Дальше легче плюнуть, я качу в Лондон и забираю средства, открываю клуб, Леха получает салон, Костька квартиру... Эй, Рамкин, не спи, замерзнешь!

Стилист встрепенулся.

— Ну выкрадешь ты у матери кредитку, — попытался он остудить горячую голову Арапова, — вызнаешь пароль с пином и чего? Марина заметит пропажу и блокирует счет.

— Нет, — остановил его Арапов, — она так не поступит.

— Почему? — воскликнула Анжела.

Мальчик-мажор потер руки.

— Есть план, ребята, гениальный, как все простое. Маринка сама вам пластик отдаст, еще на коленях просить станет, чтобы взяли. Знаете почему? Слушайте.

Страшно довольный собой Арапов начал излагать план. Навел его на мысль о преступлении приятель сестры Слава Загребский. Его мать подписала рекламный контракт с фирмой «Гема», ей предстояло нахваливать сразу несколько видов таблеток, но что-то сложилось неудачно, женщину разбил инсульт. Владилен Карлович Загребский, дед Славы, милый, интеллигентный кабинетный ученый, вышел из себя и устроил дикий скандал.

— Ваще крышу потерял, — объяснял Слава Ане и пившему в столовой чай Косте, — такого наорал! Якобы у него есть знакомые чеченцы, они вас украдут, продадут в рабство, потом денег за выкуп потребуют.

— С ума сойти! — воскликнула Аня.

— И че? — лениво осведомился Костя. — Он такое может? Мы охрану наймем.

— Нет, конечно, — завздыхал Слава, — откуда у деда знакомые бандюганы, он только со своими водится, со старикашками убогими. Может, мне Марину попросить на дурака не злиться? Ваша мать крутая, она как раз способна дедку холку намылить. Он весь уже испереживался, совесть его грызет и страх.

— Я поговорю с мамой, — пообещала приветливая, всегда готовая помочь людям Аня.

И тут вдруг Костю словно стукнули по голове, он отодвинул чашку и нарочито спокойным голосом сказал:

— Не надо, Анюнь, чего мать волновать, у нее и без этой ерунды головной боли полно. Славкин дед не напакостит.

— Конечно, нет, — подтвердил Загребский.

— Ну и проехали, — улыбнулся Костя, — ясно ж, отчего у него чердак просквозило.

— Ладно, Костик, — охотно согласилась совершенно неконфликтная Аня, — забудем и разотрем.

Анечка, естественно, так и поступила, а вот Костя понял, как ему действовать, чтобы получить столь необходимые доллары. Нужно разыграть собственное похищение, нарядить ближайших приятелей чеченцами, закрыть их лица черными шлемами и потребовать в качестве выкупа заветную карточку с пином и паролем.

Торопиться было нельзя. Костя тщательно спланировал дело. Он добыл сильнодействующее снотворное, что для него, свободно входящего во все помещения «Гемы», оказалось легче легкого. «Чечню» Арапов решил устроить на территории заброшенного завода, где некогда директорствовал его дед. Олега Герасимовича внук не помнил, но бабушка Нина Антоновна умерла не так давно. В свое время любимым развлечением пожилой дамы было взять машину, привезти внука в Подмосковье и там предаваться воспоминаниям.

— Вот тут мы с дедушкой, дорогой Костенька, провели жизнь. Он в директорском кабинете, а я вот в этой крохотной комнатке, служила начальником вахты. А как в те годы строили! Смотри, детка, люк во дворе до сих пор работает, словно и не прошло много лет, электричества тут нет, но большинство механизмов спроектировали талантливые советские люди в расчете на то, что может случиться война, и где тогда будет электричество? Давай покажу тебе еще кое-что интересное...

Будучи младшим школьником, Костенька обожал эти прогулки, он воображал себя шпионом, лазая вместе с бабулей по заброшенному предприятию. Да еще Нина Антоновна, оказавшись в Москве, заговорщицки шептала внуку:

— Мы маме ничего не скажем, ладно? А то она обозлится и запретит вспоминать дедушку. Кстати, мы еще не все изучили. Там много интересного осталось. Значит, молчок?

Костик быстро кивал, ему нравилось ощущать себя владельцем тайны, и он никому не выдал ее. Потом бабушка заболела и умерла, внук подрос и больше не ездил на завод. Но, видно, детские воспоминания самые крепкие, в нужный момент они вылезли из запертого чулана, Костя сообразил: лучшего места для «Чечни» не сыскать. На территорию заброшенного предприятия не забредут случайные люди. Марина не поймет, что она в Подмосковье, ей сделают укол, перенесут в подвал, потом на несколько минут вытащат во двор и снова усыпят. Лекарство действует на человека отупляюще, Марина будет плохо соображать.

Узнав о планах Арапова, Рита пришла в ужас и категорично сказала Рамкину:

— Ты в этом никогда не будешь участвовать!

— Не волнуйся, — начал успокаивать ее стилист, — дело пустяковое.

— Ни за что в жизни! Это преступление, ты можешь оказаться в тюрьме.

— Ерунда.

— Через мой труп!

— Пустяк, не стоит волноваться.

— Нет!!!

— Нам же квартира очень нужна, — пытался воззвать к разуму любимой Рамкин, — успокойся и подумай:
сколько лет копить станем? Десять? Двадцать?

— Значит, придется жить в норе, — затопала ногами
Семина, — но вместе! Не хочу тебя лишиться.

В конце концов пара поругалась насмерть. Рамкин
психанул, схватил куртку и убежал прочь, встретились ребята лишь через день на работе.

Семина мрачно щелкала ножницами над головой
клиентки, стилист колдовал около своих баночек. Потом
Рамкин сделал Рите знак, та кивнула, парочка отпроси-
лась пообедать, в кафе Костя сказал:

— Извини, ты права.

— Да ладно, — отмахнулась Рита, — все бедность
проклятая, ты же для нас денег добыть хотел, только это
страшно и опасно, а потом еще совесть мучить станет!

— Скажу сегодня Косте, чтобы на меня не рассчиты-
вал.

— Не ругайся с ним, — предостерегла Рита, — еще
подлость сделает.

— Нет, нет, я осторожно, — пообещал Рамкин.

Вечером он и впрямь поговорил с Араповым, приехал домой очень веселый и сказал:

— Знаешь, Костька отличный друг.

— Неужели? — усомнилась Рита. — Не похоже что-
то, он хотел тебя в преступление втянуть.

— Я ему сообщил: «Извини, боюсь участвовать в деле», а он ответил: «Ладно, понимаю, молодец, что заранее предупредил». Представляешь, он даже не обиделся,
только спросил: «Ты хорошо подумал? Упускаешь ре-
альный шанс квартиру купить».

— А ты что? — воскликнула Рита.

Рамкин развел руками.

— Извинился снова, на том и разошлись. Арапов только попросил: «Никому ни слова о моих планах. Надеюсь,
не разболтал чужую тайну? Впрочем, ты человек поря-
дочный, или ошибаюсь?»

— А ты что? — вновь задала тот же вопрос Семина.

Стилист потер затылок.

— Соврал маленько, убедил Арапова, что молчал и впредь рта раскрывать не стану. Ты смотри не ляпни чего Анжелке.

— Я похожа на сумасшедшую?

Рамкин обнял любимую.

— Не обижайся.

— Как ты думаешь, — поинтересовалась Рита, — они таки обманут Марину?

— Не скажу точно, — погрустнел стилист, — очень надеюсь, что Костя поймет — нехорошее он дело затеял. Я ведь только из-за квартиры на подлость согласился, спасибо, что ты меня остановила. Ладно, поживем — увидим!

Через некоторое время Рите стало ясно: Арапов решил отказаться от страшной затеи. Приятели более не обсуждали с Рамкиным никакие подробности, но компания в прежнем составе ходила в кафе, кино, клубы. Арапов, Грибков, Рогатый и Анжела продолжали веселиться, охотно брали с собой Рамкина, и Семина перевела дух. Слава богу, дело закончилось, не начавшись.

Потом стилист пришел к невесте с новой фишкой.

— Я могу заработать пять тысяч баксов.

— Каким образом? — заволновалась Рита, и тут Рамкин выложил историю про шлифовку лица, таблетки и операцию.

— Это Арапов помог, — радовался парень, — в фирме его матери такое не раз проделывали.

Семина попыталась отговорить жениха и от этой затеи, но тот уперся, как норовистый ишак.

— Давно мечтаю шлифовку лица сделать, — рявкнул он, выслушав от подруги всякие аргументы типа: «опасно», «страшно», «вредно», — тысячи людей на операции ложатся, а потом красивыми ходят. У меня просто денег не было, а тут бесплатно сделают! Замолчи немедленно, Арапов замечательный друг, я ему помогать отказался, можно сказать, подвел его из-за трусости, а он!

Рита захлопала глазами, жених же, не обращая внимания на ее ошарашенный вид, сказал:

— А он зла не затаил, сумел организовать операцию

бесплатно, да еще денег мне дадут за ерунду: пару раз таблетки похвалить.

Семина попыталась вразумить Рамкина, и они снова поругались. Дело было в пятницу, субботу с воскресеньем парикмахерша просидела дома одна, тщетно ожидая звонка от любимого, в понедельник вышла на работу и узнала, что Рамкин лег в больницу. Он не скрывал своей радости и без всякого стеснения объявил коллегам:

— Вернусь красавцем, рубцы исчезнут.

Во вторник парня удачно прооперировали, а в среду он умер в палате реанимации.

Рита замолчала, я тоже молча смотрел на нее. Значит, «похищение» Кости было умело срежиссированным спектаклем. Однако младший Арапов талантливый человек, я полностью поверил в происходящее. Не допусти «кавказцы» ошибки, повернись они во время «молитвы» на восток, дело могло бы сойти им с рук. Ну и мерзавец! Зачем ему нужно было унижать мать, заставлять ее целовать кроссовки у одного из похитителей? Неужели нельзя было обойтись без этой сцены? Хотя, наверное, нет, Марина попыталась выказать свою гордость, а подлинные кавказцы никогда бы не позволили бабе взять над ними верх. Арапову следовало поставить на место, и это было проделано с нужным драматизмом. Кто изображал главаря? Кто сидел на скамейке около полуодурманенного Кости? Или, может быть, парень только изображал это состояние? Рогатый? Грибков? Минуточку, сколько их было, «чеченцев»? В машине с нами ехало двое, потом в подвал спускался еще один...

— Страшно, — прошептала Рита.

Я встрепенулся.

— Вы о чем?

Семина схватила салфетку и прижала к лицу.

— Я ведь не знала, что Костю похитили, полагала, банда замысел оставила, а тут вы... с этим рассказом. Боже, какой ужас, они все же решились на похищение. Страшно, страшно... мне сейчас еще одна мысль в голову пришла, дикая, невероятная...

— Какая? — занервничал я.

Рита схватила меня за руку.

— Моему Косте сделали операцию хорошо, я звонила в клинику, говорила с врачом, а тот ответил: «Никаких поводов для беспокойства нет, приезжайте в среду после обеда, увидите своего кавалера целым и невредимым». Но мы так и не встретились. И вот теперь... только... я сообразила...

— Что?!!

— Вдруг Арапов убил моего Костю, — пролепетала Рита, серея на глазах, — Рамкин ведь знал, что план приведут в исполнение, а мой любимый мог проговориться ненароком, да хоть напиться и проболтаться... Может, поэтому Арапов и предложил ему операцию, а? Заманил бесплатной шлифовкой и деньгами? Арапов у матери любое лекарство взять мог, он в них хорошо разбирается... И Анжелка померла, и Грибков, считайте, почти в могиле! Арапов всех убивает, чтобы денег никому не отдавать. Это раз! А второе... он небось свидетелей убирает!

— Арапов умер, — быстро сообщил я.

— Вы уверены? — обморочным голосом поинтересовалась Рита.

— Да, я видел тело, Костя выглядел абсолютно мертвым.

— Есть такие лекарства, примешь таблеточку — и на вид настоящий труп, — прошептала Семина, — нам сам Арапов о таких рассказывал. Господи, как страшно! Так он и до меня доберется, уничтожит на всякий случай!

— Костя скончался, сейчас его останки лежат в морозильной камере, — попытался я успокоить Риту.

— Вы их там видели?

— Да, — бойко соврал я, покрываясь потом от предчувствия близкой беды.

— Тогда кто всех на тот свет отправляет? Зачем? Мне не верится в случайные совпадения, — еле-еле выдавила из себя Рита.

Я набрал полную грудь воздуха и резко сказал:

— Слушай меня внимательно. Можешь взять бюллетень?

— За свой счет.

— Пусть так. Сейчас отвезу тебя домой, сиди тихо-тихо, двери никому не открывай, если заявится участковый, не впускай его. Не общайся ни с кем из приятелей, не высовывайся даже в булочную, не бери почту из ящика, не заходи в Интернет, оборви всю связь с внешним миром, отпусти сиделок, сама ухаживай за мамой.

— И что, всю жизнь так сидеть? — всхлипнула Семина. — Мы с голоду умрем.

— Думаю, дней через семь все образуется, — стараясь придать своему голосу твердости, пообещал я, — если нет, Нора найдет способ обеспечить вашу безопасность. Не бойся, ты теперь не одна.

Доставив перепуганную почти до обморока девушку до квартиры и проверив, тщательно ли она заперла дверь, я поехал домой.

Нора была в кабинете, не дав хозяйке сказать и слова, я положил перед ней диктофон и воскликнул:

— Каюсь! Виноват! Я сообщил Семиной о смерти Кости.

Глаза Норы сердито заблестели, хозяйка открыла было рот, но я быстро продолжил:

— Прежде чем абсолютно справедливо ругать меня, прокрутите скорей запись.

Надо отдать должное Элеоноре, она очень хорошо понимает, когда не следует затевать свару. Вот и сейчас любительница криминальных расследований молча схватила диктофон и ткнула пальцем в кнопку.

Я был вынужден выслушать откровения Риты еще раз, потом Нора мрачно сказала:

— Ступай поужинай.

Не успел я дойти до двери, как в комнате вновь зазвучал голос Семиной, Нора решила вновь изучить разговор.

В шесть утра я был разбужен голосом хозяйки:

— Ваня, вставай!

Я сел и потряс головой, увидел Нору, изумился, схватил халат и сказал:

— Простите за разобранный вид, право, я не ожидал вас.

Элеонора хмыкнула.

— Было бы странно обнаружить тебя в кровати одетым в костюм, галстук и ботинки. Поднимайся, я все поняла! Ну-ка, вспоминай, сколько было «чеченцев».

— Э... э... сначала двое в машине.

— Как они выглядели?

— Один стройный, но крепкий, второй щуплый, похожий на подростка, оба молчали.

— Дальше!

— В подвал к нам спускался еще один.

— Другой? Или что находился в машине?

Я призадумался.

— Точно не скажу, может, это был водитель? Но определенно не щуплый, тот совсем небольшого росточка, когда он стоял на дороге около Марины, оказался ниже ее.

— Ладно, значит, мерзавцев было по крайней мере двое?

— Трое, — качал я головой, — еще один сидел на скамейке, около Кости.

— Ты его не видел в «Жигулях»?

— Нет.

— Точно?

— Конечно! Над Мариной издевался довольно полный мужчина, не качок, а именно толстяк, у него живот торчал, словно у беременной, спортсмены иначе выглядят!

— Теперь считаем количество участников. Рамкин отказался, так?

— Да.

— Следовательно, их осталось четверо: сам Арапов, Анжела, Грибков и Рогатый, верно?

— Вроде.

— Константин изображает жертву, рядом с ним на скамейке, думаю, сидел Грибков, по описанию очень на него похож, он единственный из всех толстый. И потом, Алексей, насколько нам теперь известно, мечтал стать актером, даже ходил на киностудию, следовательно, умел перевоплощаться, и самая трудная роль была отдана ему. Предположим, за рулем сидел Рогатый, он же спускался к вам в подвал. Внимание, вопрос! Кто был щуплый, хрупкий, похожий на подростка?

Я растерялся, потом предположил:

— Анжела?

Нора покачала головой.

— Нет, Лихова была ростом больше метра восьмидесяти, а тот «чеченец» небольшой, ты сам сказал, он ниже Марины. Впрочем, Анжела тоже, насколько я понимаю, участвовала в деле, но она дура, ей не досталось роли. Лиховой поручили в нужный момент включить магнитофон с записью молитвы, так она и этого не сумела правильно сделать. Представляю, как на нее потом наорали! Хотя после смерти Кости, думаю, все растерялись.

— Молитва прозвучала, — напомнил я.

Нора поморщилась.

— Ну да! Только, наверное, Лиховой велели врубить запись, когда Арапову и тебя вывели на поверхность, а девица затормозила. Более того, она забыла выключить радио, и из динамика раздалось: «Московское время двадцать ноль-ноль». Поэтому ты понял, что на дворе вечер, а Анжела испугалась, включила магнитофон, и «чеченцы» упали на коврики. В принципе, все было вполне правдоподобно, но две детали не учтены. Мусульмане молятся всегда на восток, и навряд ли в Чечне станут слушать московские передачи, жителям Кавказа по душе другие радиостанции, да хоть турецкие. Понимаешь?

— Да.

— Тогда кто «подросток»?

— Не знаю.

— Маша Башлыкова.

— Вы уверены?

— Больше некому. Знаешь, как дело обстояло? Слушай. Бандиты соглашаются отпустить с тобой Костю, в тебя стреляют снотворным, в Арапова тоже.

— Зачем?

— Так Марина находится во дворе, а ей надо продемонстрировать, что Константин жертва. Арапова умна, еще заподозрит что-то. Значит, господин Подушкин и Константин лежат на земле. Марину снова заводят в подвал, а вас засовывают в машину, снотворное очень сильное, это почти наркоз. По идее, вы должны проспать два дня, Марина все это время будет сидеть в подвале и ждать известий. Потом мерзавцы соединяются с тобой, ты подтверждаешь приезд домой. Кстати, мы ни разу с тобой не спросили себя: а почему Аленушкино? Откуда у бандитов ключи от дома, от кого они узнали, что в хорошо вроде бы охраняемый поселок можно свободно попасть со стороны леса? Кто им это рассказал?

— Костя!

— Верно, но мы лишь сейчас узнали, что он сам задумал преступление. Следовало сразу задаться этим вопросом, может, тогда бы раньше поняли замысел Арапова. Дальше, впрочем, все пошло не по плану Кости. Никто, включая его самого, не знал о болезни сердца, наркоз убил юношу, а ты, очнувшись, не проверил, жив ли твой спутник, а спокойно сообщил в трубку Марине: «Порядок, Костя еще спит». Арапова облегченно вздыхает, ей тоже не приходит в голову поинтересоваться, каким образом ты и Костя оказались в ее доме, Марине важно другое: любимый сын избежал смерти. И она сообщает Рогатому пин-код и пароль, отдает карточку.

— Почему Рогатому?

— Потому что Костя уехал с тобой, а Грибкову Арапов до конца не доверяет, Рогатый же его лучший друг, ясно?

— Да, — закивал я.

— Далее события разворачиваются иначе, чем планировалось. Что-то случается с Мариной.

— Ее убили!

— Могли, она им раскрыла все тайны и больше не нужна. Либо отравили ее и спрятали тело, либо держат Арапову в плену. Думаю, все же первый вариант, увы, более вероятен. Выполнив черное дело, негодяи ждут известий от Кости, но он пропал, на связь не выходит, трубку не берет. Представляешь, как они занервничали? И тут Рогатый и Башлыкова решают обмануть остальных. Игорь собирается, наверное, уехать за границу с целью перебросить деньги на свой счет, а Маша, чтобы усыпить бдительность остальных участников аферы, ломает комедию. В тот день, когда ты подслушивал под дверью Грибкова, парочка вела разговор о Косте Арапове.

— Нет-нет, мне Грибков сказал, что речь шла о Рамкине!

Элеонора скривилась.

— Ваня, он тебя обманул! Мигом сориентировался и решил прикинуться невинной овечкой, Рамкина и Арапова зовут одинаково, это обстоятельство и позволило Алексею обвести господина Подушкина вокруг пальца. Он тебе наболтал черт-те что! Наврал про свое желание сделать липосакцию, нафантазировал про фирму «Мось». Он ведь сначала принял тебя за женщину и сделал вид, что считает тебя Араповой! Ваня, ты врубился?

— Ну... не совсем!

— Господи, — всплеснула руками Нора, — Марина ходит в салон, тебе же маникюрша Олеся сказала, что ВСЯ семья Араповых посещает студию Маркела Листового. Просек? Алексей знает Марину, он никак не мог тебя за нее принять! Хитрый Грибков решил во что бы то ни стало узнать: кто и зачем к нему явился! Парикмахер очень быстро понял: гость опасен, он что-то вынюхивает, и связана его сыщицкая активность с желанием разведать кое-что об Араповых. Вот почему он сделал вид, что сообщит тебе за деньги эксклюзивную информацию, вот по какой причине заломил непомерную цену. Ваня, ты до сих пор ничего не понял! Грибков хотел тебя убить, еще хорошо, что ты вошел в его квартиру в облике женщины, Алексей не узнал в тебе спутника Марины, даже когда ты снял парик. Но он понял — гость опасен, пусть сейчас бежит за деньгами, а когда вернется, его тут убьют. Во всяком случае, Грибков побоялся сам расправиться с тобой, он решил позвать на помощь... не знаю кого: Башлыкову, Рогатого, Анжелу. Но не успел, его отравили, наверное, хотели убить, но не рассчитали дозу.

— Анжела! Это она подсыпала отраву в салат!

— Думаю, что Башлыкова.

— Но в квартиру Грибкова входила Лихова, ее видела Люлю! Девушка убежала, а очень скоро приехали врачи.

Нора побарабанила пальцами по столу.

— Иван Павлович, — очень нежно пропела она, — нестыковка получается. Лихова сама отравилась, в тот же день, в районе пятнадцати часов, верно?

— Да, именно это время мне называла ее сводная сестра.

— Значит, в три ей стало плохо, она позвонила матери?

— Верно.

— И быстро умерла? Галина Петровна сначала решила, что дочь, как всегда, идиотничает, и сразу не откликнулась на зов, а когда все же приехала, нашла Анжелу мертвой?

— Именно так.

— А в районе двадцати часов девушка воскресла и пыталась убить Алексея?

Я икнул. Вот глупость! Ну как я не заметил явной нестыковки.

— Девица, задумавшая дело, — как ни в чем не бывало продолжала Нора, — хрупкая особа, а Лихова верста коломенская. Преступница пыталась прикинуться Анжелой, нацепила ее куртку, утащила одежду из прихожей, когда отравила девушку, прикрыла лицо козырьком бейсболки, думаю, натянула парик, и ей почти удался спектакль. Люлю, торчавшая у глазка, приняла убийцу за Лихову, но все же любопытная соседка сказала тебе: «Мне она показалась какой-то странной!» Знаешь, что насторожило Люлю? Рост! Стопроцентно! Глаза отметили несостыковку, а ум затормозил и не сделал выводов! Но я уверена, именно маленький рост привлек внимание Люлю.

— Так кто же была убийца?

— Башлыкова!

— Маша?

— Конечно, — ажитированно воскликнула Нора, — смотри, Ваня! Она знала о смерти Кости! Говорила о нем в прошедшем времени. Потом, ты сам во время разговора с ней обмолвился, кинул фразу: «Костя любИЛ мать». Логично было удивиться и спросить: «Как любИЛ? Он и сейчас ее любит!» Но Маша никак не реагирует, она знает, что Арапов мертв. Одновременно Башлыкова пытается оправдать Рогатого, отвести подозрения от него. Мы в курсе, что Рогатый бывший наркоман, так?

— Верно.

— Арапов помог другу избавиться от пагубной привычки.

— Да. Вроде законченный мерзавец, а позаботился об Игоре.

Элеонора закатила глаза.

— Иван Павлович, на свете существуют не только белые и черные цвета. В людях много всего намешано. Рогатый вынырнул из героинового омута, зато у него появились припадки немотивированной злобы. Но Маша несколько раз тебе повторяет: «Рогатый никогда не прикасался к дури», она обеляет своего гражданского мужа. Более того, с какой стати начальница пиар-отдела растрепала господину Подушкину о поездке в Белоруссию? Почему упорно повторяет: «Игорь в Минске, это тайна для всех». Отчего идет на должностное преступление, выбалтывает о секретной миссии Игоря?

— Отчего? — эхом отозвался я.

— Ни в какое ближнее зарубежье Рогатый не ездил, все ложь. Игорь в Москве, наверное, он надеется скоро выехать за рубеж, а пока скрывается от подельников. Рогатый небось украл кредитку. Впрочем, возможен и иной вариант: парень не выдержал нервного напряжения, снова сел на иглу, а Маша его прячет. Ладно, мы раскрыли хитрое дело. Можешь теперь спать спокойно, Ваня!

— Как это? А где Марина?

Нора вытащила папиросы.

— Мне сейчас надо кое-куда смотаться, а ты, Иван Павлович, отдыхай. Думаю, к вечеру мы узнаем, где находится Игорь и где содержится Арапова. Сама поговорю с Башлыковой.

— Вы?! Нет!!!

— Почему?

— Это опасно.

— Ваня, — сердито оборвала меня Нора, — молчать! Слушать внимательно. Сиди дома, можешь спать! Все! Разворот через плечо, шагом марш!

— Простите, но мы сейчас беседуем в моей спальне, — напомнил я, — впрочем, если вы настаиваете, то я могу отправиться в гостиную.

Нора гневно сверкнула очами.

— Молчать! Спать!

Не зря многие люди считают мою хозяйку ведьмой, не успели последние слова сорваться с губ Элеоноры, как я начал судорожно зевать, а потом, сам не пойму почему, рухнул на подушку и отбыл в страну Морфея.

Глава 31

Будильник звенел настойчиво. Я, не открывая глаз, пошарил рукой по тумбочке и стукнул несчастные часы. Но противный звук не затих, тут я сообразил, что это надрывается мобильный, и схватил аппарат.

— Алло, — сонно выдавил я, — алло.

В ухе раздавалось потрескивание, шорох, скрип.

— Алло, — повторил я, — алло!

Издалека донеслось:

— В... а... н... я!

Я сел и сразу испугался.

— Кто это? Нора? Вам плохо?

— Нет... я... М... а... р... и...

— Марина!!! Ты где?

Снова треск и писк.

— Умоляю, — заорал я, — говори!

— На заводе!

— Подземном? На том, где работал твой свекор?

— Да. Спаси меня.

— Еду, только скажи, куда там идти!

— Подвал...

— Где мы сидели?

— Да, он открывается...

— Знаю.

— В углу дверь.

— Я видел ее.

— Открой ее.

— Как?!

— Слева... гвоздик... кнопка... нажми...

— Бегу!

— Скорей, Ваня!

— Да?

— Когда войдешь, немедленно захлопни дверь, если задержишься, тебя может убить... там... ловушка... она срабатывает, если вход открыт более двадцати секунд... будь осторожен... понял?

— Конечно, не волнуйся, я сразу закрою дверь.

— Не забудь!

— Нет.

— В... а... н... я! Ско... рей! Уми... раю! Не за... де...

Связь оборвалась. Я кинулся к шкафу, потом ринулся на кухню, вытащил из кладовки большой фонарь, бутыль с водой и сухое печенье. По счастью, «Жигули» не подвели, заработали с пол-оборота. Крутя рулем, я безостановочно звонил Норе, но мобильный хозяйки упорно талдычил:

— Аппарат абонента находится вне зоны действия сети.

Телефон шофера тоже сообщал:

— Данный номер недоступен.

В конце концов я бросил бесплодные попытки, потому что оказался перед знакомыми воротами. На этот раз я мгновенно преодолел препятствие, рысью понесся в здание, нажал нужную кнопку, сдвинул люк, спустился в подвал, зажег мощный фонарь, обследовал стену, увидел что-то, похожее одновременно на шляпку гвоздя и на кнопку, нажал на нее...

Тихо шурша, дверь открылась, луч света ударил в длинный коридор, я вошел в него и услышал шипение... В ту же секунду вспомнилось настойчивое предостережение Араповой о ловушке, я быстро захлопнул дверь. Звук стих, мне стало не по себе.

Мерно выкрикивая: «Марина, Марина, Марина», — я пошел по лабиринту, выложенному плиткой.

Коридор казался бесконечным, он изгибался в разные стороны и в конце концов уперся в лестницу, ведущую только вниз. Я спустился — снова коридор, опять ступеньки...

Около часа я бродил по лабиринту, пока в конце концов не наткнулся на шахту неработающего лифта и новую лестницу, около которой стояла пустая будка охранника и висело пожелтевшее объявление: «Посторонним вход строго воспрещен». Я не обратил внимания на него, побежал по ступенькам и уткнулся в железную дверь, украшенную ручкой в виде колеса, под ней красовался кодовый замок, четыре цилиндра с выбитыми на них цифрами.

Я попытался сдвинуть колесо, потерпел неудачу и пошел назад, чувствуя себя Мальчиком-с-пальчик в замке великана. На мои крики «Марина, Марина, Марина» никто не отзывался. Оставалось удивляться, куда подевалась Арапова, ни в коридорах, ни на лестницах ее не было, лифт не работал, попасть в наземный этаж не представлялось возможным.

Решив не унывать, я вернулся к двери, через которую попал внутрь, и стал искать кнопку, открывающую створку. Луч фонаря выхватил не замеченную мной ранее табличку. «Стой. Внутренняя блокировка двери. Открытие лишь снаружи или с вахты. Вернись на первый этаж, назови пароль. Выход закрыт. Для экстренной эвакуации пользуйся восточными воротами».

По спине потек пот, похоже, на предприятии имелся целый штат людей «табличкописателей», здесь тщательно блюли секретность, боялись невесть откуда взявшихся врагов, вот и напридумывали хитрые системы запоров. Дверь нельзя открыть из коридора! Только со стороны подвала.

Меня стало потряхивать, я вытащил мобильный. «Нет сигнала сети». Я уставился на дисплей и ощутил настоящий ужас. Ну и дурака я свалял! Не сказал никому, куда отправился, звонил, правда, Норе, но не сумел поговорить с ней. Мог хоть записку написать или Ленку попросить сообщить хозяйке, куда я поехал и зачем.

Я привалился к стене. Полноте! Марина ли меня вызывала? Если да, то куда она подевалась? Да и женский голос звучал глухо, почему я поверил незнакомке? Отчего ринулся в расставленный капкан? Вот по какой причине мадам упорно советовала мне захлопнуть быстро дверь! Никакой ловушки нет, мерзавка знала, что дверь изнутри не открыть. Я обречен на смерть от голода и жажды. Бутыль с водой и пачку печенья я забыл в машине.

Мигом захотелось есть, пить, закружилась голова... Огромным усилием воли я попытался взять себя в руки. Спокойно! Элеонора меня выручит!

Ага! А как она догадается, куда подевался ее секретарь? Меня никто не видел, да и в округе нет ни одной души, только пара ветеранов, доживающих век в полуразваленных домах. Мне вспомнился говорливый старичок, шофер директора, хваставшийся своей приближенностью к начальству. Как его звали? Забыл. Да и какая разница! Надо думать не о ерунде, а о том, как выбраться отсюда!

Я попытался сосредоточиться, но перед глазами, как назло, возник бодрый дедуська, а в ушах звучал его голос.

— Эх... да... жизнь прошла. Меня-то Олег Герасимович уважал... на рыбалку... Нина Антоновна... удочка... план номер один по бабам... я и шифр к бункеру знал, четыре цифры, начало войны... и телефон у меня у одного был, прямой с директором, особая линия, и паёк получал...

Я развернулся и побежал по коридорам. Бункер! По словам болтливого старичка, в нём имелся стратегический запас еды. Небось всё сгнило, хотя вдруг там консервы?

Ноги снова донесли меня до железной двери, пальцы начали двигать колёсики. Война. 1941[1]. Не подходит. Может, 1939?[2] Снова мимо. Вдруг это другая дверь? Но почему к ней ведёт отдельная лестница с будкой охраны?

Я начал было грызть пальцы, потом сообразил: 2206, то есть двадцать второе июня. И опять не достиг успеха.

Старичок напутал? Я его не так понял? Может, дедок имел в виду Октябрьскую революцию? 1917? Нет. 2517?[3] Нет. 71117? Но это больше четырёх цифр!

Я крутил и крутил колёсики, забыв про время, и вдруг меня осенило. Почему начало войны? Безусловно, памятная для советских людей дата, но нет в ней торжества, только горечь. Бункер делали на случай нового конфликта, и не зря Олег Герасимович выбрал шифр, связанный с теми, давними действиями, код должен вселять уверенность в неизбежности новой победы, поэтому это цифры 1945!!! И снова мимо! 9545. Девятое мая сорок пятого года, флаг над рейхстагом, капитуляция фашизма, весна, долгожданный мир!

Колесо легко повернулось, дверь подалась, в нос уда-

---

[1] 22 июня 1941 года германские войска напали на СССР.

[2] 1939 год — оккупация Польши, начало Второй мировой войны.

[3] 25 октября 1917 года — штурм Зимнего дворца, дата дана по старому стилю, по новому — 7 ноября 1917 года.

рило затхлостью, я вошел в довольно просторную комнату и оказался в семидесятых годах двадцатого века.

На одной из стен красовались плотно закрытые красные бархатные занавески, их задернули, чтобы в бункер не попадал свет из окон. Окна! Я ринулся вперед, раздернул шторы и вздрогнул: они скрывали стену. Ну не дурак ли ты, Иван Павлович! Столько шел по ступенькам вниз, стартовал из подвала и решил сейчас обнаружить тут застекленные проемы. Портьеры повесили, чтобы создать у прячущихся в бункере комфортное ощущение, человеку приятнее думать, что он находится на земле, а не под ней!

У второй стены стояла походная кровать, застеленная солдатским одеялом, потом глаз углядел еще несколько коек, сложенных и прислоненных к одному из стеллажей, где хранились книги. Невольно заинтересовавшись, я приблизился к полкам. Собрание сочинений Ленина, история КПСС, далее шли тома, посвященные математике, физике, химии. Никаких продуктов или запасов воды тут не было, наверное, кладовая находилась в другом месте, а это был кабинет вкупе со спальней.

На большом письменном столе лежала пачка пожелтевшей бумаги, стояла бутылочка с высохшими чернилами, в стаканчике теснились ручки. Я взял одну и невольно улыбнулся. Мой отец писал такими, с закрытым пером, в советской стране продавался очень некачественный товар, поэтому все, кому в силу рабочей необходимости требовалось стило, пытались купить китайские ручки, вот такие, как эта.

Я сел в кресло и попытался оценить ситуацию. Главное, оказавшись в безвыходной ситуации, твердо усвоить: выход всегда есть. Нельзя паниковать, хвататься за голову и впадать в истерику, это не конструктивно, лучше потратить силы на поиск решения проблемы, а еще следует увидеть в полном мраке искру света. Я сумел войти в кабинет и нашел кровать. Отлично, значит, спать придется не на голом полу. На полках стоят книги, великолепно, я не умру от тоски. Наверное, обнаружу все-таки здесь воду и продукты, просто пока не понял, где их искать.

В этот момент фонарь мигнул, мне стало страшно.

Интересно, на сколько рассчитан аккумулятор? И что буду делать, когда я лишусь источника света?

Чтобы взбодриться, я еще раз оглядел стол. Ничего особенного, ручки, бумага, телефон. Телефон!!! Боже! Телефон!!! Допотопный аппарат, большой, черного цвета, словно высеченный из цельного куска камня, с наборным диском. Господи, сделай так, чтобы он работал.

Я схватил отчего-то ледяную трубку, в ней послышался треск, шорох, аппарат явно жил, но гудка не было, я хотел набрать домашний номер и замер. На диске не имелось цифр. Через секунду отчаянье затопило меня с головой. Это спецлиния, она никогда не была подсоединена к городской. В ту эпоху на столах у руководителей стояло с десяток аппаратов. По одному директор общался с подчиненными, по второму с собственным начальством, по третьему звонил домой, по четвертому звал секретаршу... Чем выше был пост, тем больше телефонов теснилось на столешнице — «кремлевка», «вертушка», «спецлиния»...

Продолжая держать трубку у уха, я машинально начал поворачивать диск, но никаких звуков, кроме шипения, не доносилось. Я тыкал пальцем в отверстия, повторял все снова, тупо, безнадежно...

— Кхм, кхм, слушаю, — донеслось вдруг из тишины.

От неожиданности у меня пропал голос, а внезапно отозвавшийся мужчина, похоже, старик, испуганно продолжил:

— Олег Герасимович! Это вы?

— Да!!! — заорал я. — Только не бросайте трубку! Вы кто?

— Так у меня у одного из всего дома телефон стоит, прямой с вами, — голосом, полным ужаса, ответил незнакомец, — али забыли? Корольков Александр Николаевич.

— Шофер директора! — взревел я, вспоминая излишне говорливого дедушку.

— Так точно. Извиняйте, Олег Герасимович, — обморочно протянул водитель, — вы откуда звоните-то? Никак за мной пришли?

— Александр Николаевич, я Иван Павлович.

— Кто?

— Помните мужчину, который подвез вас от станции? — заорал я, боясь, что насмерть перепуганный Корольков убежит прочь от телефона.

Лично я, если бы в моей комнате ожил много лет не работавший телефон, а из трубки донесся голос давно покойного директора, рухнул бы замертво или бежал бы быстрее лани. Но Корольков оказался не самого робкого десятка, и он, по-видимому, имел хорошую память.

— Ты не визжи, — сурово сказал водитель, — а по-человечески объясни, как до этого аппарата добрался и где находишься?

Огромным усилием воли я взял себя в руки и постарался вести беседу внятно и спокойно.

— Понял, — сказал наконец дед, — в общем, не дрейфь. Ща Митрича кликну, и мы тя выручим. Чапай к двери, ну к той, что к подвалу ведет, жди нас там. Ясно?

— Ясно! — закричал я. — Уже бегу.

— Не торопись, — охладил мой пыл Корольков, — мы ж не молодые, пока доплюхаем, пока откроем. Ступай спокойно. Да, дверь в личный кабинет Олега Герасимовича плотно затвори и шифр перекрути, порядок должен быть. И как ты ее только отпер? Замок-то кодовый, откуда секрет вызнал? Ну, покедова, до встречи.

Час, который я провел около двери, показался мне вечностью. Снаружи не долетало ни одного звука, потом вдруг послышалось шипение: цитадель пала!

— Выходь, — велел Александр Николаевич.

— Не споткнись, — предупредил другой старичок, — тута порог высокий, вечно я об него задевал.

Дальнейшее помнится смутно, вроде Корольков и Митрич, поддерживая под руки, вывели меня во двор. От свежего воздуха голова закружилась, и я сделался как пьяный. Потом в кармане ожил мобильный, кое-как я выудил его и приложил к уху.

— Ваня, ты где? — закричала Нора.

— Тут, — с трудом ответил я.

— Где? Ты жив? Немедленно назови адрес! Улица? Дом?

Я сунул телефон Королькову.

— Пожалуйста, ответьте.

— Да, — забубнил старичок, — здрасьти. Ща, пишите. Мы за ним приглядим, ко мне везем. Не сомневайтесь.

Потом передо мной неожиданно оказалась подушка без наволочки, голова заболела еще сильней, и я погрузился в странное состояние, наполненное тревожными сновидениями. Казалось, что меня постоянно куда-то везут, везут, несут, тащат, раздевают, тормошат, укладывают... В конце концов кошмар закончился, наступила полнейшая тишина.

В нос проник аромат свежесваренного кофе. Я раскрыл глаза и поначалу не удивился: лежу в своей кровати, хорошо знакомые темно-зеленые шторы задернуты. Но потом взгляд переместился левее, и я воскликнул:

— Нора! Что вы здесь делаете?

Сидевшая в кресле с чашечкой кофе в руке хозяйка ухмыльнулась.

— Я? Читаю книгу, лучше ответь, за каким чертом ты полез в подземелье?

— Так это был не сон? Но я дома!

— Давай несущественные объяснения оставим на потом, — рявкнула Элеонора, — отвечай на мой вопрос.

— Можно одеться?

— Быстро натягивай брюки и иди в кабинет, — велела хозяйка, — буду ждать тебя там.

Выслушав мой детальный рассказ, Элеонора воскликнула:

— Ну как тебе могло прийти в голову поехать на завод одному?

— Виноват.

— Отчего немедленно не соединился со мной?

— У вас был отключен мобильный.

— Хоть бы записку оставил.

Следовало честно признаться: «Я забыл обо всем», но мне захотелось слегка оправдаться, и я повторил только что сказанное:

— Ваш сотовый не откликался. Кстати, почему вы его выключили?

Нора оперлась подбородком на кулак.

— Вела важный разговор, не хотела, чтобы мне помешали, беседовала с несколькими людьми, в частности, с Машей Башлыковой.

— Это она заманила меня на завод!

— Нет.

— Как «нет»? Больше некому! Анжела Лихова мертва, а других женщин в деле не было.

— Ты забыл о Рите.

— Семина? Не может быть.

— Верно, парикмахерша тут ни при чем.

— Значит, Башлыкова.

— Нет!

— Но кто тогда?

Нора вздохнула:

— Мы упустили одну деталь. Ну-ка, помнишь, Люлю рассказывала о том, что у Грибкова появилась девочка, дочь обеспеченной матери, Нюся.

— Ну?

— Теперь по порядку, — продолжала Элеонора, — Нюся воспитывалась в очень обеспеченной семье, отец у нее умер, мать встала во главе бизнеса и неожиданно жестко повела дело. Женщина вся ушла в работу, ей было не до дочери. Нюся имела все: деньги, одежду, училась в престижном вузе, но материнской заботы не видела. Дело усугублялось тем, что у Нюси имелся старший брат, вот его мама обожала и спешила выполнять любые пожелания парня. Нюсю грызла ревность, она не понимала, отчего родительница игнорирует ее и идет на поводу у сына. Девочка отлично учится, не пьет, не курит, не шляется по кабакам, не клянчит деньги, обожает маму, а что имеет взамен? Равнодушный поцелуй в лоб. Брат ведет разгульный образ жизни, путается с бабами, не желает ничего делать, и мать с ним сюсюкает.

Чувство обиды жило глубоко внутри Нюси, и она решила вырваться из семейного гнезда, начать отдельную от матери жизнь. У девочки как раз был роман с не слишком подходящим для богатой невесты парнем, парикмахером. Но Нюсе хотелось самостоятельности, и она придумала план: распишется с кавалером, возьмет часть родительских денег и откроет свое дело.

Девочка пришла к маме и сказала:

— Я выхожу замуж.

Бизнесвумен насторожилась и стала выспрашивать подробности; узнав детали, она категорично отрезала:

— С ума сошла! Твой Ромео охотник за приданым.

— Ему ничего не надо.

— Ой ли!

— Я возьму только немного денег.

— Сколько?

— Ну... чтобы салон открыть, — наивно призналась Нюся.

Мать рассмеялась.

— Ни копейки не получишь, хочешь жить с голодранцем — протестовать не стану, но бабок не дам, они все в деле.

Нюся, еле сдерживая слезы, напомнила:

— Но Косте-то ты разрешаешь со всякими девицами водиться.

Марина хмыкнула:

— Он мужчина, ему можно, и потом, деньги мои, что хочу, то и ворочу.

— Капитал собрал папа, — дрожащим голосом уточнила дочь, — я такая же наследница, как и ты.

Арапова отвесила дочери пощечину, а когда та заплакала, презрительно бросила:

— Нельзя же так из-за мужика голову терять. Хотя при твоей внешности станешь хвататься за любую возможность.

Слезы высохли у Нюси на щеках, в эту минуту ее любовь к матери, отравленная обидой, превратилась в ненависть. Но девушка была умна, она молча проглотила хамское замечание и ушла в свою комнату.

— Постойте! — перебил я Нору. — Мать, вдова, брат... вы о ком ведете речь?

— Ты не понял? — неожиданно грустно протянула Нора. — Нюся — это дочь Араповой.

— Анечка?

— Именно так. Приятели зовут ее Нюсей. И это она была тем самым щуплым «чеченцем».

— Аня участвовала в преступлении?

— Да.

— Не может быть!!!

— Почему?

— Ну... — забормотал я, — девочка такая вежливая, обаятельная, хрупкая...

— Аня ненавидит мать, а заодно и брата, — пояснила Нора, — первую за невнимание к себе, а второго — за то, что он любимчик мамы. Нюся считает себя обделенной, это она затеяла все дело.

— Она?

— Да. Видишь ли, Аня до Грибкова крутила любовь со Славой, внуком Загребского.

Я хлопнул себя по лбу.

— Вот о какой неподходящей девушке вел речь Владилен Карлович! Хотя, постойте, Слава при мне выпрашивал у деда денег на подарок для Ани, говорил, что хочет бросить девушку красиво. Получается, что Нюся одновременно крутила роман с двумя?

— Нет. Слава обманывал деда, — вздохнула Нора, — мать парня, актриса Оськина, уже больше года лежит с инсультом. Слава привычно вытягивает из доверчивого профессора деньги, он ему врет. Но, перестав быть любовниками, Аня и Слава сохранили хорошие отношения. Слава, после того как дед устроил скандал Араповой, перепугался и прибежал к Ане просить, чтобы бывшая любовница удержала мать от мести старику. Это Аня, услыхав о Чечне и похищении, придумала план, она предложила Косте стать участником, а тот мигом согласился, он хотел получить деньги на открытие собственного клуба.

— Но откуда Аня узнала про тайные сбережения и карточку?

Нора развела руками.

— Вот это точно не скажу, думаю, как большинство детей, она обожала подслушивать разговоры родителей и случайно стала свидетельницей их беседы, может, Марина и Герасим обсуждали некие детали, беседовали о накоплениях. В принципе, неважно, как она это выяснила, главное — она знала про кредитку.

— Теперь понятно, почему Аня сделала вид, что поверила матери, когда та понесла чушь про заболевание Кости СПИДом! — воскликнул я. — Между нами говоря, Марина придумала глупость!

— Да, — кивнула Нора, — есть еще один момент, и он меня тогда слегка удивил. Ты провожал Аню в Лондон, так?

— Верно.

— Она говорила о своем недавнем дне рождения, хвасталась подарками.

— Точно.

— Но не сказала фразы типа: «А вот ни мама, ни Костя не поздравили меня!» Аня не удивилась тому, что ближайшие родственники о ней забыли. Почему? Да потому что знала — они не имеют возможности позвонить ей. Она очень хитра, решила таскать каштаны из огня чужими руками. Костя молчал об участии сестры в мероприятии, только Грибков в курсе дела, посвятила его в детали сама Аня.

— Постойте! Алексей сообщил Люлю, что Нюся его бросила!

— Аня хитрила, она велела Грибкову: «Всем, кто видел нас вместе, следует говорить — любовь прошла, завяли помидоры. Это для нашей безопасности». И парикмахер выполняет приказ. Ему очень нравится Нюся, он рассчитывает получить и девушку, и много денег, а Анечка ведет свою игру, умно, тонко, но все же допускает мелкие ошибки. Однако ей самой кажется, что преступление безупречно.

Потом Рамкин отказывается от своей роли. Аня пугается, стилист слишком много знает. Костя сразу находит выход. Рогатый с помощью Маши Башлыковой пристраивает Рамкина на операцию. Вмешательство проходит успешно, но поздно вечером в реанимацию, заплатив медсестре, проходит Костя и угощает друга салатом, который сдобрен большой дозой опасного, тромбообразующего лекарства.

Рамкин погибает. Башлыкова при помощи денег «Гемы» «сливает ситуацию», она ничего не знает о Косте Арапове и планах банды. Тут мы ранее ошиблись в своих предположениях. Маша просто выполняет свою работу. Нельзя, чтобы правда об операции, сделанной для рекламного ролика, вылезла наружу, фирме хватит неприятностей с Галиной Оськиной. Кстати, я думаю, что именно воспоминание о трагедии с матерью Славы и вдохновило Аню на кражу препарата, чтобы отравить им салат.

Стилист умирает, но Грибков, Анжела, Костя и Рогатый не могут одни справиться с делом, тогда Аня примыкает к группе. Потом планы мерзавцев начинают трещать по швам. Марина, естественно, готова ради сына на все, но она не теряет ума и говорит, что приедет на встречу с похитителем только с сопровождающим.

Справедливости ради следует отметить, что Аня не хотела убивать мать, она рассчитывала просто получить карточку и, уехав на учебу в Лондон, заграбастать денежки. Поэтому она принимает решение: пусть мать отправляется вместе с Подушкиным.

— Но почему я?!!

Нора слабо улыбнулась:

— Извини, Ваня, но ты производишь на людей вполне определенное впечатление: тихий, интеллигентный мямля, не способный на решительные действия. К тому же пожилой.

— Я? Старый?

— В глазах Ани! Ей надо было быстро сориентироваться. Девушка схватила телефонную книжку, стала ее листать и наткнулась на твою фамилию.

— Но мы с ней практически незнакомы! Я встречал девочку пару раз на вечеринках у Коки.

— Иван Павлович, тебя видно сразу, и потом, Марина, обладательница ехидного языка, частенько посмеивалась дома над знакомыми. Ты не раз становился мишенью ее шуток, вот Аня и вспомнила в нужный момент об этом и поняла: господин Подушкин лучший вариант. Во-первых, он почти стопроцентно откажется ехать, ну а если все же согласится, то с ним легко справиться. Ты, кстати, вначале полностью оправдал свою репутацию. Пытался в машине познакомиться с бандитами, потом начал просить за Марину. В общем, в конце концов вы с Костей оказались в коттедже. Марина сидела пока в том же подвале, по плану ее должны после получения нужной информации усыпить, положить в джип и оставить машину в укромном месте.

— Кстати, где джип?

— Костя, когда вас с Мариной засунули в подвал,

отогнал его временно на одну из платных стоянок, — пояснила Нора, — там он, наверное, до сих пор и находится, потому что случилась большая неприятность...

— Умер Костя, — перебил я хозяйку, — больное сердце! Представляю, в какой ужас пришла Аня.

— Нет, Ваня, — тихо ответила Нора, — она ждала этой смерти, более того... План был таков: ты приходишь в себя, тут же звонит Марина. Каким образом она узнает, что Подушкин очнулся?

— Ну... не сама же она набирала номер, похитители дали ей телефон.

— Верно, а как они выяснили время твоего пробуждения?

— Не знаю.

— В доме находился Грибков, он наблюдал за тобой.

— Не может быть, я ходил по этажам.

— Алексей услышал твои шаги и спрятался в гардеробной.

— Откуда вы это знаете?!

— Ваня, Грибков пришел в себя, я была у него в реанимации, он в тяжелом состоянии, но способен говорить, страшно напуган и выдает всех и вся. Слушай внимательно, Костя был жив, он просто спал. Если бы Арапов очнулся раньше тебя, он все равно должен был по плану изображать спящего, спектакль теперь играли для тебя. Далее так — ты отвечаешь Марине: «Костя жив, он спит», Арапова успокаивается и сообщает похитителям пароль и пин-код. А после... В комнату внезапно входит Грибков и убивает вас обоих, стреляет из пистолета ампулами с очень большой дозой снотворного.

— Господи! Ладно, меня понятно за что! Но Костю?!!

— Аня и Грибков хотели единолично владеть деньгами, их подельники должны были исчезнуть, — мрачно пояснила Нора, — Марине предстояло найти трупы в коттедже и понять: ее обманули. Концов никаких нет. А Рогатому и Анжеле Аня бы заявила: «Какой ужас! Что мы наделали, доза была слишком велика».

— Значит, Костя спал?!! Он был жив?

— Да. Ты пошел в ванную, не подойдя к парню, но, если бы взглянул на него, то понял бы — Арапов под наркозом. Пока господин Подушкин принимает душ,

Грибков хладнокровно стреляет в Константина, но совершает при этом ужасную ошибку: ампул всего две, Алексей плохо прицелился, он отчего-то боялся подойти к приятелю вплотную, поэтому первая доза лекарства вылетела в приоткрытое окно. Выругавшись, Грибков преодолел ужас, приблизился к Константину, всадил в него вторую ампулу и тут только понял размер беды. Для Подушкина отравы нет, Иван Павлович, не подозревающий о том, что счастливо избежал смерти, продолжает наслаждаться водными процедурами. Алексей пару секунд пребывает в растерянности, потом убегает прочь. А Костя, на самом деле не подозревавший о своем больном сердце, умирает мгновенно, слишком велико испытание для его слабого «мотора». Ясно?

Я только вздрогнул, слов не нашлось.

— Но еще хуже пришлось Ане и Рогатому, — тихо продолжала Нора. — Девчонка боится пропустить нужный звонок, она все время ходит с мобильным, Марина сидит в подвале, дочь мается наверху. Наконец звонит Грибков и сообщает: «Он просыпается».

Аня спускается в подвал, сует матери трубку и записку: «Звони в свой коттедж».

— Почему девочка изображала немую?

— Ваня! Мать же могла узнать ее по голосу! Марина соединилась с тобой и узнала, что сын в порядке, назвала пин-код и пароль.

Аня, мгновенно запомнив цифры, поднимает руку и хочет выстрелить в мать снотворным, но тут Арапова кидается на нее. Завязывается борьба, Аня кричит:

— Помоги, Игорь!

Рогатый, стоящий у входа в подвал, кидается вниз, и тут Марина подскакивает к парню, сдергивает с него шлем и вопит:

— Господи! Это же голос Аньки! Игорь! Рогатый! А где чеченцы?!!

Рогатый почти лишается чувств от ужаса, Аня же не теряется, у нее, в отличие от Грибкова, при себе много ампул. Девушка, пользуясь тем, что мать ошеломлена до предела, начинает стрелять в нее, раз, другой, третий, четвертый. Марина падает, но дочь все равно всаживает в нее ампулы, останавливается Аня лишь тогда, когда они закончились.

— Ты убила ее! — шепчет потрясенный Рогатый.

Только сейчас до Игоря дошло, в какую историю он влип, парень просто хотел денег, обман Араповой его не смущал, а тут он стал соучастником убийства!

— Она бы нас засадила в тюрьму, — шипит Аня, — давай теперь спрячем тело.

— Куда? — лепечет деморализованный Игорь. — Как?

— Неси брезент из машины, — велит не потерявшая хладнокровия Аня.

Рогатый покорно притаскивает требуемое. Дочь раздевает мать, берет ее сумку, та неожиданно расстегивается, на кучу одежды падают ключи, портмоне, пудреница, разнообразные бумажки. Чертыхаясь, Аня собирает их, но визитка с координатами Рогатого попадает внутрь сапога Араповой, а девушка этого не заметила.

— Зачем Марина таскала с собой эту карточку? — прошептал я.

— Помнишь, там был план на обороте.

— Да.

— Игорь нарисовал Араповой, как проехать в мастерскую, та хотела отреставрировать картину, а у Рогатого был знакомый художник-реставратор, на визитке показано, как добраться до него.

Потом Аня вешает сумку себе на плечо, одежду оставляет в подвале. Они с Игорем с трудом вытаскивают труп, засовывают его в «Жигули» и увозят далеко от Москвы, в Тверскую область, там останки Марины топят в болоте. Ржавые «Жигули» бросают в другом месте, а сами преступники едут в Москву на электричке. По дороге Аня спохватывается — одежда мамы! Она осталась в подвале! Девушку охватывает беспокойство, но потом она махнула рукой: ну кто найдет шмотки в подземелье? В него так просто не попасть.

Аня как ни в чем не бывало прибывает домой, у нее на руках билет до Лондона, надо избавиться от всех участников «похищения», и можно спокойно улетать. Аня не дергается, всем знакомым, если те начинают звонить, девочка сообщает:

— Мама и брат поехали отдохнуть, скоро будут.

Опасность для нее представляют Анжела, Грибков, Рогатый и Иван Павлович Подушкин. С первой Аня поступила просто: пришла в гости, принесла с собой еду и спокойно смотрела, как глупая Лихова слопала почти весь отравленный салат. Анжеле быстро стало плохо, Аня ушла, не дождавшись ее смерти. Убийцы часто действуют по трафарету, поэтому салат достается и Грибкову. Но тут Аня совершает ошибку: во-первых, она хоть и пытается прикинуться Анжелой и натягивает ее куртку, которую она прихватила с вешалки, уходя от Лиховой, но высокой ей никогда не стать, а во-вторых, девушка плохо рассчитала дозу, Алексей тучный, ему нужно больше отравы. Грибков абсолютно доверяет Нюсе, он съедает угощение, чувствует дурноту, а милая девочка уходит, опять не дождавшись смерти «объекта», она уверена, что парень — покойник.

Следующий на очереди Рогатый. Но Игорь после убийства Араповой съезжает с катушек, он возвращается домой, хватается за героин, снова садится на иглу. Перепуганная Башлыкова пристраивает его в частную клинику, она очень боится, как бы слух о том, что Рогатый наркоман, не долетел до работы, поэтому держит рот на замке.

— Она не знала о похищении?

— Нет.

— Но почему же пошла к Грибкову?

— Башлыкова навестила Рогатого в клинике, а тот начал твердить невероятные вещи, требовать: «Пойди к Лехе, спроси, где Костя? Костя умер? Где деньги? А? Верните карточку». Говорил он бессвязно, и поэтому Маша отправляется к Грибкову в надежде что-то узнать.

Услыхав, что Грибков пока не умер, а Рогатый поделвался неведомо куда, Аня решает ускорить отъезд за границу, она меняет билет и спешно улетает в Лондон. Арапова, наверное, тщательно подготовилась, она понимает, что в Великобритании ее не найти, вероятно, имеет паспорт на чужое имя.

— Зачем она попросила, чтобы я проводил ее?

Нора вздохнула:

— Это была моя идея. Я ведь не предполагала, что эту жуткую историю задумала хрупкая, интеллигентная, великолепно воспитанная Анечка. Знаешь, одно время я подозревала, что фальшивую Чечню организовал один из бывших служащих Марины, уволенный ею Зальцман, а оно вон как обернулось. Кстати, помнишь, ты рассказывал, что был поражен тем, какая милая девочка Аня?

— Да.

— Она тебя покорила!

— Да.

— А еще очаровала сотрудника авиакомпании, и тот разрешил ей не разуваться!

— Да.

— Я знаю, почему служащий проявил редкостную любезность. На его вопрос: «Сколько у вас денег?» — Аня ответила: «Двадцать фунтов», а потом открыла кошелек и показала кредитку. После этого он и впал в экстаз.

— Но почему?

— Ваня, он увидел черную карточку, ради которой Аня задумала преступление. Менеджер мгновенно понял, что за пассажирка перед ним, сколько у юной особы денег, если банк вручил ей такой документ. Я еще проверю свои предположения, найду этого дядьку, он должен был запомнить Аню, не каждый день на его жизненном пути встречаются такие девочки, и, если он подтвердит: «Да, я видел черную кредитку», — это будет доказательством вины Ани. Понимаешь?

Я кивнул. Желая получить деньги, девица пошла на ужасное преступление. Она монстр. Внезапно мне вспомнился нежный, ласковый голосок:

— Иван Павлович, я пришлю вам трубку Шерлока Холмса, вы настоящий сыщик!

Мне стало совсем нехорошо. Негодяйка по непонятной причине оставила меня в живых, торопилась покинуть Россию, решила не тратить времени зря, поняла, что лучше смотаться в Лондон... И поиздевалась надо мной, посмеялась. Я-то, дурак, от чистого сердца поблагодарил девушку, представляю, как та веселилась, когда самолет начал взлетать. Я в ее глазах был и остался тюфяком.

— Теперь тебе все ясно? — ожила Нора.

Я кивнул и тут же воскликнул:

— Нет! Кто загнал меня в подвал?

— Аня.

— Но та же уже в Англии?!!

— И что? Там нет телефона?

— Ну да, — согласился я, — верно, но почему вдруг она решила...

Элеонора вздохнула:

— Ваня, Аня поторопилась уехать, почуяла опасность, но мысли избавиться от тебя не оставила, прилетела в Лондон, слегка успокоилась и начала действовать.

— Откуда она знала про дверь?

— Костя рассказал, что его бабушка, Нина Антоновна, все детство по развалинам таскала. Не забудь, брат с сестрой вместе составляли план. Сначала хотели запереть вас в коридоре предприятия, потом ограничились подвалом. Аня хорошо знала: заброшенное место никто не посещает, Подушкина не найдут либо обнаружат тогда, когда уже будет поздно. Думаю, следующий на очереди Грибков, если Аня, конечно, узнает, что он выжил. Кстати, как ты думаешь, почему она решила утопить тело матери в болоте? Не легче ли было оставить его в подземном лабиринте?

— Не знаю, — прошептал я.

— И я тоже, — вздохнула Нора.

— Когда Аню арестуют, мы потребуем, чтобы она ответила на этот вопрос, — закричал я.

— Не горячись, — подняла вверх указательный палец Нора, — думаю, этот вопрос останется без ответа.

ЭПИЛОГ

Как ни прискорбно, но Элеонора оказалась права. Вся предпринятая ею активность по поискам Анны Араповой оказалась тщетной. Единственное, что моей хозяйке удалось узнать, это то, что женщина с такими данными пересекла границу и вышла из самолета в аэропорту Хитроу.

Далее следы Анны терялись, названия банка, где хранятся деньги, мы не знали, да и не станут его служащие выдавать тайны клиентов, тем более обладателей черных карточек.

Рогатый умер в психиатрической лечебнице, Грибков выздоровел и попал в СИЗО. Он честно признался следователю во всем и сейчас ждет суда. Маша Башлыкова узнала, в чем был замешан Игорь, и уволилась из «Гемы». Тело Марины так и не нашли. В конце концов Эдик Марков был вынужден объявить о пропаже Араповой и смерти Константина, журналисты, словно спущенные с цепи собаки, принялись добывать информацию, и, наверное, кто-то из сотрудников МВД проболтался. Правда вылезла наружу, и долгие месяцы имя Араповой полоскали на страницах прессы. Ее фирме был нанесен сокрушительный удар, «Гема» объявила себя банкротом. Не знаю, является ли это правдой, или хитрый Эдик просто решил открыть то же предприятие, но под иным именем, но сейчас в роскошном здании расположена контора «Форо», и она также занимается лекарствами. Зато студия Маркела Листового неожиданно стала очень модным местом, по непонятной для меня причине люди, прочитав в газете, где работал парикмахер Алексей Грибков, валом повалили в салон. Рита Семина по-прежнему стоит у кресла с ножницами в руках, но это все, что я о ней знаю.

Через день после моего освобождения из бункера Николетта устроила невероятный скандал. Я, чувствуя себя виноватым, невнимательным, жадным сыном, пожалевшим денег на лекарства для матери, попытался заслужить прощение, но вставить фразу в поток словес, льющийся из маменьки, мне так и не удалось. В конце концов она сменила гнев на милость и сказала:

— Сегодня в семь явишься на суаре[1]. Изволь одеться прилично, будут все.

Решив не злить маменьку, я ровно в четверть восьмого вошел в хорошо знакомую прихожую. Николетта, одетая в обтягивающее платье нежно-розового цвета, взяла протянутые мною ей розы и недовольно констатировала:

— Красные! Неужели нельзя запомнить, что я обожаю желтые!

Я молча улыбался, ну не напоминать же маменьке, что пару недель назад, получив от меня букет цвета охры, она протянула:

---

[1] С у а р е — вечеринка *(испорченный французский)*.

— Фу, желтые, это к измене! Обожаю красные.

— Тася, — рявкнула маменька, — возьми эти отвратительные растения, сунь их куда-нибудь... ну, поставь в туалете, а ты, Ваня, слушай! Сколько можно ходить в холостяках, а?

Я постарался не измениться в лице. Поскольку провинился с таблетками и едва заслужил прощение, теперь придется общаться с очередной невестой, найденной для меня неуемной Кокой.

— Мака привела девушку, умную, воспитанную, образованную, единственную дочь богатого отца, тот, правда, не живет с семьей, но...

Значит, не Кока, а Мака раздобыла красотку! Впрочем, суть дела от этого не меняется. Подталкиваемый Николеттой, я вошел в гостиную и принялся целовать надушенные сморщенные лапки молодящихся прелестниц, повторяя бесконечное количество раз:

— Вы чудесно выглядите, этот цвет так оттеняет ваши глаза!

— Ваня, — позвала меня маменька, — знакомься, Надин Ланская.

Я обернулся, улыбка приросла к лицу. Около Николетты стояла высокая стройная девушка.

— Надя, — представилась она и протянула мне руку.

Я хотел было сказать: «Мы знакомы, виделись в метро, вы учили меня наступать шпилькой на ботинки мужчин или втыкать в назойливого кавалера иголку», но, к счастью, вовремя сообразил, что этого говорить никак нельзя.

— Вава, — пнула меня маменька, — поздоровайся нормально! Ох уж эти мужчины, видите, Надин, он просто онемел при виде вашей красоты. Ну ладно, поговорите без меня!

Я кашлянул.

— Здравствуйте. Хотите чаю?

— С удовольствием.

— Вот тут, в кресле?

— Спасибо.

— С лимоном?

— Да, мерси.

Мы сели рядом и завели светскую беседу.

— Погода радует.

— Очень тепло.

— И ветра нет.

— Может дождь пойти.

— Вы правы.

Вдруг Надин пошевелила ногой, я быстро спрятал ступни под кресло.

— Отчего вы не танцуете? — завизжала Николетта. — Вава, немедленно пригласи Надин на медленный танец!

Я вздрогнул.

— Вы не станете протыкать мне ботинок туфлей? Во время танца придется обнять вас за талию!

В глазах Надин вспыхнул огонек.

— А что? С вами случалось подобное? Где? И за что девушка так поступила?

— Нет, нет, просто глупая шутка, пойдемте танцевать.

— Спасибо, не хочу, — отрезала Надя, — простите, сейчас приду.

— Что ты ей сказал? — прошипела, материализуясь около меня, маменька. — Отчего хорошая партия убежала?

— Не знаю, — попытался отбиться я.

Николетта исподтишка показала мне кулак.

Примерно через час маменька предприняла новые действия.

— Ваня, — заорала она, — проводи Надин до дома.

— Спасибо, сама доеду, — стала сопротивляться девушка.

— Нет, нет, Вава доставит до подъезда.

— Ладно, — сдалась Надя.

Мы спустились вниз, сели в машину, я, ласково улыбаясь, спросил:

— И куда рулить?

Надя назвала адрес.

— Ну надо же! — воскликнул я.

— Что такое?

— Мы живем в соседних домах.

— Неужели?

— Правда.

— Вы, наверное, ходите через наш двор, там качели стоят.

— Ой, верно.

Чтобы доставить Наде удовольствие, я потянулся к бардачку, храню там кассеты с хорошей музыкой. Не успела рука прикоснуться к панели, как я ощутил резкий укол.

— Ай!

— Что такое?

— Извините, всего лишь хотел вынуть кассеты, они в ящичке. Случайно коснулся вас, ни о чем таком не думал.

Надя подняла брови.

— Не поняла!

— Не хотел вас обидеть.

— Что случилось?

— Вы кольнули меня булавкой, решили, будто пристаю к спутнице, но я просто желал взять...

Надя нахмурилась.

— Булавкой? И в голову бы такое не пришло.

— Но я почувствовал укол!

Надя сверкнула глазами.

— Девушки часто втыкают в вас иголки?

— Нет, нет.

— Тогда отчего сейчас пришла подобная мысль в голову?

— Э... не знаю, — промямлил я, потирая бок.

— Вы просто задели мою сумку, — пояснила Надя, — потянулись к панели и коснулись пряжки.

— Да, действительно, — окончательно растерялся я.

Весь путь мы проделали в тягостном молчании. Въезд во двор Нади был перекрыт шлагбаумом, поэтому я припарковал «Жигули» возле своего подъезда и галантно повел девушку вперед.

Неожиданно Надя остановилась.

— Как хорошо вечером, — вдруг сказала она, — никого на улице.

Поняв, что она сменила гнев на милость, я подхватил разговор:

— Тихо.

— Словно в деревне.

— И воздух свежий, хотите погулять?

Надя кивнула, я шагнул вперед и вдруг увидел, как из разбитого окна подвала выбирается наружу... инопланетянин. Неземное существо было похоже на большую тарелку, из-под которой торчали лапы. Не успел я испугаться, как появилась шея — длинная-длинная-длинная...

Че!!! Вот тут я мгновенно понял, отчего из подвала удрали крысы, а из квартир тараканы. В подвале живет кровожадная черепаха, которая легко справляется с опасными грызунами. Полноте, да черепаха ли она? Плавает, бегает, летает, лазает по стенам. Вот кто напугал до отключки нашего дворника! Надо завтра же сказать Жене, пусть вызывает специалистов из зоопарка, а то, не ровен час, сожрав крыс, насекомых и дворовых кошек, черепашка примется за жильцов.

Внезапно Че повернула голову, она явно заметила нас, короткие ноги сделали пару шажков, шея стала еще длиннее. Я взвизгнул и схватил Надю за плечи.

— Вы что? — рассердилась та. — Не смейте меня лапать! Маньяк! Просто хотела подышать воздухом! Что себе придумали!

— Бежим скорей.

— Куда?

— Ко мне домой, живо, вот подъезд!

— Еще чего!

— Умоляю, не спорьте. Нас могут съесть!

Надя захлопала глазами.

— Съесть? Кто?

— Черепаха.

— Кто?!!

— Видите, вон сидит страшилище, это Че, — начал я быстро объяснять ситуацию, не забывая тащить Надю за руку.

В конце концов я дотянул девушку до дверей своего подъезда, но тут она резко выдернула руку, отвесила мне пощечину и убежала. Я влетел в подъезд, прислонился к стене и ощутил, как сильно бьется сердце. Может, сейчас отправиться к Жене? Нет, уже очень поздно. Однако какое страшное животное, оно охотится и днем, и ночью.

Резко зазвонил мобильный.

— Вава! — заорала Николетта. — Ненавижу тебя.

— За что? — удивился я. — Сегодня слушался во всем.

— Мне только что звонила Надин! Ты — маньяк! Накинулся на девушку, колол ее булавкой.

— Ты не так ее поняла!

— Сумасшедший! Придумал какую-то черепаху-убийцу! — орала маменька, не слушая меня.

— Это правда! Про черепаху!

— Каждый раз, — завизжала Николетта, — всегда, когда привожу для тебя невесту, богатую, умную...

Я тяжело вздохнул. Все, теперь окончательно впал в немилость. Николетта решила, что Ваня специально устроил спектакль, чтобы избежать женитьбы. Маменька никогда не поверит мне, она считает Ивана Павловича вредным созданием, не желающим обеспечить ее материальную стабильность. А уж историю про черепашку мне будут поминать до конца дней. И как поступить? Свести Николетту с Евгением? Позвать маменьку смотреть, как бригада специалистов ловит Че?

Показать ей аквариум? Ой, боюсь, ничего не поможет. Остается лишь надеяться, что Николетта рано или поздно сменит гнев на милость и забудет о черепашке-убийце. Хотя маменька, похоже, ничего не забывает, в самый ненужный момент она способна сказать:

— А вот когда Ваве исполнилось пять лет, он разбил мою любимую вазу. Естественно, я решила не обращать на его шалость внимания, но осадок остался.

Да уж, про несчастную Че Ивану Павловичу теперь станут твердить постоянно, а мне лично очень хочется побыстрей выбросить из головы эту дурацкую историю, но, увы, я хорошо знаю: то, о чем хочется поскорей забыть, помнишь потом всю жизнь.

А еще все подружки Николетты, которым обязательно позвонит Надин, начнут судачить, сплетничать, молоть языками и ведь ничего хорошего не скажут! Одни сочтут меня неуправляемым, сексуально озабоченным индивидуумом, другие примут за сумасшедшего или тайного пьяницу, который ловит зеленых черепах-убийц, третьи — просто за дурака. На секунду меня охватила тоска, потом я улыбнулся. Светское общество будет говорить гадости? Но это же очень хорошо, намного хуже услышать из уст Коки, Маки, Моки, Зюки и иже с ними комплимент. Если о вас говорят только хорошее, значит, вы покойник. Обидно ли мне осознавать, что дамы считают Ивана Павловича окончательным идиотом? Тоже нет. Знаете почему? Круглого дурака никто и ничто не способно загнать в угол.

Советы от безумной оптимистки Дарьи Донцовой

Обращение к читателям

Дорогие мои, я очень люблю вас, но, увы, не имею возможности сказать о своих чувствах лично каждому читателю. В издательство «Эксмо» на имя Дарьи Донцовой ежедневно приходят письма. Я не способна ответить на все послания, их слишком много, но я обязательно внимательно изучаю почту и заметила, что мои читатели, как правило, либо просят у Дарьи Донцовой новый кулинарный рецепт, либо хотят получить совет. Но как поговорить с каждым из вас?

Поломав голову, сотрудники «Эксмо» нашли выход из трудной ситуации. Теперь в каждой моей книге будет мини-журнал, где я буду отвечать на вопросы и подтверждать получение ваших писем. Не скрою, мне очень приятно читать такие теплые строки.

Совет № раз
рецепт на скорую руку

А теперь новый рецепт. Я, как вы знаете, лентяйка, долго стоять около плиты не люблю, поэтому предлагаю: *Морковный торт с кедровыми орешками.* Вам понадобится: 500 г моркови, крупная луковица, 250 г готового слоеного теста, 3 яйца, 1 столовая ложка ядрышков кедровых орешков, 200 мл жирных, 20% сливок.

Морковь и луковицу помойте, почистите, нарежьте тонкими кружочками, бросьте овощи на 3 минуты в кипяток, потом откиньте на дуршлаг, обдайте холодной водой и дайте ей стечь.

Тесто разморозьте, раскатайте его в форме круга, пласт должен быть толщиной 0,5 см. Потом положите тесто в форму, так чтобы у вас получился бортик. Затем яйца взбейте вместе со сливками. Овощи посолите, поперчите по вкусу, выложите их на слой теста, залейте взбитой массой, украсьте кедровыми орешками, слегка защипите края лепешки и поставьте форму в разогретую до 180°C духовку на 20 минут.

Торт готовится быстро, и много денег на продукты вы не потратите. Если не желаете по какой-то причине купить готовое тесто, то его можно приготовить самой таким образом: пачку маргарина натереть на терке, добавить 200 г сметаны, 2 стакана муки и 1,5 столовой ложки сахарного песка. Честно говоря, это не настоящее слоеное тесто, но получается вкусно. Кстати, тесто можно приготовить впрок и заморозить, оно спокойно лежит больше месяца. Если под рукой нет кедровых орешков, можно обойтись и без них. Вот без моркови, муки и яиц у вас точно ничего не получится.

Совет № два
Красивый цвет лица за 5 минут

Дорогие мои, вовсе не обязательно иметь личного косметолога и немереные тысячи в кармане, достаточно вытащить из холодильника пару картофелин. Итак, делаем картофельное пюре, но очень жидкое, вместо молока хорошо бы использовать сливки, а вот сливочное масло класть не надо. Потом на чисто вымытое, а для мужчин побритое, лицо накладываем пюре, исключая зону вокруг глаз и губы. Маска должна быть не горячей, а приятно теплой. Держать ее нужно 20 минут, потом аккуратно смыть и намазать личико любимым кремом. Курс из 15 таких масок, сделанных каждый день, придаст вам удивительно свежий вид. С мешками под глазами тоже можно легко справиться. И здесь снова на помощь может прийти картошка, но на этот раз сырая.

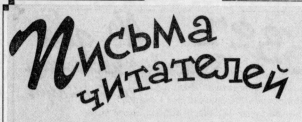

Письма читателей

Дорогие мои, писательнице Дарье Донцовой приходит много писем, в них читатели сообщают о своих проблемах, просят совета. Я по мере сил и возможностей стараюсь ответить всем. Но есть в почте особые послания, прочитав которые понимаю, что живу не зря, надо работать еще больше, такие письма вдохновляют, окрыляют и очень, очень, очень радуют. Пишите мне, пожалуйста, чаще.

Уважаемая Дарья Аркадьевна, пишет вам ваша читательница (очень люблю детективы!) Солодовникова Светлана. Впервые увидела книгу у подруги, прочитала практически все (Д. Васильеву, «Лампудель»). Хочу выразить вам благодарность. Ваши иронические детективы помогают мне улыбаться, даже смеяться чаще!

Оказывается, мы с Дашей Васильевой любим осень — дождливую и холодную. Мы обе с ней добрые (за что очень страдаем), любим детей, животных. Вместе с героинями Евлампией и Дарьей переживаю за несчастья других людей. Очень хочется прочитать вашу автобиографию. Почему? Потому что мне кажется, что вы тоже добрый, отзывчивый человек.

Дай Бог вам здоровья, счастья и побольше замечательных книг, благодарных читателей. Мы живем с мамой (70 лет) и бабушкой (92 года), ваши книги вселяют в меня надежду, веру в то, что мир не без добрых людей!

Сейчас читаю «Контрольный поцелуй» и «Кан-кан на поминках». Просмотрела несколько фильмов по вашим книгам. Мне понравилось. А вам? Еще очень хочется прочитать ваши кулинарные советы.

Еще раз с благодарностью к вам, низкий вам поклон.

Спасибо, что вы есть, дорогая Дарья Аркадьевна. Извините за фамильярность — обнимаю вас крепко.

P.S.: Желаю вам огромных творческих успехов, пусть всегда ваши книги сеют добро, ласку, уют и радость.

Мы вас очень любим!!!

Светлана Солодовникова, г. Ставрополь.

Содержание

Донцова Д. А.

Д 67   Сафари на черепашку: Роман. — М.: Изд-во Эксмо, 2005. — 320 с. — (Иронический детектив).

Сафари на черепашку! Первый раз слышите о столь экстремальном развлечении?! А Иван Павлович Подушкин стал его непосредственным участником! Но это все между делом! То есть между расследованием очередного преступления, в ходе которого Ване чего только не пришлось вынести: побывать в плену у бандитов, сидеть замурованным в заброшенном бункере и даже переодеться женщиной. Вы удивитесь, но последнее оказалось самым страшным испытанием!

УДК 82-3
ББК 84(2Рос-Рус)6-4

ISBN 5-699-13021-7

Оформление серии художника *В. Щербакова*

Литературно-художественное издание

Донцова Дарья Аркадьевна

САФАРИ НА ЧЕРЕПАШКУ

Ответственный редактор *О. Рубис*
Редактор *Т. Семенова*
Художественный редактор *В. Щербаков*
Художник *Е. Рудько*
Технический редактор *Н. Носова*
Компьютерная верстка *О. Шувалова*
Корректор *Е. Дмитриева*

ООО «Издательство «Эксмо»
127299, Москва, ул. Клары Цеткин, д. 18/5. Тел.: 411-68-86, 956-39-21.
Home page: www.eksmo.ru E-mail: info@eksmo.ru

*По вопросам размещения рекламы в книгах издательства «Эксмо»
обращаться в рекламный отдел. Тел. 411-68-74.*

Оптовая торговля книгами «Эксмо» и товарами «Эксмо-канц»:
ООО «ТД «Эксмо». 142700, Московская обл., Ленинский р-н, г. Видное,
Белокаменное ш., д.1. Тел./факс: (095) 378-84-74, 378-82-61, 745-89-16,
многоканальный тел. 411-50-74.
E-mail: reception@eksmo-sale.ru

Мелкооптовая торговля книгами «Эксмо» и товарами «Эксмо-канц»:
117192, Москва, Мичуринский пр-т, д. 12/1. Тел./факс: (095) 411-50-76.
127254, Москва, ул. Добролюбова, д. 2. Тел.: (095) 745-89-15, 780-58-34.
www.eksmo-kanc.ru e-mail: kanc@eksmo-sale.ru

Подписано в печать 25.07.2005.
Формат 84×108 $^1/_{32}$. Гарнитура «Таймс». Печать офсетная.
Бумага тип. Усл. печ. л. 16,8. Уч.-изд. л. 14,7.
Тираж 260 100 экз. Заказ № 238

Отпечатано в полном соответствии
с качеством предоставленных диапозитивов
в ОАО «Можайский полиграфический комбинат».
143200, г. Можайск, ул. Мира, 93.

Дарья Донцова

Записки безумной оптимистки

АВТОБИОГРАФИЯ

ЭКСМО

• • •

"Записки безумной оптимистки"

«Прочитав огромное количество печатных изданий, я, Дарья Донцова, узнала о себе много интересного. Например, что я была замужем десять раз, что у меня искусственная нога... Но более всего меня возмутило сообщение, будто меня и в природе-то нет, просто несколько предприимчивых людей пишут иронические детективы под именем «Дарья Донцова».

Так вот, дорогие мои читатели, чаша моего терпения лопнула, и я решила написать о себе сама».

Дарья Донцова открывает свои секреты!